# 年轻就要去旅行

校园行知客丛书　编委会　主编

湖南师范大学出版社

**图书在版编目（CIP）数据**

年轻就要去旅行 /《校园行知客丛书》编委会主编.
－长沙：湖南师范大学出版社，2012.3
（校园行知客丛书）
ISBN 978-7-5648-0674-3

Ⅰ.①年… Ⅱ.①校… Ⅲ.①游记－作品集－中国－
当代 Ⅳ.①I267.4

中国版本图书馆CIP数据核字(2012)第018528号

# 年轻就要去旅行

主编 / 校园行知客丛书 编委会

图书策划：邬宏

统　　筹：李艳 黄晶

责任编辑：邓筱 莫华

责任校对：黄瑞芳

装帧设计：毛毛雨 杨东海

出　　版：湖南师范大学出版社

　　　　　地址 / 长沙市岳麓山　邮编 /410081

　　　　　电话 / 0731-88853867　88872751　传真 / 0731-88872636

　　　　　网址 / http://press.hunnu.edu.cn/

总 发 行：天舟文化股份有限公司

　　　　　地址 / 长沙市芙蓉区东二环二段 194 号天域新都商务楼

　　　　　电话 / 0731-82801357　82918792　传真 / 0731-82801356

　　　　　邮编 /410007

　　　　　网址 / http://www.t-angel.com/

印　　刷：长沙超峰印刷有限公司

开　　本：170 mm×230 mm　1/16

印　　张：13

字　　数：142 千字

版　　次：2012 年 4 月第 1 版　2012 年 7 月第 2 版第 1 次印刷

书　　号：ISBN 978-7-5648-0674-3

定　　价：38.50 元

印　　数：5001–8000 册

Travel while young

探寻无止境
行走知天下

# 序言①

## 毕业之前，去走一走吧

文/李栓科（《中国国家地理》社长兼总编辑）

　　1980年，我16岁。第一次从家乡甘肃平凉来到北京，进入北京师范大学学习地理。初出茅庐的我，对这世界的认识就始于这场远行。大学四年，我几乎都在和大自然打交道，我入西南，穿云贵，探险虎跳峡，身上没几个钱，包里就几包方便面，也曾披星戴月，也曾风餐露宿。那之后的人生里，我见过许多常人一辈子无法见到的风景，在南十字星座的余晖里仰视分立极光的交汇，在冰晶雨的泪光中笑数幻日的胜景，在阿尔金山与野狼群对峙，在可可西里卧看沸泉在冰川中升腾，也曾在北极星的指引下越剪切带、过浮冰翻腾的环极区，一路向北走到那个找不到北的地方……但最令我难忘的，还是这大学时代的远行。正是那些年轻岁月里的草木、云雾、山风、夜雨，教会我在漫漫十年科考路上不觉孤独，在荒芜冰雪覆盖下仍满腔热血。我想是那四年的脚印和汗水塑造了一生的追逐和梦想。

　　2008年，我的儿子18岁，开始了他的大学生涯。那时起，常常猜想，我的儿子会拥有怎样的大学四年。我不刻求他像我一样在与大自然的跌爬滚打中成长起来，也不期望他能周游列国为我西天取经，但只要他想，他可以从我这里获得最大的支持，去任何吸引他的地方。与此同时我也开始思考，我和我的儿子这两代人大学生涯的不同。也许在我那个年代，出行，更多的是自己的决定与坚持。它不浪漫，不风光，甚至充满危险。而现在的孩子，似乎只要一次开口，就可以从父母那里轻易地获得一段旅程。而后高高兴兴地上路，蹦蹦跳跳地拍照，再开开心心地发微博分享。

　　所以，事实上，在校园行知客活动的初始阶段，我并不赞同这个想法。也许是我的偏见，也许是我的不了解，我很难想象现在的大学里还会有这样一群人，执著于行走、记录与发现。但是当这个比赛从初选、复赛一路走到最后的十强；当这些年轻的身影出现在照片上、日志里，以及每个身影若隐若现的汗水，我才发现，每一个时代都会有这样的人。不管时代如何改变，追逐自然魅力和人文精髓的信念不会改变；不管心境变了几轮，年轻的心渴望收纳美景的梦，也不会改变。我现在甚至觉得，这一代的大学生们，比我那个时候更加理智，有计划性，出行也更加有目的性。他们可以将勇敢、谨慎、真诚、果断……这些词语结合实践得非常好。

　　是的，勇敢、谨慎、真诚、果断……你要无所畏惧，但不能莽撞行事；你要耐心等待机会的出现，但当遇到危险也要敏锐地采取行动；你要付出真心去信任、帮助你的同伴，也要学会战胜孤独与枯燥……校园行知客的比赛，正是要寻找这样的一群人，这样一群以真诚为本、与大自然为友、同世界打交道并乐在其中、学在其中的人。我们希望能树立这群人的标杆形象，以此告诉所有大学生们另一种可能的生活方式：年轻人如果没有梦想，如果不将梦想付诸实施，枉过了自己的青春。等你将来工作、结婚、生子，等你回过头到我这个年龄的时候，你再有天大的梦想都会褪色的。因为拽着你的地球吸引力将会永远拽着你，不像年轻时，你几乎感受不到地球吸引力在拽你，反叛一点没有什么坏处，该飞天的飞天，该走路的走路，你现在不去实现这五光十色的梦想，以后梦想就变了。

现在的我已经很清楚，这些年出行的理由是什么，作为一个行者我收获了什么。但我无法将这些道理白纸黑字地一一道来。因为这是我作为一个行知客的感悟，它不是你的。等你真正走在路上，你会明白我想告诉你的话，因为你会开始重新思考，我应该如何度过四年的大学生活，这四年时光该如何对我今后的人生产生影响，又会产生什么样的影响。这样的一种出行，是你最好的一场成人礼。

毕业之前，去走一走吧。

## 别让理想风干

文/雷永青 （中国国家地理新媒体 副总编辑）

　　11月的某一天，潋潋在QQ上给我留言："校园行知客的旗子在川西高尔寺垭口第一次展开时，风太大，没拿住，吹到了无人山谷，没留下一张合影！泪奔！"后面加了几行哭脸的表情。

　　潋潋，真名戚凌蓓，是首届中国国家地理十大校园行知客之一。这面旗子犹如奖状，去年活动结束后，另外9位分别签上自己的名字，以示纪念，同时表达在路上的祝福。失去旗子的潋潋很是遗憾。

　　今年11月30日，潋潋收到一封快递，打开一看，还是那面旗子，不可思议！她顿时感动得完全无语，这一面还是跟原来的旗子一样，签有另外9位行知客的名字。其实，这是我为她发出的一面新旗子，通过快递接力游走了6个城市，收集了9位行知客的签名。为了给潋潋一个小小的惊喜，大家秘密地完成了这一行动。

　　这一天，刚好是首届校园行知客决赛后分别一年的日子。

　　还记得一年前，我和10位行知客围坐在一起，谈起自己的大学生涯。聊起当年，感觉青春的时光如奔流的江河，一去不回。离开大学校园8年，镜子里早已不是当年清瘦的脸庞，无穷无尽的生活压力改变的不仅仅是模样，还有随风而去的憧憬和理想。席间，和10位选手讲起，当年大学里，我是如何如何地及早步入社会，为就业准备，为前程奔波。如今，更多的学弟学妹们如同当年的我一样。等回头再看，怀念的不是当年追求的前程，而是今天忘却的理想。

　　时隔一年，首届校园行知客要出书啦！这一年里，10位行知客的背包装满了沉甸甸的故事，先来简略地回顾他们一年来的行与知：

　　詹彪，北京男孩，一家三代都是《中国国家地理》杂志的忠实读者，身上冒着一股对地理的热爱和执著的认真劲儿。从小就爱在地图册上圈圈点点、指指画画，却不曾有多少机会走出北京城。今年暑假，22岁的他完成了8000里的东北骑行，抵达了中国的北极和东极，登上黑瞎子岛，见证了祖国最早升起的太阳。一趟旅行，让他明白：人的一生，至少有一次年轻气盛，不去选择谈情说爱，不去选择哥们儿义气，而去选择飞扬跋扈地奔向远方。

黎欣，自称"搭车的丑牛"，有着黝黑皮肤的大高个，有出奇的好人缘和亲和力，到哪里都有人愿意收留他，去哪里都有人愿意搭载他。今年暑假，他历时90天，途经边境九省，行程23800公里，搭乘222位好心人的车，于9月抵达终点，完成了搭车国境线的行知客旅行计划。他说，这个梦想绝非只是一趟个人的旅行，他要感谢这一路上所有的好心人，是陌生而温暖的他们成就了自己这一段非比寻常的人生体验。旅行，不仅仅是内心的满足，更是一种给予和分享！他带着打印机上路，为沿途的家庭送出了216张照片，每一张照片都让人感叹：旅行，不仅仅是风景，路上的故事更精彩！

张蔚然，怀揣一个执著的绿色理想，年少时说过，要让所有的野生动物都有生存的家园，这一儿时的设想让这位女孩时而"活蹦乱跳"时而"苦大仇深"。如今的她少了哀叹多了实践，已经走在宣传生态保护的路上，坚信踏实的脚印就是铺就理想的路石。今年她完成了中国"心"之旅的前两站，在陕西榆林探访了毛乌素沙地的治理，在陕西秦岭考察了佛坪国家自然保护区。她说，对我而言，旅行中最动人的不是风景，而是那些纯粹、勇敢和美丽的心灵。

戚凌蓓，知性端庄的上海姑娘，给自己起的网名叫"潋潋鹰飞"，是因为喜欢阳光下水面潋潋银光，半空里雄鹰悠游翱翔。17岁时她在《梦里的远方》的命题作文里写了这样的句子："贡嘎的雪峰，像一把直指苍穹的利剑，划破万里长空，穿越锦绣山河，通过影像和图片，从遥远的四川直击上海，刺中我的心脏……"今年9月，潋潋终于实现了这个梦想，站在子梅垭口上，望着眼前云雾蒸腾间壮阔宏伟的贡嘎山峰，她蓦然明白，只要愿意跨出那一步，一切高或者险，远或者难，都会变得越来越近，越来越简单。

徐建平，一名岩土工程专业的硕士研究生，也是一头行走天地间名副其实的"驴子"。大学时代开始游历全国山水，疯狂迷恋贡嘎。生活中的他内敛质朴，户外的他自信张扬，厌倦一马平川，喜欢冒险闯荡。他原本计划挑战危险的新疆夏特古道，终因学业繁忙，变更为金秋时节徒步禾木与喀纳斯。他说，驴路10年，现在的他才刚刚找到了属于自己的旅行方式。

郭婕，漂亮矜持的山西姑娘，有一天看到中国国家地理网上摄影高手的作品后，毅然决然地立志：总有一天，我也会有自己的户外装备，用相机记录美丽的风景。平日里，父母一定不会把乖女儿和"驴友"、"行者"这样的词汇联系到一起，但有一天，她背起50升的行囊，在出发的列车上向父亲发了个短信：爸，我已经离开太原，走在路上，去向远方。今年暑期，她执行了行知客计划，北疆人文地理摄影之旅。这一次旅行收获了美丽，也留有遗憾，她说，不论如何，那都是我人生最绚烂的一瞥。

何茜，率真的重庆姑娘，迷恋穷游，把嬉皮般的流浪作为自己的生活方式。大学里，所有的旅行梦想，伴着一腔热血沸腾，在冲破种种约束之下，蔓延开来，一发不可收，2011年伊始，她背起背包，开始了为期2个月的"间隔年"旅行。从上海出发，一路向南，途径霞浦、厦门，在鼓浪屿上体验了20天新鲜而神奇的义工生活；之后折而向西，到达南宁、阳朔；最后进入东南亚，感受了越南、柬埔寨、泰国的异域风情。她说，或许我看不见我5年、10年后的未来在什么地方，但这不妨碍我去计划一场旅行，关于人生的旅行。

林洪进，朴实的福建农村孩子，初中毕业才第一次去县城，高中毕业才第一次去市区，上了大学才第一次去省会。然而旅行的潜质在农村的山头溪流中早已埋下，在大学里，农村娃两条腿，一辆车，没有浪费任何一次走在路上的机会。在大学最后一个暑假，搁置了沈闽1500公里回家路的原计划，选择怒放川藏线。28天的川藏骑行，历经艰险与生死的考验，终于让他明白，一路上怕得要死，并不代表怕得退缩，怕得放弃，一个游子走得再远，也别忘了回家。

庞小凡，1990年出生，今年是中国戏曲学院大三的学生，在十强中年龄最小，却有着别样的才华与情思：喜欢古镇老街，喜欢敦实浪漫的山川，喜欢中国古典写意的风情……尽管平日多在古老的平上去入、十三辙音韵里摸爬滚打，但生于江北的她，却并不明白对岸那块土地，如何滋养出这般痴情的儿女与动人的传奇，遂决意一路循着江南缥缈的烟波，去寻找六百年的唱词、两千年的诗歌和悠扬绵长的传说。她说，梦想其实并不遥远，只要知道自己想要什么，就能知道该去向何方。

吴凌，海南长大的小椰子，从小就有一个梦想，那就是考上大学之后走出小岛去看看。她在大学期间爱上骑行，大三暑假30天完成了川藏南线骑行壮举。她的行知客计划原本是沿川藏大北线再度骑行进藏。然而，机缘巧合，一个赴阿里支教机会，让她的行知之旅变得更有意义，并在4个月的藏漂历程中与"艳遇"相知相爱。她说起旅途中的"艳遇"，就如沉浸在热恋中的所有女孩一般，充满甜蜜与喜悦；而谈到艰苦的高原支教过程和骑行经历，小女孩立马摇身一变，成为思想坚定态度执著勇往无前的女勇士。

以上就是10位行知客记录中国行计划的执行情况。

十段旅行，各具特质，让熬夜编稿的我，时不时地感慨，年轻气盛时我哪里去了！冲动与伤感扰我清心，缘于我不能洒脱地背起行囊说走就走。深夜里，4个月大的女儿不时咿咿呀呀，初为人父的幸福感顿时又把我感化到宅男的行列。

步入中年，回想大学没有往事，平淡无奇，光阴风干了理想，回忆变得遥不可及。其实，最好的旅行时光就开端于大学时代……可是于我，大学时代一去不返，下一个旅行时光又会在何年何月？

所以，各位，正值年轻，就去旅行！

曹水青

# contents

## Chapter 1
### 年轻就要去旅行
### P001

## Chapter 2
### 旅行的意义
### P039

Chapter 3
遇上相似的旅行
P077

Chapter 4
旅行是
never give up
P111

Chapter 5
追逐梦想的旅行
P145

# Chapter 1

## 年轻就要去旅行

# 22岁的8000里

詹彪

姓名：詹彪
学校：北京城市学院 本科 2009 级
出生年月：1989年11月

　　人的一生，至少有一次年轻气盛。我没有选择谈情说爱，也没有选择哥们儿义气，而选择了飞扬跋扈地奔向远方。无悔轻狂，无怨路长！

——詹彪（网名：彪起来）

## 我的青春自白·最青春

　　在父母眼中，我是个热爱地理、爱好旅行、喜欢追求新鲜事物的孩子。其实，我更想成为一个流浪者、一个真正的旅行家，去环游全球，领略世界各地的生活。一个人，一支笔，行千里路，绘万般景。《中国国家地理》杂志陪伴着我的梦想起航。杂志中，山川河流的秀美，锦绣大地的壮阔，让久居城市的我无比向往。它陪伴着我的青春年少，相随至今。

　　我的爷爷过世之前曾留给我一本《地理知识》创刊号，那是他在中华人民共和国成立初期随曾祖父去南京的时候带回来的，后来我才知道《地理知识》就是《中国国家地理》的前身。在我印象中，爷爷是个热爱地理、热爱生活的人。小的时候，爷爷偶尔带我远行，去那些我从未去过的地方。在远行中，释放考试的压力，感受生活的自在，这是我的记忆中最快乐的一段时光。

　　我记忆中最深刻的便是寒暑假和爷爷奶奶在一起生活的日子，没有拘束，没有压力。虽然游玩的范围局限在北京，但那些快乐的时光却总是在我的脑海中停留、回味、珍藏。日复一日的等待，等待的是下一个假期；年复一年的期盼，期盼的是下一场自由之旅。

　　2009年6月8号的下午4点30分，当高考最后一科考试结束的铃声响起，我走出考场，最后一次在校园里游荡，淅淅沥沥的小雨终于停了。我看见，一道彩虹挂在天空之上，我知道，一朵自由之花要在心中盛开，从此驻足这个令我惊叹的世界。

　　第二天，我背起了早已准备齐全的户外行囊，奔赴车站，第一次买票的心情格外激动。当我熟悉这一套程序之后，我来到了南下湖南的列车旁。这一刻，我要远走他乡，没有人能够阻挡，我叛逆地逃离曾经的拥有，为了寻找自由。这次开创性的旅行，我来到的第一站是岳阳。只身来到陌生的城市，有过担忧，但好在有同学在这里上学，我便在此多住了几日，游览了岳阳及其周边城市。之后，我南下长沙。本想继续南下天涯海角的时候，我想起了湖南的凤凰，于是我便改道向西。果不其然，我邂逅了让人震惊的美丽。

　　第一次独自旅行之后，我开始了我的大学生活。也许是因为我久久不能忘怀那次旅行，想要再次外出旅行的时候，我犹

豫了，不想再花父母的钱了。于是我开始学着安排我的假期生活：前期打工挣钱，后期旅行花钱。2009年开学的时候正逢国庆60周年，我做了志愿者；2010年的寒假，我在北京民俗博物馆的庙会打工；2010年暑假前期，我在北京一家四星级酒店打工。就这样，我用自己打工挣来的薪水，完成了自己的旅行。我在2010年的清明假期，独自一人来到武汉；在2010年的五一假期，独自一人去了天津；在2010年暑假的后期，去了南京、上海。至此，我用"最青春"的劳动，没有依靠父母，自行我路。

当我看到了校园行知客的活动时，我很兴奋。我把自己的旅行散文、旅行计划发到门户上，得到了很多朋友的支持与认可，这种自豪无以言表。我知道，我的下一次旅行被赋予了特殊的意义。我也明白了父母多年的苦心。若没有长时间知识的积累，我如何能将我的旅行经历写成生动的文字？我如何能深入行走触摸历史？若没有那么多年管教的约束，我是否会随波逐流、误入歧途？拍马而过的青春，最易消逝，也最难能可贵。在数次的远行中，我关掉手机，想要忘掉一切去追寻自由，但是一转身，忘不了的还是回家的路。

我会用最青春的脚步，一步一步，朝我的梦想前进。

# 我的梦想旅行计划

## ○东北骑行：中国两极之旅

我出生在北京东部的一座小城，一条一条长长的铁路是我记忆里的地标，我家就在这条铁路边上。从小到大，我每天都与穿城而过的铁路形影相伴。那时候，听说沿着它可以到海边，到东北，甚至到祖国的边疆。我望着铁轨在地平线处消失，想象在那片看不见的天地里有着无比壮丽的山河：一望无际的三江平原，巍巍连绵的兴安岭，宛如仙境的天池，冰火交融的长白山……我知道，只要一直沿着铁道向北，向北，就有小学老师口中常说的油田"铁人"，就能看见曾经"棒打狍子瓢舀鱼"的北大荒，就能看见边境上十年如一日的士兵……

所以我写下这个计划，期待可以用我的方式实现儿时的梦想——一路向北，去探访那片身未到心先达的世界。我选择骑行，这样，当国道的每一公里都留下车轮碾过的痕迹，我就能用最身体力行的方式去探寻和思考。

**山环水绕、沃野千里，是前人对东北这块土地的高度概括。我把我眼中的东北概括为"1，2，3，4，5"。**
**具体解释：**

"1"是中国第一大平原：东北平原；

"2"是中国的两大极点：最东点、最北点；

"3"是象征着坚硬骨头的东北三大山脉：长白山、小兴安岭、大兴安岭；

"4"是东北的四大城市：哈尔滨、长春、沈阳、大连；

"5"是东北流动的血脉——"五大江河"：黑龙江、松花江、乌苏里江、图们江、鸭绿江。

我的旅行计划，就是骑行单车从北京出发，到达中国的最东边和最北边。

我没有所谓隐形的翅膀，有的只是自己的双脚，所以我的童年梦想只能脚踏实地去追逐。为了梦想，我要抛弃舒适的床，选择露营的睡袋，我要走在泥泞的路上，因为那样能留下最清晰的脚印。

我选择东北，因为那里有"英雄的东方第一哨"，那里是"中国最早升起太阳的地方"。我期待，我的梦想在那里起程！

### （1）唐山

"近代工业摇篮"、"北方瓷都"、"全国性综合交通枢纽城市"、"国家自主创新城市"、"河北省经济中心"、"著名的生态城市"、"优秀旅游城市"、"中国科学发展示范区"等头衔落在这座"凤凰涅槃"般的城市时，它不紧不慢地稳稳Hold住了。

### （2）北戴河

北戴河海滨位于秦皇岛市中心的西部。夏无酷暑，冬无严寒，气候宜人。曲折平坦的沙质海滩，沙软潮平，背靠树木葱郁的联峰山，自然环境优美。它与北京、天津、秦皇岛、兴城、葫芦岛构成一条黄金旅游带。

### （3）山海关

"不再控山海，尚存雄伟城。几回摩冷堞，想象昔陈兵。"山海关，又称"榆关"，素有"天下第一关"之称。有1700年历史的关公青龙偃月刀刀锋向东，现存放在山海关城楼上，成为镇关之宝。如今，这雄关虽已成为历史陈迹，但它雄伟庄严的风貌、可歌可泣的历史应该犹存于青砖的隙缝中吧。

### （4）兴城

兴城是中国书法之乡、中国优秀旅游城市、中国温泉之城，是东北最大的清洁能源基地，东北最大的花生集散地，中国航母训练基地……集城、泉、山、海、岛于一体。"城"是兴城明代古城，"泉"是温泉，"山"是首山，"海"是渤海湾的兴城海滨，"岛"是觉华岛。

### （5）葫芦岛

葫芦岛地区地处沿海，海岸线达261公里，居辽宁省第二位，是环渤海经济圈最年轻的城市。东邻锦州，西接山海关，南临辽东湾，与大连、营口、盘锦、锦州、秦皇岛、唐山、天津等城市构成环渤海经济圈，扼关内外之咽喉，是中国东北的西大门，素有"关外第一市"之称。

### （6）沈阳

沈阳，辽宁省省会，中国十大城市之一，中国15个副省级城市之一，中国七大区域中心城市之一，中国特大城市，东北地区最大的国际大都市，东北地区政治、金融、文化、交通、信息和旅游中心，同时也是我国最重要重工业基地，素有"东方鲁尔"的美誉。

### （7）长春

长春，吉林省省会，全省政治、经济、文化和交通中心，是中国建成区面积和建成区人口第九大城市，也是中国特大城市之一。中国最大的汽车工业城市和新中国电影工业摇篮，有"东方底特律"和"东方好莱坞"、"东方洛杉矶"的美誉。

### （8）哈尔滨

哈尔滨是开放的、源远流长的，历史上从来没有过城墙；它是古老的，孕育了金、清两代王朝；它是敢于革命的，东北人民在此进行革命斗争，它成为后来抗日斗争的指挥中心，它是全国解放最早的城市，被称为"共和国的长子"；它又是充满异国情调的，圣索菲亚大教堂以它的精致纪念着沙俄入侵东北的悲壮历史，而如同"艺术长廊"的中央大街荟萃着文艺复兴、巴洛克、折衷主义及现代多种风格的建筑；它同时还是时尚的，有群星荟萃的音乐节，有顶尖的滑雪场……而它对我的吸引力，正来自于这种包容。

第二阶段
哈尔滨——漠河

途经：
大庆、齐齐哈尔、莫旗、甘河农场、加格达奇区、新林、塔河、漠河、北极村

在城市待久了，最让我向往的是一望无际的平原和林地。在第二个阶段，我将途经齐齐哈尔、莫旗、甘河农场、加格达奇区、新林、塔河，最终到达北极漠河。这一趟旅程我将领略大兴安岭横亘南北的气势、松嫩平原的坦荡无垠。小时候看《林海雪原》，学杨子荣和座山雕之间的对白，一句"防冷涂的蜡"好不神气! 自那时起大兴安岭在我心目中便多了几分英雄主义的浪漫气息。那个执著、热情的年代已不再，但风景依旧，和平年代的林海又是什么样子？

### (1)大庆

大庆市位于松嫩平原中部，同时也是哈大齐工业走廊的中轴。大庆空气质量良好以上级别的天数达357天，被誉为"绿色油化之都"。它从湿地上崛起，又被建设成一个绿色生态型城市。

### (2)齐齐哈尔

齐齐哈尔是黑龙江省第二大城市，旅游景观独特。驰名中外的国家级风景名胜区——扎龙自然保护区，世界珍禽丹顶鹤就在这里休养生息，因此，这里又被誉为"鹤的故乡"。清朝的黑龙江将军府和中华人民共和国成立初期黑龙江省省会曾设在齐齐哈尔。

### (3)莫力达瓦达斡尔族自治旗

达斡尔族勤劳、智慧，在漫长的生产、生活实践中，形成了优秀的民族文化，独具民族风情。莫旗人文景观独具特色，旅游资源丰富，有中国达斡尔民族园、达斡尔民族博物馆、神韵独具的雷击石、历史悠久的金界壕、风景秀丽的莫力达瓦山。

### (4)甘河农场

甘河农场始建于1966年，位于内蒙古莫力达瓦达斡尔族自治旗境内，隶属大兴安岭农场管理局。事业区面积380平方公里，年生产粮豆1亿斤以上，总人口一万两千多人，是内蒙古自治区内最大的以旱作农业为主、农牧并举的现代化农垦区域。

### (5)加格达奇区

黑龙江省大兴安岭地区加格达奇区位于黑龙江省西北部、大兴安岭山脉的东南坡，是黑龙江省的一块飞地。加格达奇素有"林海明珠"、"新兴林城"和"万里兴安第一城"之称。

### (6)漠河

漠河县位于中国大兴安岭北麓、黑龙江上游南岸、中国版图的最北端。在这里，春天有繁花盛叶，夏天有传说中似有似无的极光，秋天有黄色白桦林中凄美的爱情故事，冬天有皑皑白雪里升起的暖暖炊烟。而中俄界河——黑龙江——源于漠河，江水晶莹，曲折而下。

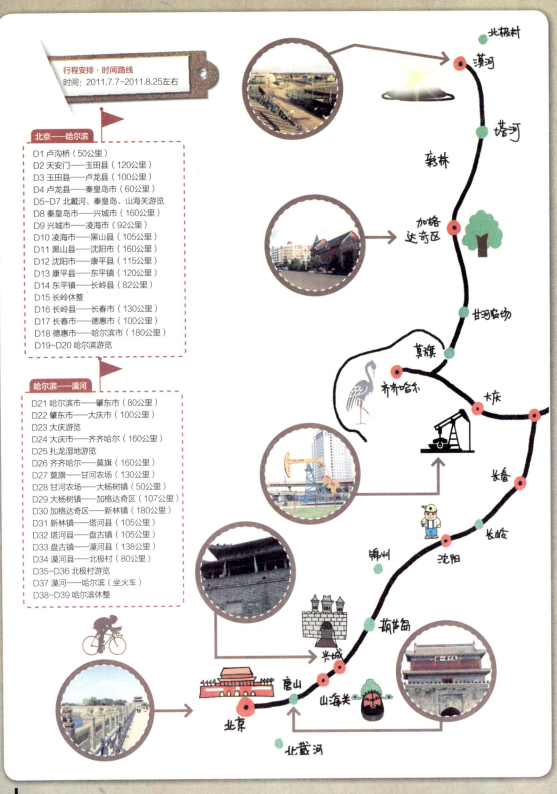

**北京——哈尔滨**

D1 卢沟桥（50公里）
D2 天安门——玉田县（120公里）
D3 玉田县——卢龙县（100公里）
D4 卢龙县——秦皇岛市（60公里）
D5~D7 北戴河、秦皇岛、山海关游览
D8 秦皇岛市——兴城市（160公里）
D9 兴城市——凌海市（92公里）
D10 凌海市——黑山县（105公里）
D11 黑山县——沈阳市（160公里）
D12 沈阳市——康平县（115公里）
D13 康平县——东平镇（120公里）
D14 东平镇——长岭县（82公里）
D15 长岭休整
D16 长岭县——长春市（130公里）
D17 长春市——德惠市（100公里）
D18 德惠市——哈尔滨市（180公里）
D19~D20 哈尔滨游览

**哈尔滨——漠河**

D21 哈尔滨市——肇东市（80公里）
D22 肇东市——大庆市（100公里）
D23 大庆游览
D24 大庆市——齐齐哈尔（160公里）
D25 扎龙湿地游览
D26 齐齐哈尔——莫旗（160公里）
D27 莫旗——甘河农场（130公里）
D28 甘河农场——大杨树镇（50公里）
D29 大杨树镇——加格达奇区（107公里）
D30 加格达奇区——新林镇（180公里）
D31 新林镇——塔河县（105公里）
D32 塔河县——盘古镇（105公里）
D33 盘古镇——漠河县（138公里）
D34 漠河县——北极村（80公里）
D35~D36 北极村游览
D37 漠河——哈尔滨（坐火车）
D38~D39 哈尔滨休整

北极村

漠河

塔河

新林

加格达奇区

甘河农场

莫旗

齐齐哈尔

大庆

长春

长岭

沈阳

锦州

葫芦岛

兴城

唐山

山海关

北京

北戴河

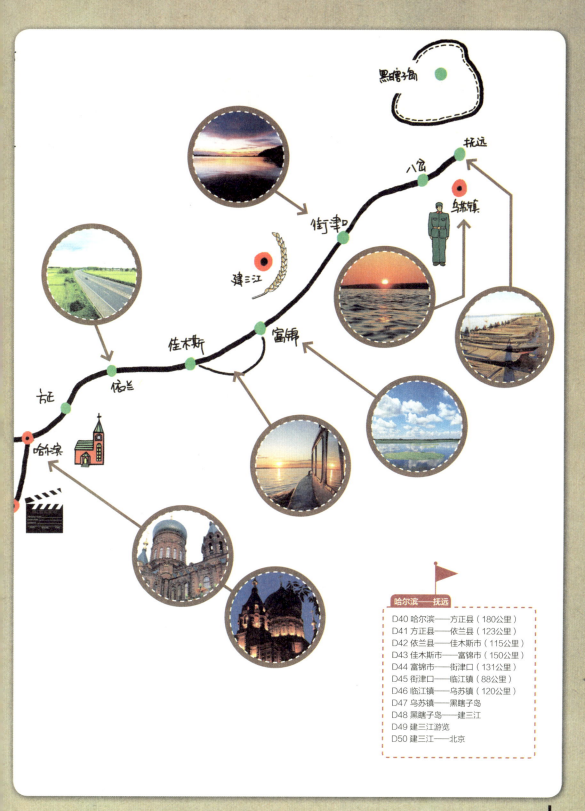

黑瞎子岛

抚远

八岔

乌苏镇

街津口

建三江

佳木斯

富锦

依兰

方正

哈尔滨

**第三阶段**
**哈尔滨——抚远**

途经：

方正、依兰、佳木斯、富锦、同江、街津口、八岔、抚远、乌苏镇、黑瞎子岛

### （1）依兰

依兰地处黑龙江省三江平原西部，版图状如枫叶。其历史悠久，倭肯哈达洞穴的发现，证明早在6000年前就有人类活动。小兴安岭、完达山、张广才岭在这里聚首相逢。松花江、牡丹江、倭肯河、巴兰河于此群山之间不期而遇。

### （2）佳木斯

佳木斯地处黑龙江、乌苏里江和松花江汇流的三江平原腹地，是黑龙江东部区域中心城市。佳木斯也是仅次于哈尔滨、齐齐哈尔的黑龙江第三大城市，素有"东方第一城"之称。佳木斯生态环境良好，其中三江湿地是中国最大的淡水沼泽湿地，也是世界仅有的原始湿地之一。

### （3）富锦

富锦是世界上仅有的三块冲积黑土平原之一，沃野无垠，坦荡如砥。有乌尔古力山、别拉音山树灌苍郁；松花江水奔流东逝，生生不息；还有五顶山森林公园、七星河三环湖湿地自然保护区，充满诱惑的魅力。

### （4）同江

同江市地理位置处于东北亚地区中、日、俄、韩经济核心地带，是我国沿边开放带上重要的国际口岸城市，也是黑龙江省东北部对俄及太平洋沿岸国家和地区的窗口和桥梁，是国际物流中转、贸易及加工中心。同时，也是我国"六小"民族之一赫哲族的主要聚居地。

### （5）建三江

在"南稻北麦"的中国，建三江却在一代人的努力下成了"米都"。原本的荒凉之地，如今却集中了来自全国30个省市和自治区的20万建三江人……这个孕育着奇迹的地方是我旅行计划中一个重要的目的地。我想去看看，究竟是怎样一种"北大荒精神"，造就了从无到有的质变。

### （6）乌苏镇

在这次旅行中，我也正好可以"豪迈"一把——用我"祖国初升太阳"的身份，去拥抱祖国的第一缕曙光！当然，乌苏镇里应该不乏像我这样满怀好奇的旅行者，但我最期待见到的，也是最值得我敬佩的，是几十年如一日坚守在岗位上的哨兵。纵然阳光再美，也不是所有人都耐得住日复一日重复的工作，究竟是什么力量，将磐石般的忠诚镌刻在哨兵们温柔的心上？哨所对面是黑瞎子岛，鸡冠离开母体的伤痛在中俄两国共同对黑瞎子岛进行综合开发的缓和气氛中渐渐被抚平。当我骑着一辆单车从天安门广场到达抚远，"东方第一哨"就是此行的终点站，就让太阳和士兵共同见证我的决心吧！

## 骑行装备及物品

（1）滑手套、骑车风镜、运动鞋、骑行服（颜色鲜艳）、背包、车前包、车尾包、驼包、杂物包、雨衣、雨伞、车灯（手电筒）、车前灯、车尾灯。

（2）食品和饮料：香肠、纯净水、运动饮料等。

（3）必备药品：云南白药、金嗓子喉片、珍珠粉、棉签、花露水、创可贴、止泻类药物和防暑药（夏天出行）等。

（4）各种工具（集体必备）：打气筒、补胎用具、备用内胎、扳手、螺丝刀、钳子、打火机、匕首、多功能刀卡、绳子等。

（5）防水袋/包：以防止贵重物品进水，如手机、相机、mp3等。

（6）有效证件：身份证、学生证。

（7）照相机、手机、各种电池、充电器、现金和信用卡。

（8）地图、旅游指南手册。

（9）个人用品：洗漱用品、防晒油、爽身粉、洗面奶、纸巾（湿纸巾）、餐具、防身用品。

## 准备工作及注意事项

（10）其他：指南针、针线包、本子、笔 、胶带、别针、快挂。

（1）骑行前3个月，经常进行每次50公里的骑行锻炼。

（2）出发前办好旅行保险。

（3）安排好所需的行李，行李包中，把重的东西放在下面，轻的东西放在上面，易碎的东西放在衣服中。

（4）把旅行路线留给父母朋友，并记住家庭、单位和紧急联系人（例如父母）的电话号码。

（5）沟通的初始要以诚待人，礼貌待人，但是同时也要记住"防人之心不可无"。

（6）对各种突发事件做好思想准备，可能遇到恶劣天气、车祸等一切不可知的事情，计划灵活变动。

（7）骑行在很大程度上靠的是意志，这更甚于体力或耐力。

（8）在路上骑行时会有机会遇到同方向或不同方向的骑友，如果不是危险的路段，一定要停下来打个招呼，与骑友交流一下路线、路况、经验。这都是可遇而不可求的学习机会、最新资讯收集的有效方式，同时也是骑友之间应有的礼节。

### 预算

| 住宿 | 食物、水 | 景点门票 | 纪念品 | 各种应急事件处理 |
|---|---|---|---|---|
| 20元/晚（平均） | 50元/天（平均） | 预算300元 | 明信片：300元（礼轻情意重） | 如修车、医疗等：1200元（紧急情况灵活变动） |

**总计：5000元**

## 我的梦想之旅

### ○ 22岁的8000里

　　"轰隆隆"的雷声响起，紧接着，豆大的雨点儿打在玻璃窗上啪啪直响。有雨的日子，我听着雨声，睡眠也会安稳妥帖。即使不能成眠，拧开灯，窝在床边翻读一本喜欢的书，伴着清夜的雨声，也会别有一番情趣。但是今天，我却辗转反侧。清晨，在雨后初晴的明媚阳光下，我告别了不舍的父母。回望着他们充满担忧但又满怀希望的眼神，我独自踏上了前往远方的道路，追一段童年的梦，走一段青春的路。

　　7月7日的行程是从通州骑往卢沟桥，这一天也恰好是"七七事变"74周年纪念日。在暑假的两个月内，我的计划将从这里开始，骑着单车去往东北，开始我的中国两极之旅。由于昨夜暴雨的缘故，今天的北京格外晴朗，风和日丽、阳光明媚，葱翠浓密的树荫，墙影斑驳的胡同小巷，让我骑行的心情甚是舒畅。用了两个小时左右，我就到达了目的地——卢沟桥。由于今天是纪念日的缘故，进入宛平城的时候果然遇到了不少旅行团，其中有相当一部分是戴着红领巾的学生，他们来此进行爱国主义教育。时光倒回10年前的此时此地，我仿佛看见了那群孩子中有一个愣头愣脑的傻小子，举着一个傻瓜胶片机故作深沉状地到处瞎拍……

　　当我来到卢沟桥上，湛蓝的天空，清澈的永定河，一切都是那么平静安宁、美好祥和。旁边一个日本的老年旅行团在卢沟桥的狮子旁合影留念，我在脑海里进行了加减运算，眼前的这些老者在74年前应该尚未出生，即使出生也置身在动乱年代，如今白发苍苍来此观古，不知他们作何感想。

　　次日天未亮，我便早早出发，骑到天安门广场看升国旗。在隆重的升旗仪式之后，我那些在此等候已久的朋友们，给我举行了一个小小的送别仪式，在他们嬉笑的祝福中，我朝梦的方向出发……

>>东北骑行在102国道666公里处

## 惊险的开始

　　烈日当空，我骑上了尘土飞扬的102国道。由于途经的唐山是工业重镇，煤矿、铁矿、工厂顺着公路的延伸，密密麻麻地分布在国道两侧，一辆辆载有煤铁矿石的大货车接连从我的耳旁呼啸而过。出行的第一天就如此险象环生，这种体验没有安全保障，能做的只有小心谨慎。在这里，我还必须特别注意前方路上的碎石。因为如果稍不留神，行人就会被汽车碾起的飞石击中，在这条路上经常可以看见挡风玻璃坑坑洼洼的各种车辆。但这还不是最危险的，最让人担心的莫过于大货车突然爆胎，由此极有可能引发连环车祸。

　　我在这个路段一共骑行了两天半，听见6次爆胎，看到3次爆胎，经历了两次交通事故。有一次，在我慢慢骑行的时候，前方的大货车突然发出一声惊天巨响，随之而来的是尘土四处飞扬，不一会儿就弥漫了整条道路。夜晚，我住在国道两侧的旅馆，当大货车通行时，冷不丁突然一声巨响，能将我从睡梦之中惊醒。

　　我所经历的最严重的事故，发生在这段行程里第三天的清晨。那天大雾弥漫，骑行中的我总觉得像是行走在"地狱"。果然，不一会儿，危险就出现了：一辆大货车突然从我旁边呼啸而过，很快不见了踪影，我被震倒在路边。还没缓过神来，就听见一阵震耳欲聋的连续碰撞声，眼前的情形惨不忍睹，在不到10米远的地方，刚才从我旁边呼啸而过的大货车出了车祸，车头深深地凹陷进去，它的前方是一辆被撞得横在路中间的载满钢管的大卡车，车上的钢管倒了一地，反方向还有一辆大货车已经被撞得四脚朝天。灰蒙蒙的空气里，飘着血的味道，一块被碾成几块的砖头，静静地躺在路的中央……

## 偶遇骑友结伴而行

经过了头两天的惊险骑行，我的心情难以平静。到达北戴河的时候，我望着一望无际、波涛汹涌的大海，心中无限感慨。

因为感冒发烧，我休整了3天才出山海关，宽阔的国道立刻让我眼前一亮，烈日酷暑，顺着沿海国道，一路向北，很快就进入了地势起伏的辽宁丘陵地界，我终于踏上了东北这块梦想之地。

日高三丈，地势连绵，我开始第一次体会爬坡。有人很喜欢经历90%爬坡的辛苦，去享受最后10%下坡带来的畅快。但是我并没有适应，骄阳烈日下，衣服湿了又干，干了又湿。

骑行了大半天，我突然发现了前面路上出现了一个骑行的人。此时的我身体虽然十分疲惫，但是仍然使出了最大的力气加速前行，争取赶上他。赶上之后我发现他的装备和我的十分相似，我高兴地与他并行。果然，他也是一个骑友，名叫张学安，广西柳州人，年长我一岁，南开大三政法系，他自天津出发去哈尔滨。他是我在这一路上碰到的第一个骑友。当他告诉我前面还有两个和他一起的朋友时，我喜出望外，还能有比在路上遇见志同道合的朋友更快乐的事情吗？接下来我和学安边说边笑并快速前行，争取早点赶上他的同伴。

我在路上幸福地遇上了骑友，更幸福地遭遇了"速度障碍"，完全走不动，看什么都新鲜漂亮。自行车旅行的特点就是这样，想快就快，想慢就慢，每天150~200公里的跨度，可以让你欣赏不同的风景，绝不单调。远处的山、近处的树、空旷的路、凉爽的风、蔚蓝的天、清脆的鸟鸣、舞蹈的蜻蜓、碧绿的庄稼，我感觉幸福到了极点。

当我们快进入兴城的时候，看见路旁连绵起伏的小山非常漂亮，山上面用树木拼成了"兴城欢迎您"的字样。我们依然没有看到学安的朋友，但趁着下坡的冲劲，我们天黑的时候赶到了兴城县城。刚进入县城，我惊喜地发现前方有一个骑行队伍正在休息，以为那就是学安的同伴，于是走上前去，却发现他们是燕山大学的一个骑行协会团队，计划着环渤海一圈，和我的道路并不重合。但是遇上他们我依然十分高兴。我们决定一起找个旅馆休息，然后好好交流，次日同时出发，由于路线不同，所以各奔东西。

　　第二天，学安早早出发去追赶自己的同伴，环渤海的骑行团队也已出发，我一个人开始逛兴城古城。兴城古城，明代称宁远卫城，清代称宁远州城，是我国目前保存最完整的四座明代古城之一，它的完整程度要胜过平遥、婺源、丽江、阆中。明守将袁崇焕在这里曾以不足两万的兵力击败努尔哈赤和皇太极的两次进攻，史称"宁远大捷"，其名声因而大振，流传青史。就当我准备从兴城古城起程出发的时候，居然又偶遇了好几个骑友。

　　骑上前去相问得知，原来他们也曾与燕大环渤海团队相遇，而且昨天很早就已经到达了兴城。他们并不是一个团队，而是路上一个一个接连偶遇到的，都是独行者。聊着聊着突然发现，其实我们走过相同的路，在北京、唐山、秦皇岛，那时我们并没有碰上，直到现在才相遇。缘分这种东西太奇妙了，没有刻意寻觅，却总会以令人惊奇的方式来到我们面前。在接下来的旅程中，我们立即告别了各自孤独的旅行，组建了属于自己的团队。

　　西南大学本科二年级的张思琼是我们队伍中的开心果，小名圆圆。东北女孩的坚强与勇气，重庆妹子的泼辣与包容，在她的身上体现得淋漓尽致。平原骑行时是普通带队，高山上坡时是爬行指引，她骑车的速度，她的身体素质，都毫不逊色于我们队伍中的任何一个男孩，我们时不时地去追问她到底是不是运动员，到底获得过多少块运动会奖牌……但她总是自谦地说道："哪有啊，不都是你们让着我吗？"可爱的外表下藏着坚韧与毅力，她的努力无时无刻不在激励着我们。山东大学本科三年级的崔炜是我们队伍中的"修车师傅"，外号"翠翠"，他的幽默总能让欢笑时刻陪伴我们。尤其是在发生爆胎事故时，就一定会自然而然想到他让我们叹为观止的修车速度。河南科技大学研一的时灰，信阳师范学院大四的陈鹏，郑州轻工业学院大四的李胜，他们是分别从河南起程，一路北进。素不相识的我们在兴城偶遇，论道、投缘、交心，一路上有说不完的话，热血豪情浓于酒，纵横山河我为画。我们没有生于乱世，但我们都渴望成为英雄，边疆、塞外、侠义、天涯。生活的安逸，并没有让我们甘于堕落，我们执著于对理想的追求。

　　我们来自祖国的四面八方，为了共同追求，相扶相携。

## 异乡的家

我们顺着沿海公路，一边聊天相互了解，一边欣赏山海相接的美景，再也不会惧怕前路有多么遥远。很快，我们就来到葫芦岛市，在这座城市的航天英雄杨利伟的雕像前我们拍了第一张合影。

阳光明媚，我们在城市中穿行，一位身着捷安特骑行服、脚踏着一辆公路车的精神矍铄的老大爷从我们身边经过，车上的小音箱还大声放着20世纪七八十年代的音乐。在与他的交谈中得知他是一家自行车店的老板，也是骑行俱乐部的骑友，每天都会骑车锻炼。他带着我们前往锦州，路上特地向东绕了一下，去了锦州与葫芦岛交界的大河口，一段国内第二长的跨海公路呈现在我们眼前，其中有28公里长的路段是在海中。

我们骑行在宽阔无垠的滨海大道，迎着徐徐海风，望着细腻洁净的白沙滩，看见了风景秀丽的笔架山。老大爷说，笔架山有三峰，二低一高，形如笔架，故而得名，每至潮退之后，山与海岸之间便现出一条30余米宽、2公里长的"天桥"。

滨海大道美不胜收，在这里我们告别了老大爷，感谢他悉心指路。我们队伍里有两位女生，一位是来自西南大学的圆圆，一位是来自华东师范的张丽楠。暑假她们一起从北京出发，骑往家乡吉林长岭。她们这趟回家骑行并没有告诉自己的父母，因为想给他们一个惊喜，让父母看到自己的勇气。骑车旅行对于现在的大学生来说还不是一件很普遍的事情，路上会充满着各种危险，长途骑行的女生更是少之又少，所以我们其他4位男生决定一路护送她们回家。接下来的旅程我们陆续经过了凌海、黑山、沈阳、康平，前往位于科尔沁草原东部边缘的长岭县。

经过坑坑洼洼的内蒙路段，沿着布满风车电厂的稀树草原，我们骑到了吉林省，来到了长岭县。当圆圆的爸爸看到自己的女儿从北京一路骑车回家时，并没有像我们想象的那样责骂她，而是大声赞扬："不愧是我的闺女！"从她父母兴奋的表情中，我们看到了欣喜、自豪、肯定。对我们来说，这是最大的鼓励。

我们在长岭多住了一天，感受到了家的温暖，盛情的款待使我们的疲劳得到缓解。当我们再次起程时，圆圆告别了父母，跟随我们上路，她要和我们一起，去祖国的最北——长春、德惠、哈尔滨。我们的团队继续骑行在广阔无际的东北平原。我们经过肇东，到达石油城大庆——我们的队友翠翠的家乡。

大庆天很蓝，空气很好，风也很大。都庆天气的特色。车水马龙的世纪大道，随处广场的铁人雕像，我们惊异说大庆一年刮两次风，一次刮半年，足见大可见的磕头机，城市近郊的龙凤湿地，石油于这座城市的宏伟。

## 穿行大兴安岭

　　告别了翠翠，离开了大庆，我们向大兴安岭进发。成片的农田与天然湿地交错，我们骑行在高速公路上，速度与风景并收。在离齐齐哈尔还有30多公里的时候，突然下起了阵雨，我们索性享受这种被浇湿的畅快。

　　到了齐齐哈尔，雨一直在下，我们一待就是两天。我们游览了扎龙湿地，虽然没有看见丹顶鹤翱翔，心爱的单反又被打湿，但能亲眼看见数十只丹顶鹤的齐齐出现，也满足了我一个不大不小的愿望。第三天，天空终于放晴，当我们欢呼着向大兴安岭进发的时候，圆圆忽然接到一份作业，她必须赶紧完成，李胜决定陪她一起，帮助她随后赶上，剩下我和大鹏、大辉则继续上路，向大兴安岭前进。

　　连续几日的降雨让空气变得清凉稀薄，大兴安岭的轮廓也清晰地显露在我们面前。顺着嫩江平原我们继续北进，行马草原，高山脚下，一群群温顺肥壮的牛羊在这里静静地吃草，一群群热情奔放的骏马在这里欢快驰骋，蓝蓝的天上飘着几朵白云，金色的太阳光芒四射，我们忍不住唱起豪情万丈的歌。如梦的草原原来是这般风景，让自小生长在钢筋水泥城市中的我深深地陶醉了！沿途的美景，总是让我们不断停下车来，但心中隐藏许久的豪情壮志完全释放。我们一路飞奔100多公里，快到天黑的时候，到了嫩江的上游，却突然没了去路。原来是连续性的降雨导致嫩江上游来水量突然增加，淹没了过江堤坝。我在江边试了一下水

>>莫旗西，嫩江上游洪水暴涨，我们险些命丧此地。

深，已经快到我大腿根了，而且前方还有险滩，如果不借助其他的力量，骑车或是徒步是无法过去的。我们正在为此着急，一位老乡向我们建议搭车过去，并告诫我们这样仍有危险，江水湍急，要小心。这时恰好来了一辆拖拉机，说好20元把我们三个人和我们的车都送到对岸。

此时，乌云遮天，飞沙走石，预示着一场狂风暴雨即将到来。上游的水夹杂着折断的树枝和石块从山谷奔腾而下，不断冲入早已翻腾汹涌的河流中，那轰轰隆隆的声音在拍打着河岸的同时，也最大限度地震撼了涉江而过的我们。嫩江仿佛沸腾了一样，到处是泡沫与浪花。此时的我们刚好行驶到了嫩江的中心位置，突然一阵剧烈碰撞，拖拉机的一个轱辘滑下了堤岸，悬在半空，情势万分焦急！

就在这个时刻，司机突然加速，迫使悬空的轱辘又回到了大堤，我们发出了"活着"的叫喊声，挣脱了急流抵达了对岸。我们来不及整理情绪，骑上车辆带上装备，又上路了，因为必须要赶在暴风骤雨前赶到前方的城市莫旗。我们骑行了一个小时之后，在铺天盖地的电闪雷鸣中，暴雨来临前的最后时刻，我们找到了住宿的旅馆。

从莫旗出发，由大兴安岭的南坡起，我们就要开始穿行大兴安岭。田野山地，郁郁葱葱，碧空如洗，我们在人间天堂中越野飞奔。山风拂过，掠起莽莽林海涌起叠叠绿浪，大兴安岭的森林不仅有绝妙的景致，更是一个清凉爽快的世界。

甘河农场——隐藏在大兴安岭上的一个世外桃源。从这里，我们踏进茫茫林海，走过纵横在林海间的江河湖泊，那山、那水、那森林，那浓郁得化不开的绿色，都成了挡不住的诱惑。一阵阵渗着绿色的风儿吹过我的脸庞，拂去了我们从都市带来的一身燥热，将清凉融入心田。

## 找到北了

我们从内蒙古的加格达奇出发，还要经过新林镇、塔河县、盘古镇等地方，大概5天的骑行时间才可以到达漠河北极村。前往新林镇的180公里是我们在大兴安岭骑行的最长距离，这个长度我们必须尽快完成，因为中间没有住宿的地方，不想在荒山野岭的寒风中过夜就只好早点上路。

在巍巍大兴安岭中一路骑行，连绵的山峰如同美丽的画卷，随我们的脚步一路展开。树木、花草、河流、沼泽，映入眼帘的村庄，掠过视野的飞鸟，总使我免不了停下来举起相机。爱拍照的大鹏说："我要用富有诗意的无言告白，来讲述着真实的大兴安岭。"没有泰山那般高耸的山峰，却用柔和的线条勾勒出绵延千里的一座座坡一道道坎，我终于明白了山与岭的区别。让我神往许久的大兴安岭，在我眼里不再神秘，它的美丽已全部刻入我的心底。

进入重峦叠嶂的山区，树木渐渐茂密，色彩也愈发丰富。清澈的小河与水泊如同镜子，倒映出蓝天白云和高大的树木。时而有小小的村镇出现，低矮的木质房屋，有着尖尖的屋顶，由细树干编成的围墙在我们眼前闪过，这时候，我们真正进入了林区。停下休息时我们碰到一名现役森警，他告诉我们："这里的原始森林树木茂密，只有不断向上生长，才可以接受更多的阳光，所以就见不到长得歪七扭八不成材的树了。"

次日从新林镇出发，碰上了大雾。在漫天大雾中，我们真正体会到穿行在云雾里的感觉。我们各自打开尾灯，原本毫不起眼的点点微光，在这万丈迷雾里连接了我们前后的队伍，蔓延开去。在接下来的两天里，我们经过了塔河县、盘古镇等大小兴安岭地区的大小林场，8月8号下午3点，我们距离漠河县城还有80里地，最后的冲刺就在眼前。

我和大辉、大鹏开始了最后的飙车，我们使尽了最后的力量，火力全开。一路的努力与坚持，我们为的是这最后时刻的欢笑与呐喊。路过的行人在看出我们是远道而来的行者时，都大声高喊加油，那一刻，我们的热血彻底沸腾。拼命蹬踩，奋力冲刺，我们完全忘记了身体的存在。灵魂在那一刻直上云霄，用摸到天的边际来宣告自己的存在。

我们把旅程的终点定在了漠河邮局的门口，在我到达那里的第一时刻，风雨大作，雷声震天，电闪雷鸣间暴雨倾泻而下。大辉、大鹏紧接着拍马赶到，盖完邮戳之后，我们借着邮局外的屋檐遮风挡雨。我们坐在一起看着雨一直下，"雨"几乎陪伴了我们的这一路。

我们到达漠河县城的第二天，雨停了。我们趁着这样的好天气，抱着最珍惜的心情，骑行在前往北极村的最后一段路上。这80公里，我们却行进得非常缓慢。美丽的风景是我们停下来合影的最好借口，这样的日子也许将一去不复返。到了中午时分我们到达了最后的目的地——漠河北极村。

漠河北极村是祖国最北的边疆，早已名声在外。波光粼粼的黑龙江在静静流淌，连绵起伏的外兴安岭依旧巍峨。我从祖国的首都来到了祖国的最北方。我为自己感到自豪，父母也将为我感到骄傲。

在漠河北极村，到处可以看到"最北"冠名：最北的哨所、最北的政府、最北的邮局、最北的学校、最北的基站、最北的银行、最北的一家等等。居民住宅大部分为"木刻楞"式（全部用木头和手斧刻出来的，有棱有角，非常规范和整齐，冬暖夏凉，结实耐用）的实木房屋。我非常喜欢这里的三个地方：一个是北极广场，一个是最北邮局，一个是望江楼。

北极广场上飘扬着五星红旗，有"神州北极"石，其字体苍劲有力，刚柔并济，凡来北极村游览观光的客人，均会在此石前摄影留念，以证北极之约。此石与号称天涯海角的"南天一柱"齐名，并与之遥相呼应，是北极村的一个象征性标记，是中国北极的标志性建筑物。在最北邮局，我给我全国各地的朋友们寄出了明信片，代表着我的一个个祝福。如果没有朋友们一路关注、一路支持，我就不可能坚持到最后。望江楼上，耀眼的金黄已经消退，留下了告别的黄昏。夕阳仿佛卡在了山间，只灿烂，不张扬。

我找到了北了，但是不停留，因为，还有更远的目标在等待着我。

## 登上黑瞎子岛

告别了北极村，告别了伙伴，告别了不舍，我要前往祖国最早升起太阳的地方。

从哈尔滨出发，又回到了一个人骑行在路上的感觉，这一段的旅途并没有伙伴。顺着221国道一路向东的旅途并没有想象之中的那样平坦，坑坑洼洼的老国道依旧在翻修当中，路上扬起的灰尘、呼啸而过的大货，一切的一切仿佛又回到了从北京出发时的情况。

但不一样的是，这一路我学会了不要抱怨。我沿着破破烂烂的221国道经过宾县、方正县，在快到大罗密镇的"十八拐"时，被一辆飞驰而过的汽车刮撞摔倒，当我爬起时它早已扬长而去。我拖着伤痕累累的身子来到了镇里的医院进行了简单的治疗。我大腿的左侧被滑出手掌大的伤口，血肉模糊，肩部、膝部、踝部都有不同程度的擦伤。但是我并没有就这样放弃，依旧踏上单车继续一路向东。

依兰、佳木斯、富锦、建三江、同江、街津口、八岔、抚远，当这三江平原上一个又一个的地点被我一日又一日的骑行走过后，我终于抵达了"东方第一哨"——乌苏镇，隔江看到了这一路的终点——黑瞎子岛！

8月27日，我清晰地记得这天。凌晨两点左右我就起床，为了看到祖国最早升起的太阳，疲劳可以强忍。2点半，我爬上了东方第一哨的哨塔，就在我即将到达最高的一层时，却被挡住了，原来这座哨塔是不允许游客入内的，我只好跑到乌苏里江边观看日出。这里凌晨3点多已经聚集了很多人，他们都是为了来看这祖国最早升起的太阳，我与他们一样等待着这一刻的到来。

凌晨4点左右，天亮了，铅蓝的夜色几乎褪去，在东方泛着亮光的乌苏里江面上出现了鱼肚白，相继抖开一条微红的彩带，彩带渐渐宽渐红，在其最鲜艳的部分涌出一个圆，就像从燃烧的火炉中跳出的一个通红的大铁球，红艳艳，金闪闪，在波光的簇拥下慢慢离开了轻纱缭绕的江面，并由殷红变成了金黄。此时千万根金针射出，给万物披上了金黄的外表，这就是中国最早的日出。如果你经常在不同的地方眺望过异乡的日落，你也许会从同一轮太阳感受到完全不同的体验和思考。完成了长存于心的一个梦想之后，我朝着最后的终点前行，登上黑瞎子岛。

就在一个多月前，黑瞎子岛才迎来首批中国游客，而且仅限团队游客。当我骑到黑瞎子岛入口的时候，被守岛官兵拦在了外面，我是个人旅行者，无法登岛。无奈，但我没有选择返回，坐地和守岛官兵聊起天来，说说这，侃侃那，和他们讲讲我这一路的所见所闻，果真吸引了他们的兴趣。就这样，我们在一起待了一个下午，让我也更多地了解了守边官兵的生活。由于我和他们打成一片，成了朋友，第二天早晨，他们帮我搭上了一辆入岛旅游团的客车，就这样，我终于登上了黑瞎子岛，来到了祖国最东的国土。那一刻，我的眼睛湿润了。

一个梦想的旅程就这样结束了，这仅仅是我下一个梦想的开始。走出校园，踏上旅途，去直面这个世界。人的一生，至少有一次年轻气盛，我没有选择谈情说爱，也没有选择哥们义气，而选择了飞扬跋扈地奔向远方。多年以后，你或许对此不以为意，可当你老了，在你平凡的一生中，那可能就是你最闪亮的一刻。

读书、旅行、感悟，这就是我大学生活的全部。旅行是短暂的，可就是这短暂的时光才弥足珍贵。人生其实就是很多次的旅行，和不同的人在不同的时间，留下不同的记忆。当我结束旅行，回到校园，开始上课学习的时候，我忽然明白了什么是生活。

**黑瞎子岛，**又称抚远三角洲、熊瞎子岛，是位于黑龙江和乌苏里江交汇处的一个岛系，其西半部为中华人民共和国所有，东半部为俄罗斯联邦所有。岛上的两国分界线是中国最东的国境线。自从1929年中东路事件后，一直由前苏联（今俄罗斯）对该岛实施管辖。2007年关于黑瞎子岛两国发表《中俄联合声明》，勘界完成，界碑竖立。2008年10月14日，仅三分之一被归还中国，中俄两国在黑瞎子岛上举行"中俄界碑揭牌仪式"中国正式收复黑瞎子岛。2011年7月20日上午黑瞎子岛迎来首批中国游客。

# 只为路上与你相遇

姓名: 黎欣
学校: 江西师范大学 研究生2009级
出生年月: 1985年3月

　　旅行，不仅仅是自我内心的满足和获得，更是一种给予和分享。让别人获得快乐的同时其实自己也收获感动！而我应该对这些人说谢谢，因为是他们，才让我有这样的机会。

——黎欣（网名: 丑牛）

黎欣

## 我的青春自白·那些沉淀的旅行记忆

　　我从小在农村长大，童年的记忆有很多，上树掏窝，下水摸鱼，放牛偷瓜，能做的"坏事"我几乎都做过了。只是没想到，小时候干的那些"坏事"到现在却让我受益匪浅——让我有这样好的身体！只要到了夏天就是"铁人三项"：先游过村前的小河，接着战战兢兢地穿过甘蔗地，砍了两根甘蔗然后一路狂奔，再游过小河找个地方隐藏起来。当然，那时候我们是有组织的，我还明白了团结协作的重要性，培养了集体主义精神和绝不出卖兄弟的优良品质。至今，我常常想起童年那段无忧无虑的日子。

　　高中时，我觉得最有意思的课程就是地理和历史，我感到最幸福和骄傲的是，我那3年完全占据了班级地理首名的位置。高二文理分科之后，我们班新来了一位刚毕业的地理老师，他虽然年轻但看上去很老到，当他讲述青藏高原时眼神里充满了向往，他说他一定要去一次青藏高原。2004年的7月，我读了《中国国家地理》川滇藏大香格里拉专辑。文中从八大层面阐述了大香格里拉地区的深厚底蕴，它们重重叠叠，纵横交错，编织出大香格里拉地区独特的自然和人文风貌。杂志中绝美的图片让我心生向往。

　　刚上大学的时候，我对一切都充满了好奇，毫不犹豫地报了学校开设的"野外生存和西藏旅游"的课程。在这里我遇见了给我很大帮助的王健老师，他20世纪80年代末就开始徒步藏区，先后8次进入藏区，足迹几乎遍布藏区所有的地方。

　　大二的时候，幸运的我在这个4万人的校园里找到了另外3个志趣相投的死党。我们骑车到处瞎转悠，一年下来竟把半个江西转了一圈：抚州、赣州、南昌、九江、宜春。唯一遗憾的是一直计划的环鄱阳湖骑行至今也没有实现，实乃憾事。我们也曾想过骑车进藏，对那些已经做到这件事的人充满无限的崇拜，但总觉得我们距离"那个世界"太远了，远到我们只能在电脑里审视这一切。大二暑假快要来临的时候，我们意外地看到一张高尔寺山的照片，它的美竟让我在电脑前大哭了起来，我决定和另外两个光棍组成"111路军"，骑行川藏。

出发前我们将穷行川藏的精神奉行到底，驼包自己做，货架自己装，能省的都省了，唯一没有省下来的是火车票，别说学生票，就是去成都还是在襄樊转的车。我们三人到达成都后老是感觉不太对劲，怎么总是就我们3个人骑车，很少能遇上车友呢？这种现象直到抵达泸定才得到改变，我们这才明白这个季节川藏线上并不适宜骑车，开车的比骑车的多。

骑行在四川境内，并没有看到让我流泪的高尔寺的贡嘎金顶，倒是在10天的行程当中竟有7天下雨。直到过了左贡之后才看到期待已久的阳光，我们来时的激情都快被高原的雨给浇灭了。过了四川，我们就开始客串"劫匪"的角色，没水就直接拦车讨，饿了就吃压缩饼干，吃腻了就找外地牌照的车要点可口的食物，典型的"车匪路霸"，好在各路师傅都能慷慨相助。

一路且"劫"且行，到达梦中的拉萨，反倒是没了当时的激情，曾经以为看到会痛哭流涕的场景，那一刻却没有了任何的兴奋，我们在旅店狠狠地睡了两天，除了象征性地去了大昭寺和远远地看了看布达拉宫，哪里也没去。就在雪顿节到来的那个早上，我坐上了回家的火车。因为24天的路程对于我来说意义大于拉萨的一切，我已经在其中找不到属于旅行的情节了，拉萨于我，于我的旅程，仅仅是一座城市一个目标。

3年后，哥们儿早已各奔东西，一个在樟木工作，另外一个去了美国，而我经历了支教、考研、毕业、兼职。为了纪念我们第一次出行和毕业一周年，我特意又去了我们第一次骑行的地方，一切都是那样熟悉，但是只剩下我一个人。

我曾开玩笑说过，要把进藏当作回家。我3年后才回家一次，我每天都希望能回家，更不会忘记兄弟马达毕业去樟木工作的时候，我说，我会去看你的！于是我再次进藏，仅仅是为了实现一个男人的诺言，为了这句承诺我用了整整一年来实现。

在旅行方式的选择上我们交流了很久，火车加单车？骑行318北加中尼？火车加搭车？最后我选择了全程搭车，因为我说过我不会从拉萨的火车站踏上这片土地；我的单车也早就没有往日的容颜，被高高挂起，只剩下了车架。

关于搭车的感动比骑车的要多，因为你每时每刻都在期待别人的帮助，路边玩耍的小孩子都能给你忠告和建议。

我怎能忘记在黄石城外加油站张阿姨的帮助，对于她来说我只是一个素不相识的人，她给我打扫好扎营的休息亭，还送来他们的工作餐，像母亲一样细心地把大块的牛肉夹到我的碗里，让我感动不已。

我也不会忘记杭大哥和张大哥带我这一路——从黄石到昆明，跨越4个省，行程1781公里，让我与云南邂逅，与香格里拉有个约会。

台湾的姚先生夫妇开着小型的越野车，我和我的背包，加起来

整整100公斤，我人上去之后明显地觉到了车底距离地面又近了几厘米。就这样，在大雪山泥泞的道路上行走了整整一上午，最后又在崎岖的盘山公路上翻越了两座山头，才从云南的香格里拉到达四川的香格里拉。

然后我搭上了洛绒叔叔的车，后来还去了洛绒家做客，洛绒一家人给我家一般的温暖，让我这个在外漂泊了数日的旅行者，暂时忘记了旅途的艰辛。旅程从这里又是一个开始，是家的起点。

从西安自驾过来的吴先生，为的是了却他青藏汽车兵的夙愿，在计划走川藏的第10个年头才真正成行，连续三天都因为相同的行程而搭上我三次，不厌其烦。他是一个老兵，川藏给他留下了一份沉甸甸的军人情怀。给每一个兵站拍照，给每一座墓碑点上香烟，那是他作为汽车兵对那些曾经驻守在川藏线上的战友的敬意和缅怀。

你会为路边的旅行者停下车，但是你会为一个已经错过的旅行者掉头回来吗？拉萨的左桑大叔和沧州的王大哥都是开始不明白我的手势的意思，但是走出了几公里之后知道我要搭车，然后掉头回来带上我，他们如果不是我生命中的贵人，那是什么？有些人用一生的光阴来等待，哪怕只是为了一面之缘；有些人用一生的光阴也等不到擦肩而过的邂逅！

从羊卓雍措回拉萨的路上，阿南大叔和他的孩子丹增让我知道什么叫做尊重。同意带上我之后，丹增对我说：请上车！我俨然成为了他们的客人，上车后细心的阿南叔叔将正在播放的藏族歌曲换成了流行音乐，让我在这辆车上第一次听到那首《传奇》。

在巴彦淖尔搭车去高速路口，张大哥和他的同事特意绕道将我送到搭车地点，分别的时候对我说"谢谢你与我们分享精彩的旅途"。本来是我该说的"谢谢"却被他给先占用了。

81个相遇的人，81个感动的故事，有太多的感触和回忆足够让我用一辈子去怀念。有些人哪怕只是1公里，都要停下车来把你带上，这就是搭车的际遇。对于他们而言，我只是一个插曲；对于我来说，他们却是一曲荡气回肠的交响乐，我只是一个聆听者，没有他们的演奏，我手中的乐谱一片空白！

与这些我生命当中可能只有一面之缘，但情感却是无比厚重的好心人相遇，无疑是幸运的。

也许旅行就是为了与所有想象不到的未知去相遇，一个个未知的际遇组成了旅行的全部，如果旅行充满了已知的安排，那旅途还有什么可以期待的？你还会为将要到来的旅行充满期待吗？

在下一个转角与你相遇，这就是旅行的全部，也是生命的全部，只因我们前世有缘！

# 我的梦想旅行计划

## ○2011搭车国境线

本文记录中国行计划里说的"搭车国境线"，指的就是中国陆上国境线。

中国的陆上国境线是世界上民族、历史、地理最为丰富的景观大道，从南部沿海的十万大山，进入到云贵高原，继续攀升到世界高地——青藏高原，然后延绵到新疆帕米尔高原，穿越天山山脉和阿尔泰山下降到内蒙古高原，之后进入广阔的内蒙古草原，最后到达物产丰富的东北平原，回到临海。

起点
**广西东兴市**
终点
**辽宁丹东市**

**途经:**
广西东兴市、凭祥市、云南河口县、勐腊县、瑞丽市、腾冲县、西藏亚东县下司马镇、聂拉木县樟木镇、普兰县、阿里狮泉河镇、新疆喀什市、红其拉甫、阿拉山口、阿勒泰市、内蒙古额济纳旗、阿尔山市、满洲里市、黑龙江漠河镇、抚远县、绥芬河市、吉林珲春市、辽宁丹东市

### 广西东兴市

位于我国大陆海岸线最西南端，东南濒临北部湾，西面与越南接壤，是广西乃至中国通往越南以及东南亚最便捷的通道，同时也是中国与东盟唯一海陆相连的口岸城市。

### 广西凭祥市

凭祥市与越南的谅山接壤，边境线长97公里。凭祥市素有"祖国南大门"之称，是中国最靠近东盟国家的国际化城市。

### 云南河口县

位于云南省东南部，与越南老街省老街市隔河相望，是云南省乃至西南地区通向东南亚、南太平洋的便捷通道。鳖和黄鱼是红河的特产，在这里还可以品尝到一些越南的风味小吃。

### 云南勐腊县

位于云南省西双版纳傣族自治州东南部，东、南被老挝半包，西南隅与缅甸隔澜沧江相望，西北紧靠景洪市，北面则与普洱市的江城哈尼族彝族自治县相邻。

### 云南瑞丽市

美丽的边境口岸城市瑞丽，位于云南省西部，隶属于德宏傣族景颇族自治州。瑞丽西北、西南、东南三面与缅甸山水相连、村寨相依，有169.8公里的国境线。

### 云南腾冲县

位于云南省保山市西南部，西邻缅甸，与缅甸接壤的国境线长达148.075公里。腾冲有中国最密集的火山群和地热温泉，有90多座火山，80余处温泉。

### 西藏亚东县下司马镇

日喀则地区亚东县境内的亚东口岸是中印贸易的主要通道，海拔2800多米，与印度、不丹两国接壤，对外有41条通道。亚东县人民政府驻下司马镇。亚东县境内山清水秀，气候温和，水源充沛，物产丰富，素有"西藏小江南"之美誉。

**行程安排 · 时间路线**

时间: 2011.6.6~2011.9.5 80天左右

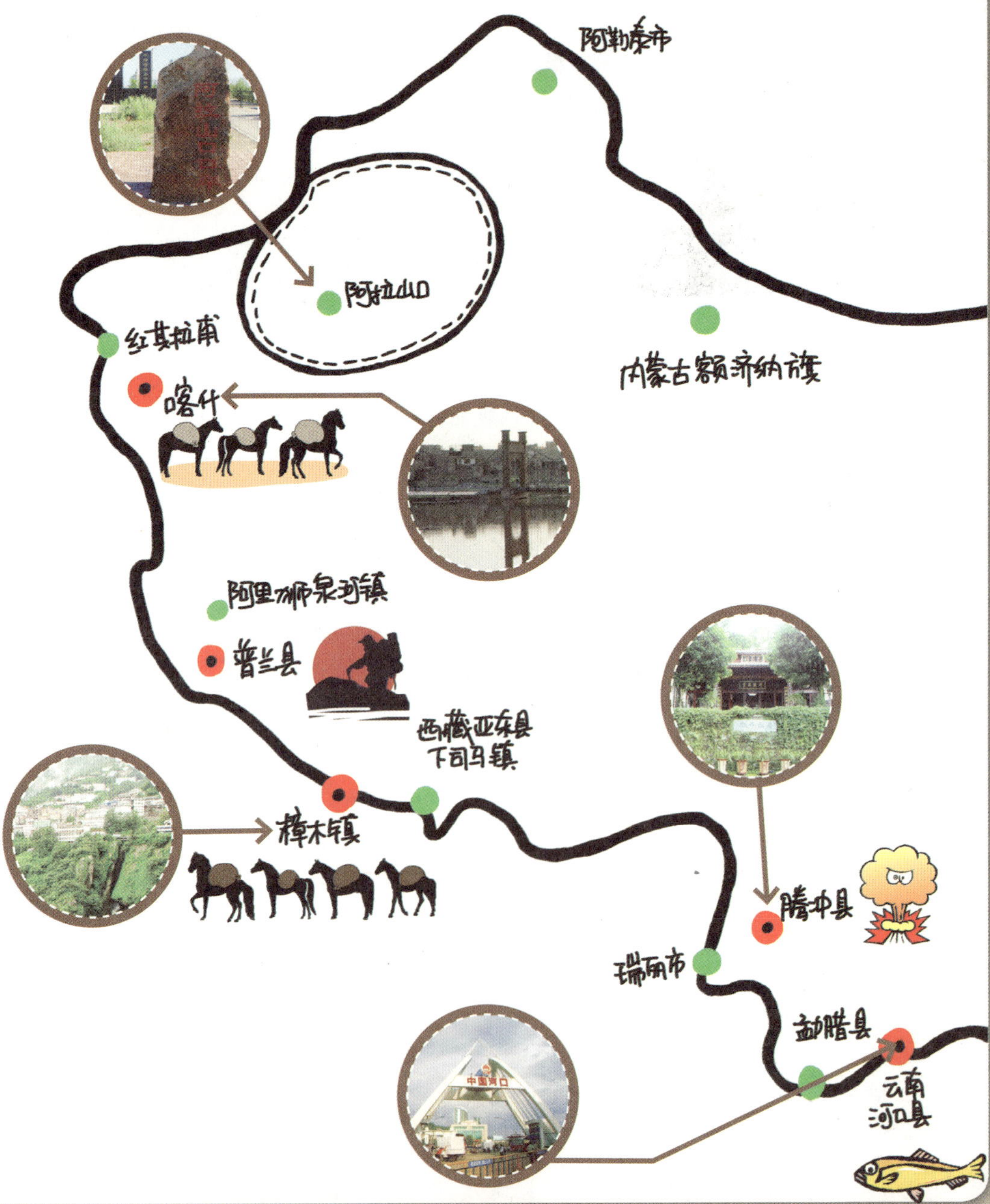
阿勒泰市
阿拉山口
红其拉甫
内蒙古额济纳旗
喀什
阿里狮泉河镇
普兰县
西藏亚东县
下司马镇
樟木镇
腾冲县
瑞丽市
勐腊县
云南
河口县
中国河口

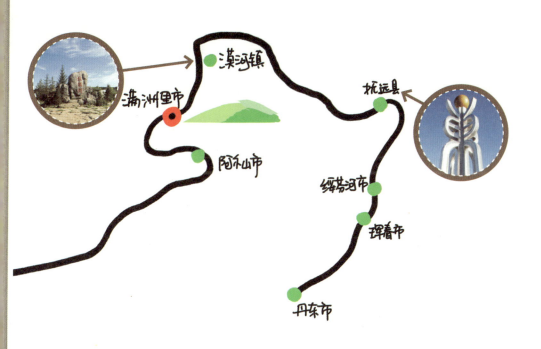

漠河镇

满洲里市

抚远县

阿尔山市

绥芬河市

珲春市

丹东市

凭祥市

广西东兴市

　　本次搭车计划将历时80天（2011年6月16日
~2011年9月5日，每天平均约240公里）。
　　搭车的总行程将达到2万多公里，穿越广西、
云南、西藏、新疆、甘肃、内蒙古、黑龙江、吉林、
辽宁9个省或自治区；穿越我国少数民族的集中地
带；穿越山地、高原、沙漠、草原、平原等地形区；
穿越亚热带湿润季风气候、热带湿润季风气候、高
山气候、温带干旱、半干旱大陆性气候、温带季风
湿润性气候等多种气候带。

**路线**

　　广西东兴市——凭祥市——云南河口
县——勐腊县——瑞丽市——腾冲县——
西藏亚东县下司马镇——聂拉木县樟木
镇——普兰县——阿里狮泉河镇——新疆
喀什市——红其拉甫——阿拉山口——
阿勒泰市——内蒙古额济纳旗——阿尔山
市——满洲里市——黑龙江漠河镇——抚
远县——绥芬河市——吉林珲春市——辽
宁丹东市

### 西藏聂拉木县樟木镇

樟木，古称"塔觉嘎布"，藏语为"邻近的口岸"，这是茶马古道一条重要的分支延长线。它东南西三面与尼泊尔接壤，海拔2300米。这里已经成为许多外国旅游团队和登山探险队进出中国的主要通道。

### 西藏阿里地区普兰县

普兰县地处西藏阿里地区南部、喜马拉雅山脉南侧的峡谷地带及中国、印度、尼泊尔三国交界处，是三国进行经济、文化、宗教交流的重镇。普兰县有神山——冈仁波齐，圣湖——玛旁雍错，因而广受旅行者青睐。苯教发源于此，每年来自印度、尼泊尔、不丹以及我国各大藏区的朝圣队伍络绎不绝。

### 西藏阿里地区狮泉河镇

噶尔县是西藏阿里地区行署的所在地，海拔4350米，驻地为狮泉河镇。往北到叶城，往东到日喀则，二三千里内都没有比它更大的城市。

### 新疆喀什市

喀什地区位于我国西陲，是我国的西大门，与5国接壤，有6个国家一类口岸对外开放。在15世纪海路开通之前，喀什作为古"丝绸之路"的交通要冲，一直是中外商贾云集的国际商埠和东西方文化交流荟萃之地。

### 新疆红其拉甫

红其拉甫口岸早在1000多年前就是著名的古"丝绸之路"上的一个重要关隘。历史上，这里一直是中国与西南亚以及欧洲经济、文化交流的重要通道。是我国与巴基斯坦唯一的陆路进出境通道，也是通往南亚次大陆乃至欧洲的重要门户。

### 新疆伊犁

伊犁哈萨克自治州，西边毗邻欧亚国家哈萨克斯坦，辖塔城、阿勒泰两个地区和10个直属县市。气候宜人，降水量较为丰富。

伊犁历史上是古丝路北道要冲，今天是向西开放的门户，素有"塞外江南"、"瓜果之乡"的美称。伊犁全州边境线长2000多公里，与哈萨克斯坦、俄罗斯、蒙古等国接壤，沿边有霍尔果斯、巴克图、吉木乃等8个国家一类口岸，其中霍尔果斯口岸是西北地区最大的公路口岸。

### 新疆阿拉山口

阿拉山口口岸位于新疆博尔塔拉蒙古自治州境内，是举世瞩目的新亚欧大陆桥上中国的西桥头堡，是我国西部地区唯一的铁路、公路并举的国家一类口岸。

### 新疆阿勒泰市

阿勒泰地区，位于中国新疆维吾尔自治区北部边缘，阿尔泰山南麓，额尔齐斯河北岸。所属6县1市均为边境县，与蒙古、哈萨克斯坦、俄罗斯三国陆路相接，边境线长1205千米。阿勒泰市是阿勒泰地区的政治、经济和文化中心。

### 内蒙古额济纳旗

额济纳旗地处祖国北疆，东与阿拉善右旗毗邻，西南与甘肃省酒泉市交界，北与蒙古国接壤，国境线全长507.147公里。策克口岸是内蒙古自治区阿拉善盟唯一对外开放的国际通道。

### 内蒙古阿尔山市

阿尔山市位于内蒙古自治区兴安盟西北部，横跨大兴安岭西南山麓，西邻蒙古国，从市区到边境仅40公里。阿尔山——松贝尔口岸是中蒙边境继满洲里、二连浩特之后的第三大陆路口岸。阿尔山市是中国最小的城市，总面积7408.7平方公里，总人口5.6万。

**内蒙古满洲里市**

满洲里市位于内蒙古呼伦贝尔大草原的腹地，东依兴安岭，南濒呼伦湖，西邻蒙古国，北接俄罗斯，是我国最大的沿边陆路口岸。1901年因东清铁路在此建成车站而得名，俄语为"满洲里亚"，音译成汉语变成了"满洲里"。

**黑龙江漠河县**

漠河县位于祖国版图的最北部，居中俄界河黑龙江之滨，是全国纬度最高的县份。漠河县位于全国九大山系之一的大兴安岭山脉的北坡，黑龙江上游南岸。北极乡，位于漠河县最北端，全乡边境线长176公里。

**黑龙江抚远县**

抚远县地处黑龙江、乌苏里江交汇的三角地带，是我国最东部的县级行政单位，也是我国最早见到太阳的地方。东、北两面与俄罗斯隔黑龙江、乌苏里江相望，南邻饶河，西接同江，全县边境线长275公里。

**黑龙江绥芬河市**

绥芬河市是黑龙江省边境口岸城市，位于绥芬河上游，滨绥铁路终点。东与俄罗斯接壤，边境线长27.5公里。市名因河名而得，"绥芬"系满语"锥子"之意。

**吉林珲春市**

珲春东南与俄罗斯接壤，边境线长246公里，现有珲春口岸和珲春铁路口岸与俄相通。珲春西南隔图们江与朝鲜咸镜北道相邻，边境线长130.5公里，现有圈河口岸和沙驼子口岸与朝鲜通客过货。

**辽宁丹东市**

丹东是中国也是亚洲唯一一个同时拥有边境口岸、机场、高铁、河港、海港、高速公路的城市。

>>京藏高速张家口段

>>大昭寺

>>拉萨河谷

>>新疆赛里木湖

>>黑龙江

>>邦达草原

（1）佳能400D+适马镜头（好友相借）

（2）SONY DV（好友相借）

（3）便携式打印机、投影仪、GPS（地理网好友相赠）

（4）GPS导航仪（自行购买）

（5）65升背包和25升小背包（好友相借）

（6）两部手机防止断电以及无信号应激使用。

（7）两部手机：电信号码手机，专用发微博、接电话；移动号码手机，发短信，急用备用。

## 预算

### （1）食

每天的费用安排在30元之内，80天×30元/天=2400元（最大值）。

自助餐：其中将安排1/3的用餐通过自己动手做饭来实现，每次用餐的费用在5元左右（还是自己动手省钱），80天×5元/天=400元。

干粮：背包内必须准备至少3天的干粮，每天10元左右的压缩饼干和5元的牛肉干、巧克力等其他食品，其中可能有三次需要补给干粮（在西藏、新疆、内蒙各补充一次，其他地区均为人口和村落密集区），3天×15元/天×3次=135元。

炊具：煤气罐，10天一个，需要8个，每个15~20元，8个×20元/个=160元。

### （2）住

途中有一半住宿都安排在帐篷内，每天的住宿控制在20元之内，40天×20元/天=800元。

### （3）行

旅行的交通费用（包括旅行开始只是前往出发地和结束时回到家中的火车票费用）：南昌——东兴：200元；丹东——北京——南昌：330元。

GPS导航仪，不超过1000元。

旅行当中特殊情况的交通费用控制在500元之内，作为应急状况下使用。2010年暑假搭车1万公里只有一次在塌方的情况下使用了30元作为交通费。

### （4）公益支出

便携式打印机：约1500元，相纸200张：500元，共计2000元。

### （5）应急药品

感冒药、腹泻药、消毒药、脚癣药、镇痛药、肠道镇定剂、抗生素、抗组织胺类药、防晒和护肤等，共计200元。

### （6）保险意外

出行购买旅行保险，以某保险公司的险种为例（最大为30天，分3次购买），15元/天×30天×3，共计1350元。

### （7）手机通信等其他灵活性支出为：1000元。

以上所有费用预算均为最大值，其他未列出的基本的户外装备，除了借用好友的之外，如地垫、刀具等等为本人已有物品，护照等其他证件，不列入预算。费用合计约为10000元。

# 我的梦想之旅

## ○ 只为路上与你相遇

我的搭车国境线旅行在222位好心人的帮助下在预定时间内圆满完成。在23800公里的旅行中，不仅汇集与这些好心人的偶遇，也浓缩在送出的216张照片里。回想起旅行中的点点滴滴，我依旧心潮澎湃。那一张张善良而真诚的脸庞，让我感到自己不仅是幸运，更多的是幸福。

记得《不去会死》里有一句话："如果你真的想做成一件事，全世界都会帮助你！"去年的搭车之行终于能感受到那种与陌生人在那么一个偶合的际遇相识，雪中送炭般的温暖顿时就能涌上心头，而这次的国境线之行让这种感觉尤甚。多少次的失望、失落到绝望，然后在这些过后总会有巨大的惊喜降临。

带上打印机去旅行，一直是我旅行的心愿。曾经在旅途中给那些偶遇的人拍照，寄出的照片也从来不知他们能否收到，真的害怕那些曾经信誓旦旦的承诺石沉大海。也许一张照片对于我们来说是唾手可得的，然而在那些资源匮乏、条件艰苦的地区，人们想得到一张照片的渴望可能是我们难以想象的。

旅行，可以因为我们的一个小小的举动变得更加Deep！

## 出发，没有想象的那么难

当我顶着烈日站在路边想要搭车时，火辣的太阳烘烤着大地，路旁的树叶耷拉着脑袋，知了扯破了嗓子拼命叫着，我还以为这一切都是梦境。直到汗液顺着我的脑袋，淌过我的眉骨，最后流进眼睛里让我感觉到一阵刺痛时，我才意识到，这一切都是真的。

>>怒江峡谷磕长头的一家人

>>四川理塘长青春科尔寺

>>冈仁波齐神山的转山人

>>318国道

>>国道214

>>羊卓雍措,当地的藏族大妈

>>拉龙拉山口

大学时开始骑车旅行，同学们总对我说，带上我吧。我说，那你一起来吧，去买一辆车，就能上路。可是，没有时间、体力不好、家里不准、资金不够、路上没保障、晚上住哪里、怎么洗澡呀、遇到狼怎么办……面对他们提出的一系列的现实问题，我告诉他们，这些都不算什么，在路上都能够迎刃而解，你是需要一双耐克鞋还是需要一段梦幻的旅行？我没有再得到答复，我看到了满校园的"钩钩鞋"，我以为他们是认真的，后来我才知道，他们只是说说而已。出发对他们来说是梦，而不是旅行。因为我们都不会去在意梦境中的我们。

我要搭车去西藏看朋友，他们又为我担心，你有经验吗？你知道在哪里搭车吗？你知道路怎么走吗？要是遇到坏人怎么办？我再也不回答这些了，就像我第一次踏上川藏骑行的路一样，我知道这些不应该是出发时才思考的问题。我没有经验，但是我知道路在嘴边而不在书中，而且很幸运的是，每次我在路上的时候，坏人都回家农忙去了。后来我才知道对于他们来说困难不在路上而在于出发。那个没有经验、不知道在哪里搭车、只有一张中国地图、没有任何防身设备的我只是站在国道边，伸出我的大拇指，就完成了搭车1万公里的梦幻旅程。

我要搭车在国境线上行走，在那个中午静静地来到车站，出发，只需要一张火车票或一张汽车票。没有什么会比跨出第一步更加艰难的了。那些今天叫嚣着要去旅行明天依旧叫嚣着去旅行的人后天也不会出发的。真正决定想要出发的人，昨天就已经在路上了。

即便当我坚定出发的那一刻，迎面而来的很可能就是让我难堪的一幕。相比去年搭上的第一辆车是刚出厂的新车，今年搭的第一辆车竟是一辆边走边晃荡作响的垃圾车，反差之大，让人忍俊不禁。就这样，我随着一车的生活垃圾开始了国境线的搭车之旅。之后搭的是一辆手扶拖拉机，难道这预示着我今后的旅程就在这样的选择当中度过？迎面吹来凉爽的风，让我暂时忘了这一切，另外我还要拼命地抓紧栏杆以防止身体被甩出车外做自由落体，我可不是苹果，不会砸到夏娃、牛顿和乔布斯。

## 危险，总是不自觉地就出现在身边

搭车过程中最怕的就是所搭乘的车有各种各样的问题，比如在行驶过程中遇到的各种问题。

从新疆往口内走，我搭乘了一辆满载石油化工原料的油罐车，行驶在一段非常颠簸的修路区。我和司机张师傅和着高扬的《月亮之上》，瞭望着无边的苍凉而遒劲的戈壁，都High到极点。因为油罐车所载货物较轻，张师傅打算超车，就在刚要超过一辆满载矿石的拖车时，迎面突然冒出来一辆轿车！

高速路段是双车道，分为上下行，这辆本该在50米开外左侧高速路上行驶的轿车居然出现在这里……关键是我们已将车头摆在了超车道准备超车，刹车躲过去已经不可能了，如果急刹车说不定就直接侧翻！或许我们的车头会硬硬地压过轿车，但侧翻后会直接把右侧矿石车甩出道路外面，然后向前滑行了几十米停下来，导致油罐里面装的化学原料撒出来……

张师傅一边鸣笛示意对面的车减速，同时加大油门，迅速地从几乎贴着两边的车子空出来的缝隙中冲了过去！我能感觉到我们车子的轮胎几乎是磕到轿车上了……就在一瞬间，三辆车同时擦肩而过，避免了一场交通事故。

如果一辆卡车忽然在你面前刹车，而它所运载的东西就在一瞬间倾泻而出，这将是一种怎样的惨状？只有用狼狈不堪来形容。

那是一个炎热的下午，我将背包放在路边搭车，一辆辆车从我身边疾驰而过。一辆卡车铆足了劲爬上了转角的大坡，又伴随着急促的刹车声停了下来，就在我正要上前去问的时候，车斗内的泥浆翻滚了一通，然后倾泻而出，劈头盖脸地朝我而来，我立即往后退，但是膝盖以下部位还是全部沦陷。还好背包因为放的地

　　方比较靠后，而没有遭受意外，可是还没等我将背包往安全地带转移，一辆客车疾驰而来，将满地的泥浆溅起，我顿时又成了泥人，而背包也像是刚刚从泥浆里面捞出来一样。

　　如果这次掉下来的是其他的东西，如果是一个个小石块，如果是一个个没有绑好的箱子……任何一个再重一些的物体朝我滚来都将是我不能承受的。有的时候自己的生命并不是掌控在自己的手中的，不能够期许这极小的概率事件就一定不会发生在我们身边，很多事情都是在不经意间就降临了。

　　你永远不知道下一秒会发生什么，旅行如此，生活也是如此吧。

## 在路上，没有想象的那么简单！

　　从广西进入云南，我的搭车国境线之旅开始不久，老天就给了我一个下马威——夏天的气温忽然降到15℃以下。前一天晚上还是穿着短袖拖鞋，第二天起来满大街都是外套加身，可怜了我这个外地人，依旧还穿得清凉无比！本以为过了早晨温度便可上升，谁知临近中午大风照样吹着。我确实没能预料到云南的边界还会有这样的天气，在风中硬扛了两个小时，鼻涕犹如德天瀑布一般，我想再这样下去脱水了可就麻烦了，于是搭上客车想直接离开，谁知车子里外温差太大，我的小身板没能扛住，当天晚上就出现发烧的迹象。

　　病痛确实是旅行途中最大的敌人。

　　在然乌湖搭车者扎堆，我与去拉萨的同伴从10多个竞争者中"脱颖而出"，搭上车直接前往林芝八一镇，途中心情甭提有多舒畅。在色季拉山我们还有幸见得南迦巴瓦真容，在八一镇又与故人相遇，这一整天相当幸运。晚上我便吹着口哨，光着屁股进了浴室，狠狠地洗了澡，谁知太过兴奋，洗得太久了，第二天一早起来便感到咽喉有些刺痛，吃药后也没太大改善。风尘仆仆地赶了一天路，到了目的地后才发现自己发烧了，但是该地的海拔仅为3200米，还未给病痛带来太大的障碍。我吃了一大堆药丸，狠狠地睡了10多个小时，高烧才得以缓解。

虽已经退烧，但是高原上的感冒不是那么容易好的，一直到了江孜我的咳嗽都不见好利索。我当日还去爬了宗山古堡，到达海拔近4100米的山顶时，一股莫名的痛从胸口内部向外部扩散，一阵一阵的，像是有一根钢针在规律地刺向胸口，很是难受。此时我也出现了轻微程度的头晕，大口呼吸也难以缓解。我以为这就是传说中的肺水肿，便未作任何停留回到拉萨。拍片之后得知只是胸口气门过小，加之我爬山太快，导致功能性呼吸不畅，才使得胸口疼痛难忍。我顿时长舒一口气，而此时因为在拉萨得到了很好的休息，感冒也好了，这为之后的冈仁波齐转山打下基础，说来也算是幸运。

再说另外一次感冒。抵达黑龙江时已是中秋前后，大兴安岭地区已经冷意徐徐了，尤其是晚间更是寒气袭人。我仗着自己身体强壮，也并未在意，依然夏装上阵。谁知到达林区腹地之后，夜间温度跌破5℃。我因为赶路，直接上了火车往北极村方向赶，一下火车便难以承受这刺骨的寒气。这次感冒也较为严重，引起了咽喉炎，持续近两周，直到旅行结束回到南昌才痊愈。塔河到抚远的那几天里病情最为严重，多日的连续赶路加上未能休息好，以至于说话都变得困难起来。东北的早晚温差甚大，白天出太阳尚可穿短袖，可是我不敢，再也受不了那个风寒了。我背着包，一走路便大汗淋漓，全身上下全部湿透，很是痛苦。有几次实在难以承受，我便躲到路边的树林里换起了衣服。

好就好在东北人豪爽的性格让我搭车没费太大的力气，要不然病痛难忍，还要为搭车费尽心思，那估计这感冒就更加严重了。

## 有些人，就是为了与你遇见

"那一世，转山转水转佛塔，不为修来世，只为途中与你相见。"如果仓央嘉措也搭车，那他这句话一定是写给那些搭上他的司机。

新藏线在继续修路，路上实行交通管制，每月逢有1的日子才能放行。我在一个还未建好的项目部板房前面搭车，这里前不着村后不着店，海拔5100米，没电没信号，我在接近零度还刮着凛冽寒风的搓板路上等了5个小时，只有5辆车从这条路经过，其中还包括两辆反方向的车。为了能够离开这个地方，我决定徒步翻越前方的红土达坂到松西乡。可是仅仅徒步了1公里之后我就动摇了，完全走不动了。此时远处过来一辆车卷起一条长长的"彗星尾巴"。我像期盼救星一样期待这车能够停下来，就算不带上我也可以告诉我一些后方车辆的情况，或许还可以帮我把背包带到前面的牧民家里。我做了最坏的打算，这是我一路上最为坚定的一次，因为如果这次不能搭上车，那我实在不知道下一辆车到来的时间是什么时候了。

这是一辆只坐了两个人的越野车，开车的倪老40年前曾在新藏线当兵，经历传奇。我问道，为什么在前面的多玛乡不带上在那里的几个搭车旅行者，他的回答是：他们在有食宿的地方，人多可以相互照顾，不会有任何问题；而你在无人区，没有任何人可以帮你，所以必须把你带上。

也许，上面任何一个条件没有满足，我都可能要与这些经历错过，错过在新藏线的搓板路上飙车，错过那听来让人澎湃的人生经历。这一切在我看来是被安排好的，我一直都这样认为。

如果这些还不能证明的话，那彭大哥掉头回来将我带走是不是会显得让你不可思议？

我站在阿勒泰去往北屯的路上，不到半个小时内就过去了有100多辆车，很多好奇的眼睛看着我这个旅行者，在太阳快要下山的时候伸着大拇指在路边期待着奇迹的发生。后来奇迹真的发生了，一辆车在我前面掉头过来，司机问："你要去什么地方？"

"北屯！"我兴奋地回答道。

"上车吧！"司机彭大哥给了我肯定的答复。

上车后彭大哥的爱人解释说，当时我们看到你站在路边，但是不明白你伸出大拇指想要干什么，过了几公里才想起来可能是要帮助，所以我们就折回来问问。

很喜欢藏族人形容一个人心肠好而常说的一句话："只有菩萨才会这样做！"而他们会为我这个陌生人而停下车，就是这样的好心人。

有些人哪怕只是1公里，都要停下车来把你带上，这就是搭车的际遇。为了这一面之交，我选择了正确的方式，与这些我生命当中可能只有一面之缘但情感却是无比厚重的好心人相遇。有些人用一生的光阴来等待，哪怕只是为了一面之缘；而有些人用一生的光阴却也等不到这擦肩而过的邂逅！

也许旅行就是为了与所有想象不到的未知相遇，一个个未知的际遇组成了旅行的全部，如果旅行充满了已知的安排，你还会为将要到来的旅行充满期待吗？

## 最多的忠告，这里搭不上车的

"你在这里搭不上车的！"这是我在路上路人给我最多的忠告。

被告知不能搭上车最多的地方应该是喀纳斯景区的贾登峪。当我正在路边搭车时，当地的哈萨克人过来了，问我是不是要去布尔津，要不要坐车，要不要住宿……我对这里90块一盘土豆丝的市场氛围早有耳闻，为了不费多余的口舌，我直接用一句话拒绝了所有的问题：我什么都不需要。然后他们面面相觑，带着鄙夷的眼光离开了。昨天从布尔津过来，那里人告诉我不可能搭上车去喀纳斯，因为都是旅游的车前往这里，而且就算是有车愿意停下来他们也会向你要钱！而从喀纳斯出来，他们的口气更加坚决，新疆哪里都可以搭上车，但是在这里不可能！而我对这些充耳不闻，我知道，在哪里搭车对我来说都不是传说。

在与遇到的客车司机聊天的时候，他对于我搭车旅行持有非常大的怀疑态度，尤其是对在充满了商业气息的喀纳斯搭上车表示前所未有的不解，至少在我之前他没有见到有另外的人这样做过。同时他也给予我最真诚的忠告："你不可能搭上车！"又是这句话，我笑而不答。

他开着车带一群上车睡觉下车拍照的游客走了，我真想让他看看我是如何在一分钟之后搭上一辆商务车去往阿勒泰的。我还想告诉他，带上我的那位陈叔是如何细心地嘱咐我在以后的旅行中要注意安全，而且在接下来的日子里还经常发短信鼓励我。这就是我在最不被看好的地方所收获的意外礼物。

## 送出的216张照片中的11张

这个想法在此次搭车国境线旅行中终于实现了。我从途中送出的216张照片里挑选了一部分与大家分享：

照片一：广西德天小学。广西大新县德天村因为著名的德天跨国瀑布而被世人知晓，但是我们不知道的是，仅仅距离景区大门100米外的德天小学，只有一位老师和他的8个孩子。今年55岁的许老师在这个岗位上坚守了30多年，孩子们送走了一批又一批，唯独不变的是许老师和他坚守的心。这里是典型的复式教学，一个班有两个年级，许老师上完了二年级的课再给一年级上。这里面的6个孩子在下半年的新学期就要到镇里面去上三年级了，剩下的两个"老生"将要成为这里下一届的"毕业生"。

照片二：云南麻栗坡。这对老夫妇结婚46年了，因为条件有限，结婚的时候都没能照结婚照。对于这个年龄段的老人来说，他们意识当中的婚姻可能和我们有太大的差别。我很荣幸能够成为第一位给他们拍"结婚照"的人，并当场送给他们照片。看着他们如获至宝的样子，我知道是他们给了我获得快乐和感动的机会。

照片三：云南三棵树村。搭车的时候被邀请到哈尼族村落去参加婚礼，让我很是意外。我给这个村20多个家庭拍了全家福，但是这张只有家庭女性成员的照片却是我最喜欢的。鲜艳的传统服饰，让我惊讶于他们对于颜色浑然天成的搭配，也许他们并不知道为什么要这样搭配，但是这样的搭配却是非常的完美。古老的纺织手艺依旧在这里得到延续，那流淌千年的文化依旧在现今快速消耗品横行的时代得到保留。只希望这些文化能在哈尼族未来的女人们手中得到传承，并生生不息。

照片四：云南德钦。佛山乡，云南与西藏最接近的一个乡镇。扎史吾堆大叔将我和同伴两人从飞来寺带到了这里。他是搞营运的，专拉去梅里雪山和雨崩的旅游者，但是还免费搭了我们，我感到很奇怪。后来才知道他有个和我们年纪相仿的女儿在拉萨上学，他应该是想起了他远在外地的孩子，可怜天下父母心。其实听到他说这些之后，我便想起了我的父母，现在他们一定因为我在外面而替我担心。如果你的父母在身边的话请对他们说"我爱你"，因为这个世界上最爱你的就是他们。

照片五：西藏邦达。去年进藏是搭洛松大哥的车到邦达的，今年再来这里，我想到的第一件事情就是要找到他。很巧合的是，我一下车便看到他在路边与人聊天，我想他一定是在这里等我！洛松大哥是邦达乡一所职业技术学校的老师兼校长，教孩子们绘画和裁缝，他画的唐卡和壁画相当精美。他告诉我如果孩子们学会了一技之长便能出去闯了，不会因为找不到工作而被坏人利用。

照片六：西藏然乌。这位大妈是我爬山回来遇到的，当时她刚刚从青稞地里拔草回来。我见她的右手大拇指被一个黑布包裹着，便好奇地上前询问。她告诉我里面很痛，拔草的时候不包着就更痛了。拆开黑布我才看到这大拇指空掉了，里面现有积水，而且已经发黑了。我母亲也曾经这样空过大拇指，这种十指连心的痛让我感同身受。真希望在农忙过后的这个冬天，神能够让她的手好起来！

照片七：西藏日喀则。在日喀则孤儿院，有一群可爱的孩子，他们和大多数孩子一样拥有灿烂的笑容和爽朗的笑声；可是他们又是不幸的，如此小的年龄就要承受那些不应该在他们这个年龄段所要承受的痛苦。但是，他们是坚强的，他们说：我们有一双隐形的翅膀！我坚信他们会变得更加坚强，有一天他们可以振翅飞翔。这张全家福里面还少了一个小女孩，她当时正在发高烧，躺在床上不能说话，滚烫的脸颊涨得更红。看到别的孩子在房间里蹦蹦跳跳，还拿着全家福给她看，她的泪水就在眼睛里打转，我告诉她一定会再回来给她也拍一个全家福。

照片八：西藏阿里。冈仁波齐中国神山志愿者之家，任怀平老师和他的两个孩子。中国神山志愿者之家缘起于"中国西藏岗底斯救助孤儿、贫困无助儿童志愿者工作站"，发起人便是任怀平老师。任老师曾是北京某大学的副教授，但是看到不少藏族的孩子辍学，还有很多孩子因为失去父母成为流浪孤儿，任老师毅然放弃了北京的一切来到神山脚下，为孩子们撑起一片天空。神山志愿者之家给游客提供住宿，但所有费用均用于保护神山生态环境和救助失学儿童。

照片九：西藏崔久乡。琼果杰寺的僧人。琼果杰寺是去圣湖拉姆拉错的必经之路。琼果杰寺是二世达赖喇嘛于1509年修建的。现在寺庙已经坍塌废弃了，仅有一座小型的新修寺庙。照片中的这个僧人还不是喇嘛，只是寺庙的学员，暂时住在寺庙废墟外的帐篷里面，每天就在这里打坐念经。

照片十：新疆喀纳斯。喀纳斯昂贵的物价让我望而兴叹，这一家人收留了我，让我在帐篷边上扎营。她们在景区门前卖当地的水果，而男人们都去山里面采松塔去了。在这里休整的两天时间里，她们像对待自己的亲人一样照顾我，我俨然成为了她们家庭中的一员。孩子们除了漫山遍野地跑之外还要到我的帐篷里面摆弄我的相机和打印机，耐心地学习自己拍照自己打印。这一切对于孩子们来说都充满了新鲜感。

照片十一：内蒙古乌兰察布。在集宁敬老院，我显然是一个非常不受欢迎的人。那些老人家不仅没有让我进去，而且断定我是骗子。在我告诉他们我是大学生之后，他们更加确信我是十足的骗子——哪里有年纪这么大的学生？只有这位老人过来问我怎么回事，我对他胸前的勋章很好奇，后来得知他是位参加过淮海战役的老红军。谢谢他给我证明我不是骗子的机会，同时也向老人家致敬。

## 这些可能对你搭车有所帮助

### 关于等待

因为搭车具有非常大的不确定性，所以等待是最应该具备的心理素质。这次搭车，等待时间最长的是在西藏林芝的朗县，那是我在生病退烧后继续上路的第一天。我从上午8点开始在检查站等车，一直等到下午6点多才搭上一辆车，因此只走了40公里。

就是这一天，发生了几件很搞笑的事情。一辆车因为要进出前面的工地，被我们拦了三次，最后一次司机实在忍不住，把车停下来对我们说，你们已经拦了我三回了。有一个家长早上送小孩来上学，直到放学之后还看到我们在原地，家长大为不解，一直看着我们，其实我们也很好奇地看着他们父子。

我也曾在青年旅社听说有人两天都没有搭上车，当时我觉得有点不可思议，后来他解释想要搭车的两个大老爷们都是一个多月没有理发剃胡须，看上去相当狂野。

### 关于人员

都说一个女孩和一个男孩搭车会更有优势，女孩可以拦车，成功后便一起上车。当然这样的主要好处是能够让车主停下来知道你的需求，所以成功的概率才会大起来。超过3个人的话就会比较困难了，因为很多车里面留下的空位都是有限的。

我还是非常喜欢一个人搭车，这样比较自由，只要有个小位置就能够挤进去，而且一个人会给开车人比较安全的信号。在有人的地方搭车最好，当地的收费站和检查站是最为理想的搭车场所。

如果是女孩子一个人搭车的话就要慎重，最好还是能寻找一个伴侣，这样在安全上会更加有保障。如果是两个男孩（或者更多）搭车，请保持足够的冷静，因为人数加起来可能太重了，而且背包根本没有地方可以放，所以请耐心地等待。如果搭车情况很不好，能走一个人也是不错的，但是要能够保证大家能在下一个地点会合，这点请慎用在女性身上。当然如果喜欢观察路边的蚂蚁或者蜗牛，那时间就会过得很快。

总之，请勇敢一点自信一点，举起你的大拇指并保持你最美的微笑，如果你吝啬你的微笑，那别人就会吝啬他的汽油。

### 关于地域

搭车的地域问题应该要注意，因为有些地方搭车确实不容易，倒不是因为他们不够淳朴，而是很多时候他们不知道你是干什么的。这个问题对于搭车者来说非常关键。

在旅游业不发达的地方，例如内蒙的中部地区，这个问题非常明显。无论是开车的还是路边的行人都会用非常不解的眼神看着你，他们如果和你说话，那第一句一定是：你是干什么的？所以在这样的地区我会选择白天搭车，而晚上有条件的话就坐火车前行。

在旅游业比较发达的地区这种现象就不会有了。新疆和西藏应该是很合适搭车旅行的地方。西藏因为交通状况不是很好，当地人也有搭车的习惯，不过他们一般都会给点油钱，如果你是一个旅行者可能油钱都不需要了。但是一般问起来要油钱的话我都会自动离开，因为我觉得他一定需要钱,要不然就会免费带上你。新疆简直就是搭车者的天堂,新疆之大让你搭上车之后会走很远。另外因为当地有特殊的地理条件,比如在戈壁沙漠地带,很多时候如果得不到帮助可能会出现生命危险。

东北搭车有一种很好的氛围,主要是因为那里的人的性格很豪爽,在路边行走总会有人停下车来问你需不需要帮助,而且他们也能够从你的穿着上面来判断出你是旅行者。很喜欢在东北搭车的感觉,无论你能不能搭上车,都愿意等待下去,因为在这里搭车很闲适,给人很放松的氛围。

城市林立的地方搭车会相对困难,但是你需要去尝试才知道有多么困难。

### 关于装备

1. 搭车对旅行者的装备要求相对低一点,不需要太专业的户外装备,但是如果拥有这些东西的话,带在路上只会带来更多的方便。

2. 如果想省钱,那就最好带上帐篷、睡袋、炉头气罐,因为除了吃穿住行,在路上就没有太多其他的费用了。在一些消费较高的地方可以自己动手做饭。

3. 最好能带一个好点的手电筒。如果有机会在长城脚下扎营的时候,你就会发现,没有灯光还真有点像穿越到了唐朝。

4. 如果带着相机和摄像机出行,最好配一个三脚架,因为一个人拍照是相当困难的。但是不需要太好的,只要能立起来就行,这个东西一趟旅行之后就可以更换了。

5. 一前一后的背包方式还是非常不错的,小杂物和相机之类的贵重物品可以直接放在前面的小包里面,这对防盗也很重要。背包最好有防雨罩,防雨防尘防盗防磨损。

6. 最好选择除了短信、电话就没有其他功能的手机,这样可以在没有电源补给的情况下还能保持与外界的联系。移动电源绝对是长途旅行的不二选择。

7. 即使是搭车,走路还是免不了的,一双好的鞋子对你来说非常重要。

8. 如果你觉得你的冲锋衣靠谱的话这下面的可以跳过。再牛的冲锋衣也抵不过30块的雨衣!(请购买一体式雨披,三合一的雨衣是最佳选择)

9. 火是户外重要的东西之一,带上几个打火机是非常必要的,如果有镁条就更好了。

10. 请带上一些常规的药品,对于你来说这些东西可以救你的命,也可以救别人的命。

11. 带上一台便携式的照片打印机吧,有时候一张全家福对他们真的很重要。有些时候还能帮你蹭车蹭吃蹭住蹭婚礼。此装备乃居家旅行之利器,利人利己,男女老少通吃,无人能挡,无任何文化风俗之阻隔,跨五湖四海皆可用。

最后,请记住一句话,有钱用装备扛,没钱用身体扛,所以二者你必须具备一个方面。如果你不准备穷游,除第11条建议外,以上全部作废!

# Chapter 2

## 旅行的意义

# 我的中国"心"之旅

姓名: 张蔚然
学校: 中国民航大学 研究生 2009级
出生年月: 1987年6月

对我而言,旅行中最动人的不是风景,而是那些纯粹、勇敢和美丽的心灵;不想放下的不只是行囊,还有怀揣在心中的那些灯塔般明亮的梦想。

——张蔚然(网名:绿洲小兔)

张蔚然

## 我的青春自白·漫漫行知路

也许我的这点足迹比起别人那些荡气回肠的户外经历,实在不值得一提。但对我自己而言,它们还是弥足珍贵的,因为每一串行走在路上的脚印,都记录着一段成长的故事,一些五彩斑斓的心情。

追溯最早的旅行经历应该是在我3岁的时候,那时我和父母一起从山东到新疆去看望千里之外的外公外婆。不过具体情况我现在已经记不清楚了。

6岁,我和父母一起去拜望曲阜三孔。我残存的一点记忆,是参天的合抱古树,烟雾缭绕的庙堂,一个偌大绿荫遮蔽下的新奇世界。

12岁,我和母亲一起再次去新疆。颠簸的列车路过嘉峪关,冲上千沟万壑的黄土高原,钻过无数的隧道,穿越似乎蔓延 到天边的油菜花海。差不多七天七夜的旅途,我第一次有意识地看清外面的世界,第一次看到耸入云天的雪山,第一次喝到天山融化的透心凉的雪水……在旅途中我不自觉地迷上了大西北那种动人心魄的辽阔。

16岁,我有机会跟随长辈闯关东,一路北上到沈阳,到哈尔滨,到呼伦贝尔,看过大城市的喧嚣与大草原的宁静,让我从此更倾心于自然的风景。

18岁,我求学于天津,在大港惊喜地发现了与克拉玛依极其相似的石化城。在塘沽第一次看见海,我惊叹于那惊涛拍岸卷起的千堆雪,那大浪淘沙洒下的万点金。在东丽湖第一次远距离骑行,我与同学们一路高歌,翻土坡下地道,到达目的地之后开始尽兴地烧烤。

那年寒假回家的途中我决定在泰安下车,和朋友去爬了冬日的泰山,在众多萧条草木中更感受到泰山松的那份苍劲。泰山有三美——白菜、豆腐、水。当我们气喘如牛地爬山路时,却见山城的老叟挑着两担泉水一颠一颠地从身旁轻快掠过。

19岁，我本有机会和父母一起游苏杭，却因为任性，独自一人去了烟台，再次听见了海的声音。

21岁，大学的尾声，我终于放开心，决定自由远行。我用打工挣来的1000多块钱和朋友奔向大连，惊艳的老虎滩，惊艳的滨海大道，惊艳的贝壳城堡，还有令我流连忘返的金石滩地质公园……依山傍海，曲径幽林，自然天成。

在游玩了素有"辽南小桂林"之美誉的冰峪沟之后，我发现这片难得的"北国"山水胜地已经被无处不在的商业经营抹煞了太多光彩，不禁有些黯然失落。看着那些人工打造的瀑布还有被"圈养"的山石，随处可见的红灯笼和彩旗，游客们忙着在风景区合影，而风景早已被掩埋……

22岁，我跨入研究生阶段，和一群新朋友游津北明珠蓟县。我们爬古北齐长城，游梨木台，兴冲冲地朝着天津市八仙山的最高峰进发。

登顶后看到巨大石碑上"最高峰"几个豪迈的题字，却发现海拔只有1000多米，我感到略微失望。看着朋友们兴高采烈地在石碑前留影，我想，我还是希望能够攀登得"更高，更远，更强"。

23岁，我为一个绿色梦想远行内蒙，见证了风沙中坚强的满根农场。

这一年来我去得最多的地方还是北京：去听各种公益讲座，去寻找属于我的理想事业，去接触环境保护方面的先驱，去了解在困境中艰难发展的环境NGO……

有了信仰人就会充满力量，就算口袋里没有满满的人民币，一样可以到达远方。在我独自穿行的旅途中，睡过深秋"北国"的火车站，睡过异乡的公园长椅，一次次体验过饥饿和寒冷，却不觉得孤独。所谓的"心灵在路上"，大概就是如此吧，这让我感觉我的青春可以这样纯粹和顽强。

# 我的梦想旅行计划

## ◯ 我的中国"心"之旅

最美的风景在路上，最深刻的人生体验也在旅途中。只要心中有梦想，就有勇气和意志战胜旅途的寒冷和孤独。热爱自然，关注生态，保护家园，希望通过我的旅行能把这样的理念传达给更多的人。

北京——重庆

途经：

榆林、秦岭、汉中、西宁、玉树、甘孜、理县、成都、重庆

### 第一站 榆林：毛乌素沙漠（2日）

大漠中的古城榆林，位于毛乌素沙漠与黄土高原交汇处，北瞰河套，南蔽三秦，位居要津，成为长城上的军事重镇，长城"九寨"之一。榆溪河自北向南，经榆林城西流过，夏秋之际，两岸绿树宛如绿色缎带，镶嵌在漫无边际的沙漠之中，成为陕北的一大奇观。

我第一站的目的不单是体验沙漠徒步，更希望见到一位我无比敬重的人。从"1棵树"到2700万棵，从11万亩茫茫荒沙到林草覆盖率达80%的村庄，陕北治沙英雄牛玉琴创造了惊人的奇迹。如果没有估计错，她应该还在榆林市靖边县东坑镇金鸡沙村。

### 第二站 秦岭: 佛坪自然保护区(4日)

秦岭是南北分界线, 是在中国的中心地带崛起的庞大山系, 南北宽达200公里。

在佛坪保护区, 除了珍稀古老的独叶草、星叶草、蓝果树, 还有更多的奇特植物等待着我们去发现与欣赏。如果幸运, 也许会见到珍贵的国家一级保护动物熊猫, 还可能与羚牛近距离接触。

### 第三站 汉中、汉江、兰州(4日)

汉江, 是长江左岸最大的支流, 发源于陕西省汉中市, 也是中国中部区域水质最好的大河, 南水北调中线方案的渠首。汉中市可以称得上是华夏文明的源头, 它位于中国版图中部偏西南方。

兰州是唯一被黄河穿城而过的省会城市, 市区依山傍水, 山静水动, 形成了独特而美丽的城市景观。古丝绸之路也在这里留下了众多名胜古迹和灿烂文化, 吸引了大批中外游客前来观光旅游。丝绸之路使兰州成为连接敦煌莫高窟、天水麦积山、张掖大佛寺、永靖炳灵寺、夏河拉卜楞寺等著名景点的中心城市。

### 第四站 西宁: 北禅寺, 水井巷市场(1日)

在青海, 汉、藏、回、蒙古、土、哈萨克、撒拉等民族都有着悠久的历史和优秀的文化传统, 保持着独特又丰富多彩的民族风情和习俗。西宁作为青海省的首府更是繁华, 所以到此主要是感受民俗特色, 为进入高海拔地区做适应性调整。

另一个到西宁的原因是我没有找到更好的去玉树的路, 只能在西宁中转。不过听说西宁的水井巷市场汇集了诸多地方特色小吃, 我也有机会当一把吃四方的食客了, 驴友推荐的酿皮, 回族的自制酸奶, 还有手抻面……都值得一尝。

### 第五站 玉树: 尕朵觉悟神山, 结古寺, 文成公主庙, 勒巴沟, 三江源(5日)

玉树自古是连接西藏、四川、西宁的交通要道, 是唐蕃古道的必经之地。唐古拉山绵延于境南, 海拔5000米以上的山峰多达2000余座, 平均海拔4000~5000米。长江、黄河、澜沧江均发源于此。

尕朵觉悟神山周围环绕的28个峰被当地百姓称为尕朵觉悟神山的28个战将。加之尕朵觉悟气象变化奇妙无比, 因而又披上了神秘的神话色彩。由于当地群众的自觉保护, 它们还保持着较完整的原生状态。

结古寺位于结古镇北面山坡上, 是目前青海最大的萨迦派佛刹, 以建筑宏伟、寺僧众多、文物丰富闻名。文成公主庙位于结古镇巴塘乡贝纳沟内, 当年由文成公主亲自选址。9尊佛像雕刻在岩壁上, 色彩靓丽, 手法细腻。

人们沿着通天河畔的一条山径来到勒巴沟, 会产生两种截然不同的情绪体验: 通天河的喧嚣、壮阔和勒巴沟岩画的静谧、神圣。勒巴沟岩画面江而凿, 葱郁的草木, 也难以掩盖住由岩画和不可胜数遍布沟内的嘛呢石刻散发出来的神秘气氛。

三江源地区是我国面积最大、海拔最高的天然湿地, 也是世界高海拔地区生物多样性最集中的自然保护区, 素有 "中华水塔" 之称。它独特的地理环境和气候条件, 对我国、东亚甚至北半球的大气环流都有极其重要的影响。

据青海省气候中心发布结果显示, 三江源地区近40年来呈现出的干旱化趋势进一步加剧。可可西里的英雄——索南达杰的接班人扎多, 靠民间力量成立了三江源生态保护协会。

**第六站 甘孜: 大金寺, 东谷寺, 奶龙神山 (3日)**

大金寺, 位于甘孜县卡攻乡境内, 距县城28公里, 317公路北侧, 雅砻江水在寺庙后面缓缓流过, 抬头即见美丽的日阿拉уй山。

东谷寺位于甘孜县东北部, 距县城60公里, 海拔3500米。在四通达乡达曲河东岸与奶龙河西岸的交汇点上。该寺收藏的金佛、唐卡画等堪称藏区一绝。

奶龙神山位于甘孜县东谷区四通达乡境内, 距甘孜县城70公里, 海拔4671米。由观音、文殊、金刚手等三座山峰和一条长寿谷组成, 转一圈约有十几公里。

**第七站 理县: 米亚罗 (2日)**

米亚罗, 藏语译为"好玩的坝子", 位于四川省阿坝州理县境内的杂谷脑河谷。这里植被覆盖面积达90%, 森林覆盖面积达75%, 山、水、林生态环境保持优良。1998年9月被列为国家级人与自然保护区。杂谷脑河谷是四川最美的观赏河谷之一, 而米亚罗则有整个杂谷脑河谷最美的景色。金秋时节, 姹紫嫣红, 蓝天、白云、山川、河流构成一幅醉人的金秋画卷, 深谷、红叶、羌家小楼、藏家经幡, 构成了一道神奇的红色走廊。

**第八站 成都: 都江堰, 锦里 (2日)**

不论是"诗仙"李白, 还是"诗圣"杜甫, 他们都曾称赞过这座风姿独具的城市, 既宁静又繁荣, 既有深厚的文化积淀, 又有优美的自然环境。

到成都不得不去的一站就是锦里。这里是西蜀历史上最古老、最具有商业气息的街道之一, 早在秦汉、三国时期便闻名全国。在这条全长350米的街上, 浓缩了成都生活的精华, 有茶楼、客栈、酒楼、酒吧、戏台、风味小吃、工艺品、土特产, 充分展现了四川民风民俗的独特魅力。

都江堰从2200多年前到今天一直发挥巨大作用, 特别是经受住了2008年5月12日8级的汶川地震的考验, 基本没有受损, 更是让人敬畏这个工程的坚固与智慧。

**第九站 成都——乐山市——汉源县——石棉县, 寻访大渡河沿岸水电站 (约4日)**

大渡河是中国岷江的最大支流, 是长江的二级支流。据最新的数据, 大渡河干流共规划23个梯级电站, 到时奔腾的大渡河将变成首尾衔接的23个相对静止的人工湖。当前, 除了2个已经建成, 其余21个水电站都在建设之中, 这些水电工程不仅仅正在侵蚀沿河的生态环境, 同时也改变着沿岸百姓的生活状态。

此次出行, 我计划从乐山市出发, 沿着大渡河岸溯流而上, 考察乐山市、汉源县和石棉县境内的5个正在施工的水电站。

**第十站 重庆: 小南海长江珍稀鱼类保护区 (约2日)**

近20年来, 长江上游的珍稀特有鱼类的栖息地被迫从葛洲坝退到三峡, 从三峡退到溪洛渡, 从溪洛渡又退到重庆小南海, 原本数千公里的长江鱼类生存地被压缩到只剩200公里。

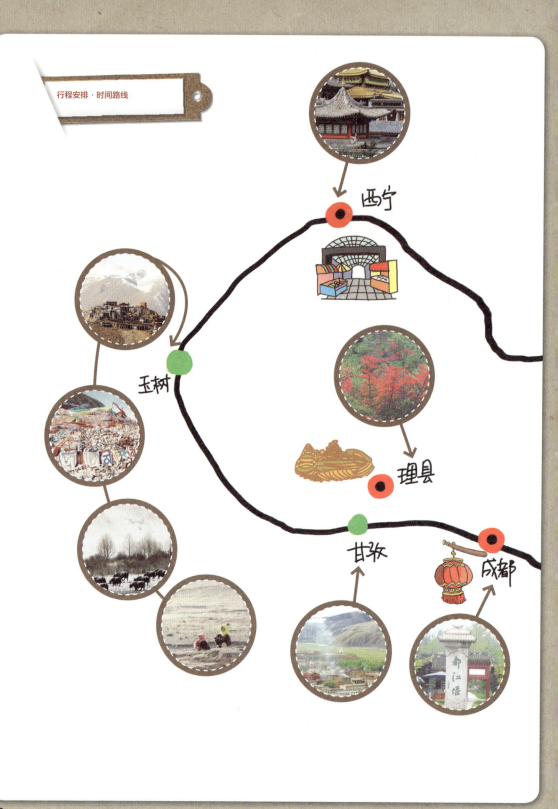

西宁

玉树

理县

甘孜

成都

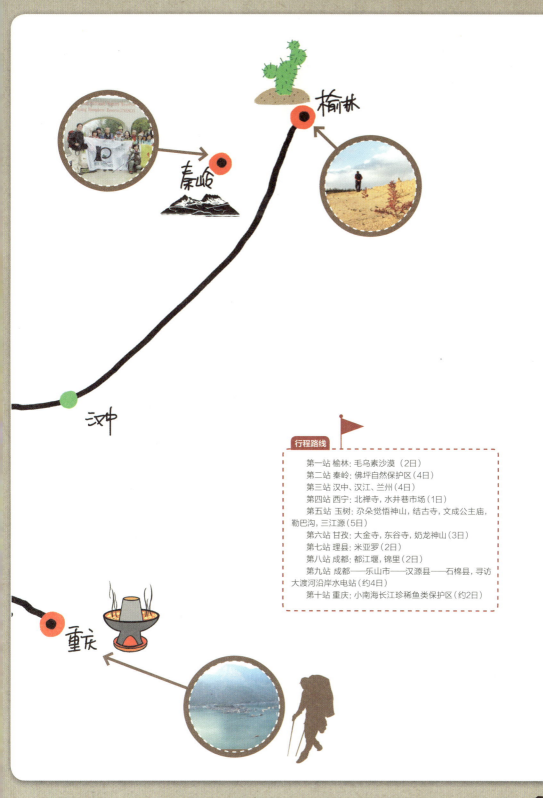

榆林

秦岭

汉中

重庆

（1）沙漠地区传说蚊子很凶猛，多带清凉油，备足水。

（2）秦岭地区水源丰富，可直接饮用，备足食物，要注意的是会有野兽出没，提防秦岭"特产"羚牛，多向当地人请教相关防护知识。

（3）登山如果迷路，要用红绳做好标记，或顺山谷下撤，沿溪流走必定可以遇见村庄或公路。

（4）青海地区民族众多，注意多学多问，不可犯了人家的忌讳。

（5）川藏地区7~8月份是雨季，山路较危险，做好准备。

（6）保持衣物干燥，海拔越高消费越高蔬菜越少，所以要多补充维生素，多吃大蒜和醋，找有水源的地方，能住帐篷就不住店。

（7）青海藏区青梨酒芳名远扬，饮用要适度，不可贪杯。

（8）拍摄人物或寺院之前都要先征得同意。

（9）高海拔地区徒步慢行，尽量避免跑或其他剧烈运动。嚼口香糖可以缓解耳鸣头痛。

（10）行进途中若扭伤脚可用溪水冷敷，这一地区河网密布，且水温很低。

（11）遇到志同道合的人尽量结伴而行，旅行中随想随记。

（12）坚定信念，冷静思考，不可被途中遇到的困难打垮！

（1）身体准备：坚持锻炼，以适应高原气候。着重注意负重徒步训练，为长线旅行做好体能准备。

（2）知识储备：户外旅行的常识性知识再进一步完善，另外我一直坚持自学环境科学方面的书籍，包括植物学、土壤学、水文学、生态学和地理学，在计划实施之前一定打好专业基础，以便更好地记录旅程中所见所感，真实记录一路的生态现状。

（1）必备物品：邮政存折、高倍防晒霜、偏光镜、证件、手电、口罩、巧克力、压缩饼干、万能充电器、地图册、笔记本、笔、结实的绳子、刀具、火柴、睡袋、登山杖、单衣、冲锋衣裤、洗衣粉。

（2）必备药品：（高反类）诺迪康、红景天、百服宁；（营养类）复合维生素片、洋参含片、维生素C；（常用类）感冒胶囊、板蓝根冲剂、吗丁啉（止吐）、黄连素、氟派酸、消炎药、芦荟胶、扑尔敏（防过敏）；（外用类）皮炎平、云南白药、虎骨膏、创可贴、眼药水。

## 行程与预算（出发前关注变动情况）

（1）天津——绥德K213（夕发朝至），硬座120元；绥德县——靖边县，路费50元；继续转车到东坑镇金鸡沙村，夜宿林场（免费住宿），路费及食品供给约50元。

（2）靖边——西安，路费150元；西安——佛坪，路费60元。前往佛坪自然保护区管理处进行进入登记，联系向导，夜宿佛坪。第二天徒步10公里进入佛坪保护区核心区。向导费及这几日食宿预计600元。

（3）佛坪——洋县——汉中一线，沿108国道寻访汉江支流及上游干流，在汉中参观文化遗迹——古汉台。路费及食宿预算300元。

（4）汉中——兰州，感受丝绸之路大旅游区中心位置的城市风情。路费及食宿预算200元。

（5）兰州——西宁，补充必备干粮100元，车费约200元。

（6）前往玉树，从西宁乘班车先到玛多县，夜宿玛多，车费约200元；第一天先到玉树州称多县，第二天转尔朵觉悟神山，费用预计100元；第三天乘班车至玉树县结古镇，参加草原赛马会，由公主庙继续前行到达勒巴沟，无需门票，费用预计200元。三江源保护区门票80元，结古镇食宿预计300元。

（7）玉树——德格——甘孜，东谷寺和奶龙神山都位于甘孜东谷区四通达乡。预计食宿及车费约200元。

（8）甘孜——炉霍——理县，预计食宿及路费100元。

（9）理县——成都，宿青年旅舍，预计食宿及路费200元。

（10）成都——乐山——汉源县、石棉县，沿大渡河寻访永电站大坝，由于当地施工及路段修路的不确定性，随机性较大，路费食宿预算600元。

（11）成都——重庆——天津，预计食宿及路费500元。

（12）户外装备物品添置费用600元，沿途买纪念品100元，灵活支出500元。

**全程合计：5000元左右**

# 我的梦想之旅

## ○中国"心"之旅前两站

### 冲出我的窗口

马上就要告别学生时代了，那种白日放歌、青春作伴的生活还在我脑海中明快地勾勒着没有停歇，我却蓦然发现，此时已很难找出大段时间将它完完全全映射到真实的版图上了。可这份对未知的期许并没有因遥远而淡忘，每次走进肃静的办公楼里，暗黄色调的地板沉默地向前延伸，渐远渐窄，直到尽头透出一小片斑驳翠绿的阳光，一些细嫩的枝叶攀到窗台舒展着……每当这时我总会想起朴树的一首歌——《冲出你的窗口》：

"你可知你胸中有着热血汹涌，

时光它飞逝而过，来不及就蹉跎。

快从你的窗口冲出，

就用你头也不回的速度。

你可知有远方，等待着你去想象……"

在今年国庆假期，我决定无论如何也要走出第一步，尽管这时感冒发作，装备不齐，但时间不会等我一切准备妥当之后在我面前铺展开一条通途。出发了，才有到达的可能，时间不够也要能走多远是多远！我终于要踏上向往已久的旅途！

### 毛乌素：生命绿洲

坐上从天津到榆林的火车，出发前的匆忙状态终于结束了，转而是对目的地的猜想和担心。我一方面担心自己这不合时宜的感冒会不会打乱原来的计划，一方面因为还没有联系到榆林那位充满传奇色彩的治沙英雄——牛玉琴奶奶，不免担心此行能否有所收获。

>>毛乌素沙地的晚霞

>>林场里的养蜂人

>>在陕西榆林毛乌素沙地

>>毛乌素沙地黄沙中耀眼的小黄花

>>沙地里的花朵

>>一株小小的松树苗的根系可以达半米深

　　火车一路向西，慢慢离开华北大平原向黄土高原行进，凌晨4点到达了绥德站。一下车我就感到凛冽的寒风吹透了衣衫。终于呼吸到黄土高原的空气，可车站之外竟然是墨一般纯黑的天地，没有灯火也没有星月，我迅速躲进候车室，卸下行囊，铺开防潮垫枕包等待天亮。

　　凌晨6点走出门，昨晚夜幕下的大地终于肯揭开面纱，让我看见了湛蓝辽阔的天，绵延到天际的千沟万壑，在阳光下沉静袒露着的黄土地，耳边是突如其来的陕北方言热情地问着我什么，一夜的疲倦就这么被眼前的新鲜世界轻易驱逐，旅行真正开始了！

　　从绥德县到牛玉琴奶奶所在的靖边县东坑镇金鸡沙村还有150多公里，于是通过各种交通工具辗转了四五个小时到达东坑镇，路人告诉我打的30块钱可以到林场，可此时还是不知能否找到想见的人。于是我决定着一身户外登山的行头冲进镇政府的大院去打探。若在常住的城市，我是断然不敢跑进"衙门"问路的，可是身在这完全陌生的小县城里，连别人说话都听不太懂，那时不知是哪里来的一股勇气。

政府信访办的同志接待了我这个不速之客，他们非常好奇这装扮奇异的小丫头自己跑这么远来干什么，不过核实了我的"无公害"身份之后便答应帮我联系。有位大哥哥看我感冒受了凉，还非常细心地说让我去他的车里晒太阳休息，这些来自陌生人的帮助至今回忆起来仍让我感觉到如初春般温暖。事实证明，我没经过大脑的这个问路决策是多么明智，省了车费餐费不说还让我用最短的时间找到了需要的信息。

顺利到达林场，眼前的水泥路两边是栽种不久的松树苗，再向外延伸是高低不齐的杨树和杂草，不下车仔细观察周围，你也许根本不会感觉到这是在黄沙之上行进。风很大，却没有扬起一粒沙，蔚蓝的天空中铺满大朵大朵的白云。这是我来到毛乌素沙地边缘的最初感受，视野清新，心旷神怡。

榆林地处毛乌素沙漠和黄土高原过渡地带，风蚀沙化和水土流失严重，东南部丘陵沟壑区，是黄河中游水土流失最严重的地区。我的担心并不多余，牛玉琴奶奶果然不在。这位与共和国同龄的老人至今还在为治沙事业四处奔走操劳。30年前牛玉琴家屋后是一眼望不见边的沙漠，这么多年来她用人挖、肩扛、驴驮等方法在毛乌素沙海边缘植树、种草。1993年10月15日，在曼谷金碧辉煌的泰王宫，她从泰国诗琳通公主手中接过了联合国粮农组织颁发的"拉奥博士奖"。该奖是授予在改造生态环境方面有突出贡献者，牛玉琴这位普通的中国妇女，获此殊荣。从1棵树到2700万棵树，从11万亩茫茫荒沙到林草覆盖率达80%的村庄，牛玉琴将风沙逼退10多公里，为当地农牧业的发展创造了有利的环境条件。这片在陕西北部沙漠地区开辟出的绿洲，成为国内外著名的治沙典范区。

如今牛玉琴奶奶的三儿子是林场的负责人，我喊他张叔。他学林学出身，现在还是治沙研究所的研究员。他带我爬上了近处最高的一个沙丘，极目远望，可以看到天边的一线黄沙。他告诉我那就是还没有进军的毛乌素沙漠，再远就是内蒙古了。脚下这11万亩土地凝聚了他们家几代人的心血，并且他们的孩子将继续承担这个家族使命。

从交谈中我渐渐为张叔在治沙第一线多年丰富的实地经验折服。他现在在尝试更新林区的树种，通过育苗还有多种经营来让林场在改善沙地环境的同时产生经济效益，能够自给自足，目前已经完成了一些经济作物的试验田。

>>毛乌素沙地上演了"沙进人退"变为"人进沙退"

如果说上一代人治沙是为了糊口，靠的是意志和劳动力，那么现在的治沙则是为了改善我们赖以生存的生态环境，更需要依靠专业技术和科学的管理规划，当然最难得的还是这些愿意将自己的青春交给大漠，一生都不放弃绿色梦想的治沙人。

都说茫茫大漠壮美，其实大漠中的绿洲更为壮美，每一抹绿色都是生命的奇迹。在荒漠中，更能感受到大地这动人心魄的生命力。在大漠中，每天一滴水就可以养活一株植物，而在城市中，我们每天又浪费了多少宝贵的水资源呢？

这里是全国农业旅游示范区——靖边县青少年教育基地，我希望有更多喜欢旅行的朋友到这里来。也许这里的树没有胡杨那样遒劲的身姿，这里的草没有呼伦贝尔那样多情的面貌，这里的风没有魔鬼城那样鬼魅的声线，可是这里会给你更多的思索，这里有更多人为力量所构建的人文风景。天地间的生存法则，轮回中的沧海桑田，生命的坚韧和奇迹，都在这寂静的茫茫沙原上沉默地诉说……

## 佛坪：精神穿越

告别了林场即刻南下赶往佛坪，和民间环保组织"自然之友"的朋友们一同深入秦岭腹地考察。从内蒙古高原到黄土高原，再到关中平原，一路穿行在大地的绿毯中，树木愈见繁茂，色彩愈见鲜艳，慢慢靠近中国的南北分界处，或者叫她另一个更迷人的名字：中国人的中央国家公园。

佛坪自然保护区是1978年经国务院批准建立的以保护大熊猫为主的国家级自然保护区。面积350平方公里，最高海拔2904米，森林生态系统保存完整，竹林面积占44.7%，这为大熊猫提供了丰富的食物资源。佛坪地区大熊猫的两道主食就是巴山木竹和秦岭木竹。

据保护站站长党老师介绍，佛坪的大熊猫亚种相较于四川卧龙地区的样子更漂亮，野生的群落生长繁衍状况更好。所有的大熊猫都是野外自然产崽，不受人工干预，这些年种群的数量稳中有升，还是要归功于这些常年在野外的保护站工作人员。

进入保护区核心地——三官庙保护站，需要徒步10公里左右。秋季的佛坪，浓密的绿色山谷中已经开始有了斑斓的色彩，那是落叶乔木在换装。幽深的竹林里没有一丝动静，也许正有只懒懒的大熊猫在里面睡觉呢，可惜我们运气不够，未能得见它的真容。

小径两旁绿藤缠绕，空气也是湿润的。偶有几声清脆的鸟鸣穿透树林，一下子冲开了我紧锁的心门，彩带般翻飞的羽翼留给我惊鸿一瞥，旋即消失无踪，林中恢复了恬静，而我原本平静的心海却因这小精灵的掠影，情不自禁地荡漾开了愉快的浪花……

这几日阴雨绵绵，云海就在山腰里飘摇，我们行至林中一处溪流，那里恍如仙境。所有的人都停下来，仿佛进入了幻境中。我一个人也在这里坐了很久，实在不忍离去。虽风寒，水声却能洗心。密林修竹，红枫悠然飘下，雨雾迷蒙远山……我拿出纸笔，想趁机写点什么，又怕坐到书桌前就没了感觉，可是写也徒劳，写出来的文字一定对不起此时让人惊叹的景色。

秦岭地区是名副其实的植物天堂。《秦岭植物志》一书中记载了5000多种植物，中国特有植物1428种，在这片原始天地里生长着数以千计的珍贵药用植物。中草药也是我们的国宝，可是很多人利欲熏心毫无节制地采挖，不仅破坏了植物的生长环境，还使得一些物种遭遇灭顶之灾。俗语说："太白无闲草，满山都是宝；认得作药用，不识任枯凋。" 鬼灯擎、金线吊乌龟、小人血七、捆仙绳、七叶一枝花、祖师麻……每一种植物的名字背后都是一段玄妙的传奇故事，如果你识得那一株株看似普通的"闲草"，请静静地欣赏它，学习了解它，也许在野外它会救你一命。如果不识得，请更加不要随意采摘带走，也许它会要了你的命（很多药用植物本身就有剧毒）。大自然神奇的生态系统是我们永远不可能复制出来的产品。在自然面前，我们更应该懂得敬畏和谦卑。

>>七叶一枝花

>>蔷薇科木瓜，可泡酒

>>树木的年轮

>>五味子

>>野生猕猴桃

>>这种植物俗称叫"猫屎"

　　在这深山之中还居住着一些山民，党老师带我们一起去农家吃饭，沿河散落的一些农田生机盎然，鲜嫩的藤本植物爬满了低矮的篱笆，几只鸭子在院中悠悠踱步，见生人来访立刻扭身加快了步伐，农舍虽旧却依然能从考究的飞檐上嗅出传统和风俗的味道。

　　一辈子生活在山中的老奶奶近90岁高龄了还在自己生火做饭。只有听力下降了些，身子骨还硬朗得很。我要为老奶奶拍照，她不太理解。也难怪，可能她还从来没有看到过自己的照片是什么样子，想象不到我们手中的机器有些什么用处。我真懊悔出门的时候没有带上便携打印机，不然可以现场打印出来送给她。不过我准备打印之后寄给党老师，托他转交给老乡。萌生这种想法是受到行知客比赛时一位队友的感染，在旅行中传递爱心，传递一种负责任的旅行方式。在旅行中尽己所能地去帮助他人，如果能给他人带来快乐，最快乐的那个人应该是我们自己，相信这样的观念也会被越来越多的旅行者所认同。

山民们世代在山中种田养蜂,唯一和外界沟通的交通工具就是马儿,所以定期就有骡马队进出山林,运出土特产换回生活必需品。我们的一位队员在徒步时不小心丢了东西,没想到被后面的骡马队从草丛里捡起,还细心地挂在了路旁很明显的一处树枝上。党老师慨言:这里的生活条件固然非常艰苦,可自古以来民风淳朴,真的是夜不闭户,路不拾遗。当地老乡遇到保护站在野外作业的同志,经常会盛情邀请他们去家里吃饭。

这方灵秀的山水滋养着世代代深居于此的山民。他们日出而作日落而息,听空山鸟鸣,看四季花开,以最原始的生存方式和最天然的生产资料换得最健康的身体,也孕育出最淳朴的人民。这是城市里很多人无限向往的田园生活,可是又有几个人真的愿意放弃优越的物质条件,甘心做一个简单的农人呢?更何况这样纯粹的山野村庄也实属少见。

原计划大家要拿出一天的时间攀登光头山,因为这个过程里遇到野生大熊猫的几率非常高,可惜天公不作美,雨天山路湿滑,雾气过重,出于对全体队员的安全考虑我们取消了登山计划,改为在海拔较低的地方跟随植物专家辨识植物,听中科院的动物博士讲解熊猫故事。途中,路边立着的一块墓碑引起了大家的好奇,上书"曾舟之墓"。党老师语调低沉下来,原来这里沉睡着的是我们国家为保护熊猫牺牲的第一人。从党老师写的书中我了解到,曾舟是20世纪80年代初来这里考察实习的北大学生,如今他的老师潘文石是研究大熊猫的泰斗人物,他的同学吕植也成了国内知名的动植物专家,而他却在最美好的年纪,永远留在了这里。后来他的同学们从高山上挖来一株太白杜鹃来陪伴他,保护区的工作人员和三官庙的乡亲这么多年谁都不曾忘记他,有机会就来墓前悼念。正是因为有了这些热爱动物保护事业的科学工作者,我们的国宝才得以在种种恶劣的条件下繁衍至今。一股力量是人类对利益的追逐造成的对熊猫栖息地的冲击,另一股力量是来自正义者坚定不移的科学保护。在这两股力量的博弈中,大熊猫以它可爱无敌的形象征服了全世界,因而也得到了更多的关注,连起源于国外的世界自然基金会WWF都以熊猫作为机构的官方标识,可见熊猫的魅力有多大。

保护区既是被人类逼迫到无路可走的动物们的最后避难所,也是相对完好的小区域生态系统,具有不可比拟的重要作用。佛坪地区的状况目前来看维护得非常到位,而其他地方呢?

在和保护区的老师还有领队的植物专家相处中,看到他们对一草一木如此深情,对生态保护如此专注,我深深敬佩的同时内心也深受鼓舞。很高兴他们同样非常喜欢我这个"不学无术"的丫头。党老师特意从他的办公室挑了几本书相赠,我崇拜了好久的植物专家丁老师也非常爽快地收了我做徒弟,并请党老师和三官庙的乡亲见证,让秦岭的青山翠竹见证。当时我简直就像范进中举一样,或者说像一心想学艺的孙悟空遇到菩提老祖一样,感觉幸福到了极点。师父说,你想学什么我就教你什么。他熟稔文史地理,精通植物学与中医药,同时对环境教育与科普有着巨大的热忱,我何德何能成为他的第14个徒弟呢,看来只要敢想,就会有实现的可能!

我端起老乡家自酿的苞谷酒,一声"师父在上,请受徒儿一拜"让在场所有的人都开怀大笑起来,半碗香醇浓烈的拜师酒一饮而尽,而此时此刻的每一个细节都在我脑海中烙印得清晰分明。脑袋顶上就是昏黄摇曳的灯火,暗到照不全整张饭桌,老乡憨厚地提着酒壶,党老师望向我的目光中满是慈爱和赞许,还有满桌子叫不出名字的山野佳肴,放眼看向门外,青山无言,流云飘散,倦鸟纷纷还……秦岭深山老林里这个不可思议的傍晚就这样在我们脑海中定格了,如同一场远离一切现代物质的纯粹的精神穿越。

## 旅行是为了收获勇敢和美丽的心灵

对我而言，旅行中最动人的绝不是风景，而是这些纯粹、勇敢和美丽的心灵，请允许我借用曾舟墓碑上的这行字来表达：想起你我们更加热爱这片绿土。

十日，从北到南穿越陕西，伴随着感冒流涕，伴随着陌生人的热情相助，伴随着不断变换色彩的广袤大地，伴随着毛乌素的骄阳和秦岭深处的细雨，我慢慢靠近我们的国土之心，江河之心。困难和艰险不能绊住在路上的脚步，不想放下的不只是行囊，还有怀揣在心中的那些灯塔般明亮的梦想。我已出发，相信一定能够到达。

参加校园行知客的比赛让我有机会走到更大的平台之上来表达自己，表达这份深深的"自然情结"和对环保的坚持，也因此结识了更多志同道合的朋友。这让理想主义的我意识到自己的浅薄与幸运，很多想法得以在潜移默化中逐渐明晰。最初的梦想不会改变，她如同心中的绿洲一样让我有勇气在荒漠中迈开脚步，用心之旅也会一直走下去。

行走时脚下每一寸土地于我而言，总是既陌生又亲切。其实我们每个人都是大地的孩子，跋涉千万里见那沙丘见那丛林，这让我感觉自己的身体充满了无穷尽的活力。不论是绿野还是旷野，不论苍凉还是绚丽，都是这世界最真实的样子，去看你的容颜，听你的沧海桑田，在你面前，我才是更加真实的自己。

因为热爱，所以追随，因为不忍，所以去行走去记录，去呐喊去守护。也许，这就是属于我的那份旅行的意义。

>>植物组考察队合影

# 我和川西有个约会

姓名: 戚凌蓓
学校: 上海师范大学 本科2007级
出生年月: 1989年2月

> 旅行就像人生,除了那些震撼人心的大事件大景致,停留在脑海里的,最多的就是那些突如其来的意外际遇。

—— 戚凌蓓(网名: 潋潋鹰飞)

## 我的青春自白·我爱风景里我的样子

大四一年,我被实习、论文还有各类大事小事推挤得晕头转向,没有停歇。有时候急匆匆从办公室冲向会议室,或者强迫自己成熟地和人打电话周旋的时候,会猛然间感到恍惚,会深深地怀疑自己,为什么在这里?是不是要永远在这里?

每当我坐在上海的公车上,车窗外是城市流动的夜景,心里划过的疑问,却是矫情而又始终没有找到答案的那句: 我的梦想在哪里?

这个问题我曾经无数次地问过自己,临近毕业尤其频繁。一直以来,我的价值观就是默默做好该做的,平淡但努力地生活,也许有一天会得到一个机会,然后生活便开始变得不一样,我或许可以开始做自己想做的事,过自己想要的生活。

想到了自己稀里糊涂地选择了并不了解的大学专业,努力实习,到了最后终于可以得到不错的工作的时候,才猛然醒悟这并不是我想要的人生。可能有很多人都经历过我现在正在经历的阶段,面对工作的机会犹豫不决,突然发现那不是自己想要的生活,突然发现如果照着如今的既定轨道走下去,10年后的自己并不是自己希望的样子。

我没有多么远大的理想和抱负,只求做自己觉得有意义的工作。这本是理所当然。可是仍然不甘心就这么平淡地让生命在这样繁杂的事务里度过,仍然不甘心在还这么年轻的时候,就草率地对生活妥协。

这个念头猛然产生之后就不断在我脑海中反反复复。愈演愈烈之后,我终于做了决定: 遵从自己的心愿。

人生可以累,可以输,可以失落,但是不能连自己都看不起自己。如果生活只是为了活着,那么我会看不起我自己。20岁的我一度没出息地认为,梦想就是一个虚浮奢侈的名词,好好过日子才是正经事,但现在我明白,有梦想,才能更好地生活。

每当纠缠于此，我就会停下来回想，对于旅行的喜欢，是从什么时候开始的。我的书架上有一个文件夹，是最普通不过的水蓝色办公文件夹，却是我最珍贵的宝贝——里面有我高中开始每次出行的各类票据，有的被收藏得很好，依旧如新，有的却经历了各种波折，皱巴巴的。偶尔，我会把它从书架上拿下来，细细地看每一张票根，然后循着那些褶皱和票面上的名词，回味它背后属于我的一段段故事。

记忆中第一次出行应该是5岁，当时我去了南京和镇江。对于人生的第一次远行，如今的记忆只剩下坐在桥上拍照时候的恐慌，以及住在家庭式旅馆里洗澡时，那一只红色的大澡盆。这一段旅程，父母是带着宠爱和培育的心情在看着我，而我却带着好奇，试探地打量着这个世界。后来是垂柳青青的苏杭和烟花三月的扬州。10岁的时候再远一些，我爬到了黄山之巅看飞来石看迎客松，看光明顶的日出和莲花峰下的滚滚云海。

再后来，我的足迹越来越远。中考结束，带着16岁少女的心情，我在童话世界一般的九寨黄龙第一次见识到那样斑斓迷人的倾世颜色，让我对"美"这个词有了全新的认识和憧憬。自此开始，泱泱西南大地，便就此镌刻在我的脑海里，成为一张华丽又神秘的符咒，时常影影绰绰地召唤我的心神。

而真正开启我生命中关于"旅行"这道齿轮的，应该是在2005年开始的旅行。那年夏天，我去了贵州，见识了中国最壮观的瀑布和最幽深的峡谷，也体会了在人间图画里穿行是一种怎样让人不忍离去的美好。

大三那年迎来令我最激动的旅行，我知道自己总有一天会去西藏，却没想到这一天会来得这么快。快到我觉得似乎还没有准备好就已经登上了成都飞往林芝的班机。不是我曾经梦想过的单车骑行，不是一直神往的青藏铁路，更不是偶尔臆想过的骑马进藏，第一次到达这片圣土，我竟然因为种种现实因素而选择了飞机。有人说这不能算作旅行，只能算是旅游，而我却觉得，旅行或是旅游，关键不是形式和时间的长短，而是那份心境和收获。

或许只是短短数日的旅途，或许相机里的照片还只是初学者光影构图都欠佳的习作，但是那份经历却在潜意识里改变着我，让我变得更加自信和勇敢。当困苦或者压力来临的时候，当遭遇小小不公或者被人误解的时候，心底会有一个声音告诉自己，你是见识过南迦巴瓦，爬过上米堆冰川的女孩，你应该更坚强、更宽容、更大气，你应该懂得什么是天宽地广，什么是高瞻远瞩，什么又是微不足道。

可能就是因为这一次又一次短暂却深刻的旅途，我对旅行这件事渐渐着迷。其实回想起来，我的足迹还是有限，好多地方想去却还没有能够成行。但是很多目的地已经在心中。我有时候会觉得我看到了未来，就是很多条路，很多个远方。

我总是希望可以走得远一些，像是一个朝阳般的少年，带着一种无惧无畏的心情和对这个世界广阔的憧憬，沿着夏日的海岸线，迎风奔跑、大步向前。身后彩云遮断归途，而脚下大路铺展，往前跑，在某一个转角，可能就会邂逅一座城的绚烂多彩，一湖水的倾国倾城，一座山的风华绝代……

我总觉得，人生最快乐的时刻，不过如此。

我醒悟了，原来我爱的，不仅仅是旅途中风景的样子，还有风景里，我的样子。


# 我的梦想旅行计划

## ○ 在川西的裙摆上画一个圈

我没有行过许多路，也没有走过许多桥。虽然对旅行近乎痴迷的热爱让我总是连梦里都在路上，但是在生命的前21年里，我离开上海的次数却很有限。有趣的是，每每背上行囊，我的方向大多都是这片泱泱国土的西南大地：贵州、四川、云南、西藏，明明每次都风景不同感受不同，但回味时的心情，总是相似。总想再去，总想再多看一些，多走一些，多懂一些，那块土地似乎有一种魔力，吸引着我一次次去探寻触摸。

康定——成都

**途经:**

成都、丹巴(丹巴藏寨、牦牛谷)、甘孜(新路海、雀儿山)、新龙(卡瓦洛日大雪山)、稻城、亚丁(稻城三神山、珍珠海、五色海、牛奶海)、理塘、雅江、新都桥、沙德乡(前往莲花海、伍须海、玉龙西村、贡嘎山)、康定、成都

**第一天: 成都——丹巴, 看黄昏中的丹巴藏寨, 晚宿丹巴。**

传说这是中国最美的乡村, 传说这是天堂遗落的桃源, 于是我在行程的第一天选择了这里, 这便是丹巴。2005年《中国国家地理》的"选美中国"专辑将它评为中国最美的村庄, 从那一年起, 这些位于四川西部的小村庄便开始进入人们的视野。丹巴的碉楼山寨依山而建, 立于画中而本已成画, 这是当地人生活特色的最佳缩影。

**第二天: 早晨游牦牛谷天然盆景, 拍丹巴绝美晨景, 中午出发, 前往甘孜县, 晚宿甘孜县城。**

牦牛谷位于丹巴县城西南21公里的东谷乡境内, 从丹巴县城去往八美方向的公路旁。在川西众多璀璨的自然景观中, 牦牛谷并不是一个响亮的名字, 但是在这个上下3000米落差的河谷中, 却有着众多星罗棋布的海子和遮天蔽日的原始森林。

**第三天: 从甘孜经马尼干戈到达新路海, 再往雀儿山方向, 晚宿甘孜县城。**

新路海藏语叫玉龙拉错, 意思是让人倾心的神湖, 湖如其名, 高耸壮丽的冰川从5000米的高处直泻而下, 与碧蓝的湖水构成的画面简直是神的作品。

**第四天: 早晨从甘孜县往南, 沿新龙雅砻江大峡谷, 约中午左右到达新龙县, 下午游新龙, 晚宿新龙县城。**

由北线从甘孜入新龙, 会在第一时间看到雅砻江大峡谷左边的卡瓦洛日大雪山。这座新龙第一圣山海拔5992米, 终年积雪, 被新龙人视为守护神。

**第五天: 早起拍摄晨光中的新龙, 起程前往稻城, 途径理塘, 一路风光旖旎, 约傍晚时分可抵达桑堆红草滩, 短暂停留后可出发前往稻城, 晚宿稻城县城。**

**第六天: 早起, 拍摄晨光中无限迷人的稻城, 午餐后前往亚丁, 晚宿亚丁。**

**第七天: 这一天依然在亚丁活动, 早起欣赏仙乃日的日照金山, 之后根据体力选择徒步或骑马上牛奶海及五色海, 用一整天的时间慢慢欣赏美丽神圣的亚丁风光, 约傍晚前后离开亚丁景区, 驱车回稻城, 晚宿稻城县城。**

**第八天: 稻城——康定县沙德乡(位于县境西南部, 距县城131公里)。清晨早起, 拍摄晨光中的稻城, 随后出发前往康定县沙德乡。**

沿途停车拍摄桑堆小镇、红草地、傍河、海子山的自然保护区、兔子山、无量河, 经理塘县、雅江县, 翻越高尔寺山(海拔4412米)抵达康定县沙德乡, 晚宿沙德。

**第九天至第十二天: 莲花海(又称合合海子, 康定县)——伍须海(九龙县), 徒步穿越。**

如果说纳木错是接近天空的壮丽, 新路海是落于世外的安宁, 那莲花海就是一种养在深闺的妖娆。她并不如大多数海子那般大气圆润, 而是拥有着狭长的线条和蜿蜒的河岸线, 河中央还有线条温柔的湿地, 绿草茵茵的时候, 会有马儿在那里汲水食草, 那是一种别样的风雅, 仿佛在这里, 山水彼此温柔地爱着。

**第十三天: 由沙德乡前往玉龙西村, 登泉华滩看贡嘎, 经贾根坝乡抵达康定县城, 晚宿康定县城。**

**第十四天: 康定——成都。**

## 装备与准备

50升背包，双人帐篷、睡袋、防潮垫、登山鞋、冲锋衣裤、保暖衣裤及其他衣物若干、太阳镜、登山杖、唇膏、防晒霜、手电筒、餐具、个人日常用品、食物若干、保温水壶、垃圾袋、个人应急药品、泳衣（温泉用）。

### 预算

上海——成都：往返机票，约1500元。

包车费用：900元×12天/4人=2700/人（第9、10、11天几乎不用车和司机，加起来算一天的费用）

住宿：

成都：50元/晚

丹巴：30元/晚

甘孜：30元/晚（两晚）

新龙：20元/晚

稻城：40元/晚

亚丁：40元/晚（两晚）

新都桥：40元/晚

沙德：30元/晚（两晚）

康定：40元/晚

饮食：50元/天×12=600元

景点门票：

梭坡古碉群：15元

甲居藏寨：30元

新路海：20元

亚丁自然保护区：150元/人（学生证70元/人），租马费140元/天。

徒步四天：向导150元/天×4=600元

伍须海：80元

机动费用：1000元

预计全程费用：8000元

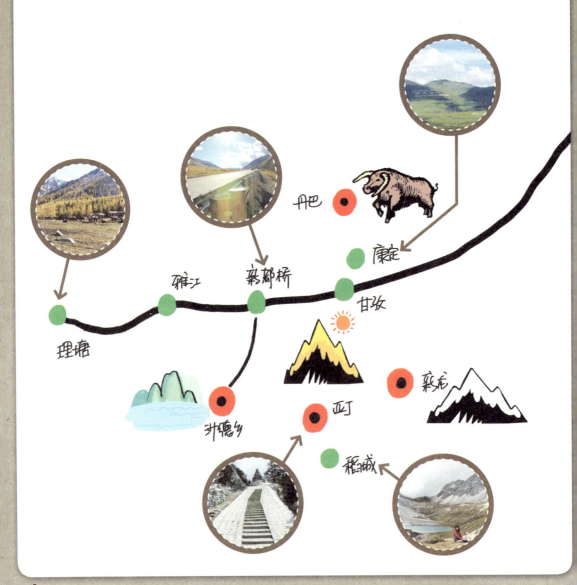

理塘　雅江　新都桥　丹巴　康定　甘孜　新龙　斗德乡　亚丁　稻城

成都

**行程路线**

　　第一天: 成都——丹巴, 看黄昏中的丹巴藏寨, 晚宿丹巴。

　　第二天: 早晨游耗牛谷天然盆景, 拍丹巴绝美晨景, 中午出发, 前往甘孜县城, 晚宿甘孜县城。

　　第三天: 从甘孜经马尼干戈到达新路海, 再往雀儿山, 晚宿甘孜县城。

　　第四天: 早晨从甘孜县往南, 沿新龙雅砻江大峡谷, 约中午左右到达新龙县, 下午游新龙, 晚宿新龙县城。

　　第五天: 早起拍摄晨光中的新龙, 启程前往稻城, 途径理塘, 一路风光旖旎, 约傍晚时分可抵达桑堆红草滩, 短暂停留后可出发前往稻城, 晚宿稻城县城。

　　第六天: 早起, 拍摄晨光中无限迷人的稻城, 午餐后前往亚丁, 晚宿亚丁。

　　第七天: 这一天依然在亚丁活动, 早起欣赏仙乃日的日照金山, 之后根据体力选择徒步或骑马上牛奶海及五色海, 用一整天的时间慢慢欣赏美丽神圣的亚丁风光, 约傍晚前后离开亚丁景区, 驱车回稻城, 晚宿稻城县城。

　　第八天: 稻城——康定县沙德乡 (位于县境西南部, 距县城131公里)。

　　第九天至第十二天: 莲花海 (又称合合海子, 康定县) ——伍须海 (九龙县), 徒步穿越。

　　第十三天: 由沙德乡前往玉龙西村, 登泉华滩看贡嘎, 经贾根坝乡抵达康定县城, 晚宿康定县城。

　　第十四天: 康定——成都。

## 我的梦想之旅

### ○ 我和川西有个约会

　　全镇停电的新都桥，点着蜡烛的房间，那是我到达川西第四天待的地方。在成都飞回上海的航班上回首这9天的行程，却意外地发现脑海中跳出的第一个画面竟然是那个格外狼狈的晚上。或许也不奇怪，旅行就好像人生，除了那些震撼人心的大事件，停留在脑海里的，最多的就是那些突如其来的意外际遇。

　　忘了是在哪一年的哪一天，在哪里第一次听到了"新都桥"这个名字。那时候我不知道甘孜不知道理塘不知道雅江，却和贡嘎和稻城亚丁一起记住了这个地方。后来我开始渐渐了解川西，知道川西有太多的美丽迷人都是从新都桥开始起程。再后来，有人告诉我新都桥是摄影者的光影天堂，也有人告诉我新都桥让人失望。对我来说，它渐渐变成一个熟悉又陌生的地方。一年前我开始计划我的川西行，新都桥在那个计划里是一个唱着中转戏的青衣。而一年后，当我真正踏上这片土地，这个"青衣"给了我一场大雪，一场黑暗，以及一场惊喜……

　　上海有一条地铁叫二号线，读大学的时候，我每天都会从世纪大道站坐到张江地铁站。每每看到那些拎着大包小包坐向终点站的乘客，我总是略略有些希冀地畅想着我也有那一天（二号线的终点站是上海浦东国际机场）。好友小桑说我骨子里有点鹰一样的不安分，虽然平时看着像个循规蹈矩的乖乖女，但是永远在计划着离开匀速前进的轨道去寻找不一样的世界——我承认她很懂我。所以当国庆长假来临前的第四天，

我安排好所有的工作，带着兴奋与不安踏上二号线的时候，我知道，期待许久的时刻来临了。虽然我没有漫漫"间隔年"，也无法前往国境线，虽然这次的川西行短暂到连我去年制定的两周行程都只能完成一半，但是航线的另一端连接的是我渴望了7年的川西，是在很久以前就戳中我心脏的奇妙世界。

这次川西行的同伴是我的"老搭子"——年过不惑的舅舅，略略柔弱的舅妈，青春强健的弟弟。我们四个一起走过贵州走过云南走过西藏，这次终于在等待许久之后一起乘上了飞往成都的航班。飞机上我们聊起外公的床铺下藏着的那厚厚一沓旅行报纸，突然惊觉原来我们全家从上到下都流着热爱旅行的血液——怪不得我们在自己家里就能找到"臭味相投"的默契同伴了，大家长可是十几年前就已经去过香格里拉的人啊！

那个年代，新都桥还只是一个默默无名的小镇，自驾游还只是极少数人会体验的新兴游戏，我还没有开始过一场真正的旅行，甚至对成都这个名字的认识也仅限于四川省会。

那个时候我根本不会想到，以后自己会一次又一次到达这个城市，从这里开始迈进风光万里、无限磅礴的西南世界。尽管，这个城市的晴天我还一次都没有看见。

短暂地停留了一夜之后，我们在成都似乎永远略略阴霾的天空下，出发了！

>>新都桥

## 一路旖旎

从成雅高速到达雅安，翻过二郎山再驶向泸定，过了康定之后翻越折多山，最后到达新都桥。这是我们第一天行程的全部。其实虽然是第一次来，但是这些地名早就是我脑海里极为熟悉的字眼。制定行程计划的时候，这些名词曾经无数次从我的脑海掠过，而如今这些地名变成了车边飞驰而过的那实实在在的一座山、一片林、一道水、一条路。这种感觉可能有些类似于和一个神交许久的朋友见面，我对于它全然亲切却百分之百的新鲜，它顺着不断向前的道路让我看到，原来它提起过的那颗痣是这个样子；原来它说起话来是这样的声音；原来它的眼睛笑起来会弯成这样的弧度……我在见到它之前就已经张开双臂向它飞奔而去，于是我能够飞快地爱上并且沉浸在这片土地之间，就变成了一件那么理所当然的事。

其实第一天的天气阴雨绵绵，这着实让期待着秋高气爽蓝天白云的我有些微微的失望。到达新都桥之前的最大惊喜出现在泸定城里，舅舅舅妈是二度到达此地，于是我们特地去了两年前他们吃过午餐的小饭馆。没想到刚走进店里，那老板娘就笑呵呵地指着舅妈说："你是不是来过？"

那一瞬间，大家都有些老友重逢般的喜悦激动，尽管对于彼此来说，都不过是两年前一顿饭的短暂相会。

但我却永远记住了泸定桥边有一个美味实惠的小饭馆，有一个热情有趣的老板娘——那是人世间一份奇妙又温暖的情谊，那是泸定城里属于我们的故事。

从泸定到康定的一路，天色继续阴沉灰暗，灰暗得我几乎昏昏欲睡。折多山上更是云雾缭绕，能见度低得几乎分辨不清近在咫尺的树叶究竟是什么颜色。前一天睡了三个多小时的后果终于渐渐袭来，我的眼皮在不知道绕过了第几个弯之后耷拉在了一起。十分钟之后，司机操着浓重的四川口音说的一句"垭口到咯"又让我瞬间惊醒。

跳下车，我在一片厚重的云雾里，看不见海拔标牌，看不见路的前方去向哪里，甚至看不见脚下的土是什么样子，四周只有茫茫一片的灰白，只有独属于高原的冰冷刺骨的寒风呼啸。但是这是此行我到达的第一个垭口，难抑的兴奋在那一刻充斥着我的全身，仿佛自己越过了第一道大门，开始进入另一个世界。

我那一刻的兴奋并不是没有来由的。下了垭口之后，天上的云层似乎听见了我心底的祈祷，开始渐渐稀薄。漫天的云层之间逐渐露出了一个小孔，而此行第一次见到的太阳也从那个孔里向我张望。在我还为那个云层中间的光亮圆盘激动的时候，几乎只是转瞬之间，眼前的天地蓦然间云开雾散，高原上苍翠绵延的壮阔山色和天际的阳光云朵呈现在我眼前，像一部交响乐，奏完了低沉深重的第二乐章，突然拉开令人激动不已的华彩大幕。

就在这激荡的声响里，传说中的新都桥，让我见识了什么叫做"光影天堂"。

说实话，在出发之前，我并没有对新都桥抱有太大的希望，因为太多人告诉我这个曾经的摄影天堂有些名过其实。但是那个下午，呈现在我面前的，是草甸之间清澈蜿蜒的小河，是白杨旁边独具风华的碉楼，是天空中朵朵白云的光影，是阳光下悠闲吃草的牛羊。那就是我心里天堂的模样。当车轮在道路上高速前行，新都桥的一草一木渐渐接近我眼前，脚下的318国道平坦笔直地在广阔天野间穿梭，我的脑海里猛地跳出一句话——这，就是中国人的景观大道。

>>令人神往的"摄影天堂"

>>兔子山

>>浴雪·高尔寺山

>>海子山

　　尽管后来几次再到新都桥，它不是阴雨绵绵就是雨雪纷纷，但是因为那个下午，因为那一场光影交汇的美妙大戏，它在我心中永远有了一个不可动摇的位置，被我打上了美丽的标签。

　　翌日凌晨，我们摸着微亮的天色起程。今天的目的地，是曾经被我在地图上画上红色大圈的重要地标——稻城。

　　从新都桥到稻城，中间只经过两个县城——雅江和理塘。却要翻越5座海拔4500米以上的高山——高尔寺山、剪子弯山、卡米拉山、兔儿山、海子山。一路翻山越岭蜿蜒曲折，却印证了那句话——越美丽的地方，越难到达。旅行如此，人生亦如此。

　　新都桥到理塘的一路上都是泥泞曲折的土路，路况糟糕得让人担心。尽管如此，清晨的高尔寺山云雾缥缈，卷卷长云缠绕在山体之间，我们感觉宛若闯进了仙界。山顶下着雪，粒粒雪籽打在车窗上，也密密地盖住了两旁的山坡。正在我们担忧的时候，远处的云雾渐渐散开了一道缝，初升的旭日为这昏暗的天地投射下了一道光影。那一刻我们的激动很难用言语来形容，仿佛是信徒看见了天上出现了神的身影。我们抑制不住地尖叫着，下车去感受这神奇的一刻——脚下的土地是一片灰白色，远处的东方却有金橘色的晨光和白云之间的蓝天，而眼前的山体因为这绝妙的光影透着淡淡的蓝紫色的光芒……四野寂静无人，只有一只孤独的飞鸟在悠悠地盘旋。那一刻的高尔寺山苍茫神圣、庄严美丽，我仿佛见到了世界的尽头，这是我难以忘却的记忆。

之后的一路都是高原上宏阔壮丽的锦绣山色。我在剪子弯和卡米拉山上见到了《中国国家地理》的封面专题上提到过的大美林线，它和牧场草原上弯曲的小溪、山野之间映着的白云的影子陪伴了我们一路。我们仿佛与微风和秃鹰一起在飞翔，头顶的天空近得仿佛伸出头就能和它耳语。兔儿山和海子山曾经是汪洋大海，奇特的地貌让人惊叹，山体上遍布着仿佛来自远古世界的顽石，随处还能见到大大小小的海子沉睡其间。"世界高城"理塘安静地躺在一片广阔的山谷中，如我想象中的一般安宁、悠远。一路上政府建造的藏民房屋却和我想象的截然不同，我问一位当地的老人觉得现在的生活怎么样，他笑眯眯地说："好，好。"说心里话那一刻我还是很感动的。

## 亚丁亚丁

到达稻城的时候已经是夜晚，朦胧的夜色里，路边的白杨在月光下安静地迎接我们的到来。临近国庆，稻城却没有如我想象的一般喧嚣。主干道两旁的路灯有些像拉萨的布达拉宫广场，让我一时间有些恍惚地忆起了前年那个到达拉萨的深夜。而我和舅妈的高原反应也有些迟钝地来了，持续的心慌和因为干燥而流血的鼻唇让人有些难受。那天晚上我有些失眠，脑海里浮现的都是姐姐在西藏写给我的明信片上的话——别怕身体要下地狱，因为眼睛要上天堂。

亚丁亚丁，我心里念念了7年的亚丁，我来了。

而事实上，当我们第二天一早又翻越了最后一座进入亚丁的亚丁山，见到了传说中的仙乃日的时候，它却让我略略有些失望——厚厚的云层遮挡了山顶的大半部分，山上的积雪也掉落了不少，留下了大片大片灰

>>进亚丁的路

>>冲古寺牧场

>>冲古寺牧场

黑色的山体，白杨还将黄未黄，期待中的彩林并没有让我看见……那一瞬间，我心里到底有些失落。一直到站在仙乃日脚下的冲古寺里抬头仰望面前的它和同样躲在云层中的夏诺多吉，我在心里默默地说，亲爱的亚丁，我翻山越岭来看你，你却没有向我展示最美的容颜。

也或许是神山在告诉我，来一次，还不够吧。

但可能正是因为眼前的景色没有惊心动魄到让我激动得只知道抓起手中的相机一顿狂拍，亚丁反而给了我一个机会好好留意了这雪山下的一切微小细节。其实川西有很多景致和藏东南相似，他们都共属于一个美妙的名字——大香格里拉圈。那些微小的细节才是真正营造这份与众不同的始作俑者。那些低头汲水的驴儿马儿，那些清越微蓝的溪水河流，那些千姿百态的大树小花，那些古老斑斓的屋宇寺庙……它们不随季节和气候迁移改变，无论何时来，它们都会陪在你身边，给你一个世外桃源一般的香格里拉。它们一路伴随着我从稻城到亚丁，又伴随着我从亚丁村到冲古寺，从冲古寺到珍珠海，又从珍珠海到洛绒牛场，然后在洛绒牛场里，它们让我看见了一场夕阳与草甸的温柔爱恋。

冲古寺到洛绒牛场的一路曲折蜿蜒，两旁是清清曲水，头顶是大树参天。看不见雪山，下午接近傍晚也看不见太阳。可是突然地，在一个你以为和前面无数次转角相同的地方，眼前蓦地开阔明亮，你再也克制不住你的尖叫——因为美丽娴静的央迈勇，正和夕阳一起近在你的眼前。再抬头，夏诺多吉也就在你的左边。尽管它们仍然云雾缭绕不见真容，但这样的景象却已经让人不能呼吸。洛绒牛场就这么安静地躺在两座神山之间，草甸在夕阳下被辉映成动人的金色，羚羊则在草甸上嬉戏追逐，一条小溪蜿蜒而过，清澈得看得见水底的形态各异的青苔……漫步在草甸间的栈道上，望着眼前一切的一切，脚下栈道上的咯吱响声似乎在说，这里就是天堂。

因为第二天我们决定登上牛奶海，舅妈由于身体的原因需要骑马上去，于是我们咨询了一下当地的藏民。不问不知道，一问才了解原来洛绒牛场到牛奶海的马只有30匹，每天都有人5点就起床进山抢马。又听说一路上路况艰难气候多变，那个和我们聊天的藏民皱着眉头看着我们说："我看你们几个要上去啊，难！"

于是当夜，一场紧张的"临时会议"在亚丁村的繁星下召开了。4个人全体出席，民主决定第二天上牛奶海的方案。

徒步，有人体力不行，抢马，需要摸黑起床。虽然旅行就是要冒险和挑战，但我们并不是专业的户外驴友，又加上身体里残留的那一点高原反应，贸然涉险实在太过不负责任。最后我们决定早上5点半出发，如果抢得到马就上，抢不到就徒步前进，体力不支就走得慢一点，相信我们总会到达。

那个晚上我们都睡得很不安稳。隔壁房间有人发了低烧，这在高原上几乎是致命的危险，只听到脚步声进进出出，有人在倒水有人在找药，我们这些陌路人也在另一个房间里惴惴不安地关注着那边的情况，直到最后听到有人说"感觉好多了，脸色缓和过来了"，才稍微放下些心来……闭上眼，我知道神圣的仙乃日就躺在我的旁边，我默默向神山祈祷明天一切顺利。

第二天出发的时候，天色一片漆黑，我们每个人都裹上了厚厚的衣物防寒。走在营地到进山口的路上，四周一片寂静，只有哗哗的水声和冲锋衣摩擦的声响。除了我们没有一个人，盘旋的山路上，只看到手电光照耀下4个默默前行的身影。很久之后，才看到身后有星星点点的额前灯在遥远的地方影影绰绰地闪烁，我

>>牛奶海

们彼此之间没有打招呼，在心底却微微地有了一份安定和一份动力。就好像在人生艰难困苦的时候，当你以为自己在孤独地奋斗着，却突然发现有人在不远不近的地方同样努力着，你们彼此不说话，却向着同一个方向。那种天涯旅伴，或许是人世间最奇妙的陌生人。

那天上午的天气并不理想，厚厚的云层布满了整片天空。洛绒牛场不似前日下午那般遍布暖阳一片金光，而是披上了一层略略朦胧的白纱。但我们当时却无心欣赏景致，一心直冲马场试图能抢到马或者骡子。不幸的是，30匹马已经被起得更早的人几乎全部骑走，万幸的是，他们给我们留了一匹，可以给身体状况最不理想的舅妈。

舅妈上马走了，我们剩下的3个人没有丝毫犹豫，开始向海拔4700米的牛奶海及4800米的五色海进发。

其实当时我们3个人心里都没有底。虽然曾经也徒步6小时登上过米堆冰川，也曾经到达过海拔远比这里高的地方，但是在高原，每一分钟的体力都和前一秒不同。更何况舅舅曾经因为早年遭遇车祸而有一条腿无法弯曲，此行的路况我们也没有太多了解。尽管一路上也会尽量故作轻松偶尔说笑，或在停下小憩的时候互相鼓励，但我们都不知道能走多久。毕竟前一天晚上碰到了太多说我们上不去的藏民，也确实有中途折返的驴友现身说法。好在道路并没有如传说中的那么难走，除了一段500米垂直上升的陡坡，其他路段还找得到"路"。相比起米堆完全"自主创业"的乱石冈，从洛绒牛场到牛奶海的山上好歹还有不少前人开辟的可以落脚的地方。渐渐地，脚边的小溪变成了遥远的山下那峡谷之间的流瀑，远处的微小凸起变成了面前伫立的巨石，合过影的经幡隐匿于山林之间消失不见，高处隐隐晃动的微小人影向我们走近，灿烂地笑着和我们打招呼，"加油啊！快到了！"我们惊讶地看着他们，"你们几点起来的？""呵呵，我们从泸沽湖穿越来的！"

　　5分钟之后，碧玉一般的牛奶海出现在我们面前。它是我见过的最精致的海子，碧蓝透底，湖底又是一片雪白。它的颜色不似一般的高原湖泊，倒像是真正的大海一般蓝得醉人，阳光偶尔露脸，会在湖的周围镶上一圈金边。一旁的央迈勇霸道又温柔地环抱着它，他们仿佛是亲密的爱人。那一刻我举着手中的相机却前所未有的觉得无从下手，眼前的美丽让人有种它不似在人间的错觉。周围人烟稀少，只有我们几个，我静静地坐在牛奶海前的玛尼堆边，第一次觉得，我离神很近。我对宗教传说并没有太多的了解，但是我相信，在那里面，必然有关于牛奶海和央迈勇的故事。神山圣湖本就是藏传佛教里最经典的组合，更何况，是眼前这般神妙的景象。

　　从牛奶海再徒步上升100米，会看到神山下的另一个海子——五色海。听说当阳光照射在某一个角度的时候，五色海会因为湖底的光面而反射出五种颜色。虽然那日的天公并没有对我太好，但那一弯藏在雪山之间的清湖，已让我万分满足。

　　下山的时候天上开始下起绵密的细雪，凛冽的寒风刮得很大，我耗掉了许多的体力。湿滑的泥地和石块路比上山的时候更难走，每一个人都沉默小心地缓缓前行，那一刻我真正体会到了什么叫做步步为营。望着边上的万丈深渊，觉得自己离"一失足成千古恨"前所未有的近。那一瞬间我也突然有了些感悟，所谓"高处不胜寒"，除了站在制高点上那汹涌的寒意，也包含了登高时那时刻悬着的心。我还没有决定我的人生要活得精彩而紧张还是活得平淡而踏实，但是旅行让我先有了些许体验。我想以后面临选择的时候，我会回想起这一刻，或许，它也会左右我的选择。

>>仙乃日

　　有句话说得好，上帝为你关上了一道门，一定会再为你打开一扇窗。
　　就在我们为没有看到最美时候的五色海，没有见到央迈勇全身而遗憾的时候，前方巨石上聚集着的一群人突然爆发出了一阵惊呼。我们急切地循着他们的声音传递的方向抬头望去，赫然发现方才还云雾缭绕的夏诺多吉，突然在蓝天之下展现出了它全部的轮廓。夏诺多吉很少露出真容，此刻却让我看见了它那苍劲锋利的山脊，雪白的山体在阳光的照耀下散发出摄人心魄的金光，传说中的日照金山就这么毫无预料地闯进我的视野。它仿佛是一个英姿飒爽的少年，骑着一匹骏马在这广阔的天地间挥斥方遒，驻足在这一刻的阳光下，傲视苍生，剑眉星目，衣带飞舞，将独属于雪山的庄严瑰丽的美展现得淋漓尽致。
　　后来的整个下午，所有在亚丁的人都为那天一露真容的夏诺多吉欢心激动。我躺在洛绒牛场的栈道上，头枕的仿佛是身边金羽飘摇的草甸，眼望的是期待了多年的夏诺多吉和央迈勇，近旁是美丽可爱的羚羊优雅地展示着身姿。天地之间，万物和谐，苍生共安。心仿佛被浸泡在一眼清澈的温泉里，何为良辰美景，何为岁月静好？眼前便是。这就是真正的人世净土，这就是传说中的香格里拉。

## 一梦到贡嘎

　　离开亚丁，再翻越那七座雪山回到新都桥，我们的下一站，是同样在我心中驻扎了好几年的贡嘎。前几天从新都桥出发的时候我们一路向西，而这次，我们要前往的是南边，目的地是泉华滩，是子梅垭口，还有莲花湖。

　　我曾无数次想象过我到达贡嘎的一路上会遇见的情景。不知道为什么，脑海里总是充满了艰难的风雪以及大片苍茫的景象。但事实却让我大为意外。我没有想到新都桥到上木居的一路上，竟然有那般的秀丽山水和田园风光。苍翠妖娆的林木，透着微蓝的清流，泛着金光的麦田和成群结队的牛马陪伴了我们一路。上木居附近的几个村庄里还时不时伫立着几座"骑友之家"、"徒步营地"，我总是带着憧憬和敬仰望着那些

房子，因为那里面的人完成了我想做而没能做的事。路过村庄的时候不时会有可爱的孩子举着木牌向你敬礼，定睛一看，木牌上写的字是"要糖"。我出发之前就准备了一盒笔打算送给当地的孩子，之前的路上却都没有遇到什么学生。于是我把二十几支笔都送给了贡嘎山下的孩子们。有一次我拿着一支笔和一块巧克力下车，让一个大概10岁的男孩子选，他抿着唇想了半天，终于把笔轻轻地收了藏在身后，然后另一只手举起向我敬了个礼。我笑着揉了揉他的脑袋，把手里的巧克力也给了他，他就咧嘴笑开了，仿佛日照金山般灿烂。

就在这样一路的灿烂里，我们的车停在了泉华滩下。

第一次在《中国国家地理》杂志上看到贡嘎的时候，旁边就放着一张泉华滩的图。我几乎是在认识了贡嘎的同时认识了泉华滩。太多泉华滩的照片都是近景或特写，我一直好奇这个美丽的名字背后究竟是一个什么样的世界。到达泉华滩脚下的时候，我仰头望着那片白花花光秃秃的山体，实在无法想象这就是书上网上那五彩斑斓的泉华滩。于是带着一丝好奇和一丝忐忑上行，脚下的千年钙化石里流着山顶下来的涓涓泉水，身旁四处生长着低矮的高原植物，周围一片白茫茫，那一刻我感觉自己好像不在地球上。几十分钟之后，当我们来到一片平坡，我得到了答案，或许，刚刚那段钙化地，就是传说中的通仙之路？

眼前的泉华滩长得有些像黄龙或者白水台，层层叠叠的钙化池汇聚成了一个个形态各异的小滩。但泉华滩的池水里生长着很多植物，所以不像黄龙或白水台那般是一片珍珠白，取而代之的却是黄绿色。阳光照耀的时候，池水呈现出惊人的绚丽颜色，仿佛是天界才有的奇幻景致。它和我猜想中的泉华滩全然不同，却让我看见了世上原来还有这种美。

在泉华滩上我还认识了一个美丽的姑娘，叫巴珠，她国庆节期间到泉华滩上来牵马贴补家用。我见到她的时候，她正试图制伏一匹调皮的黑马，瘦弱的身躯看着有些困难，身上围着藏族的裙子，却穿着和周围的藏民有些格格不入的上衣。聊了一番才知道，她是四川民族大学藏文语言系大四的学生，是全村里"唯二"考上大学的人之一。她说那时候大学读了一半，家里实在没钱了，只能休了学去康定打工，赚了钱再继续读。我问她为什么那么想要读大学，她美丽的眼睛里波澜不惊，嘴里却说："我要改善藏民的教育。"那一刻她乌黑的长发和贡嘎的云一起在风里飞扬，脚下的泉华滩里倒映着她瘦弱的影子，周围的世界被高山环绕，而她的志向，却远远地高飞而去，飞出了贡嘎。

直到站在子梅垭口上，望着眼前云雾蒸腾间壮阔宏伟的贡嘎山峰，我都在想，是不是这么伟大的山脊，才孕育出了这么宏伟的志向？我不知道巴珠以后会怎样，但我相信这样圣洁瑰丽的贡嘎一定会是她心底最坚实的后盾。我愿她完成她美丽伟大的心愿。这一定比我"见到贡嘎"的梦想难度高得多，但是旅行让我知道，只要愿意跨出去那一步，一切高或者险，远或者难，都会被战胜。

就好像子梅与贡嘎那样近，近得让人忘却呼吸，只知道贪婪地看着眼前广阔的天地画卷，不知归去。

贡嘎，我还会再来。

## 莲花湖的沉思

如果说之前的所有行程都还算计划之内的话，那么我们最后一个目的地——莲花湖，就绝对是一场意外。因为时间的关系，我们只计划在这里逗留半天，也并没有对莲花湖抱有太大的期待。川西实在太美，这一路虽然有些地方因为天气和季节留了些遗憾，但那些大景致已经把我们喂得口腹皆饱，对于莲花湖，我们的期待或许只有70分。但没想到的是，那天清晨，当我真正站在莲花湖森林公园的入口，站在莲花湖下的月亮湾边，眼前的世界却给了我99分。这片被湿地包围着的浅湖不同于我曾经见过的任何一个海子，湖中央弯曲悠长的湿地蜿蜒出了一片绝世美人才有的妖娆。对于我们这些渴求着美景的人来说，这样的莲花湖实在让人失去抵抗力，于是心一狠、牙一咬、眼一闭，就开始了我们徒步登顶莲花湖的漫漫征程。

几乎垂直上升的陡坡过去了，我们互相打气；漫长的林道走完了，我们还有体力；湿滑难走的石滩迈过了，我们不得不停下休息。不断有碎石滚落的山路过去了，我们还没有来得及喘口气，眼前的世界就让我们惊呆了——广阔的草坡两旁是如伊犁一般茂密的林场，盛宴一般的彩林之下，有浅河弯绕，有良驹食草，有野花微笑。而最令人惊喜的，是一座盈白的雪山赫然伫立在山坡之后的蓝天下，仿佛一尊独立千古的神，悠然赏着这世间的美景，也让世间的黎民赏着他。

因为没有预料到会真的徒步到达莲花湖畔，我们并没有带上干粮。可是之后的一路我们却仿佛忘记了饥饿，眼前那些触手可及的美丽让我真正体验了一把什么叫做"秀色可餐"。虽然脚下时而是陡峭的泥路，时而是可怕的沼泽上湿滑的独木桥，但心中有着那个莲花湖，一切便变得不那么艰难。

最后终于在精疲力竭之前，在穿过一片密林之后，我们看到了那一朵雪山下的绿莲。

如何来形容莲花湖呢？说实话，论妖娆，她并不如脚下的月亮湾；论圣洁，她也不如央迈勇边的牛奶海。但是当你几乎耗尽了体力，走过了漫长而艰难的道路，看尽了沿途或惊艳或平淡，或险峻或温婉的山色，在石块上摔过跤，在沼泽里陷过脚，满身狼狈差一点点就上不来了之后，你看见了眼前这个安谧地躺在雪山脚下的莲花湖，你的心中一定会为她留下一个重要的位置。

她很安静，安静到就算四周几乎没什么人，你也不敢大声说话。放眼望去，远处湖中央的湿地上，只有几匹稀疏的牛马在汲水觅食。近旁有一个帐篷，炊烟袅袅。几个藏民马夫躺在湖边，望着湖中的飞鸟低声谈笑。偌大的天地之间，我们几个陌生人贸然地闯进来，也不会觉得自己突兀。

不知道为什么，平静无波的莲花湖像一个闭眼打坐的仙子，拥有让人沉静的力量。

于是我也找了块大石坐下来，开始回味这一路的经历。

几乎所有的地方都是这样，一路有惊险也有美丽，心里有忐忑也有期待。我不断地告诉自己要坚持，要加油，到最后老天总会给你一个让人心满意足的目的地。路上遇见的风景，有的惊艳到让你尖叫，有的安谧到让你不忍发声。这就是旅行，这也是人生。如若心底有那份必将到达的信念，就没有什么可以阻挡你。到达终点的时候，倘若是华彩，请肆意疯狂；倘若是神圣，请虔诚受礼；倘若是安谧，请静数岁月；倘若是遗憾，请且要珍惜。所有一切，这个世界这段生命赋予我们的，都源自我们自己最初的选择，我们要做的，仅仅是跨出那一步，然后与世界互相拥抱。

就像我选择了川西，我便来了。她之于我终于不再是美丽却遥远的文字和图片，而是真真切切的呼吸和记忆。或许有遗憾，或许错过了很多，但是我在这里的雪山脚下，和梦想订了一场海誓山盟。

亲爱的川西，我们的约会，才刚刚开始……

>>莲花湖

# Chapter 3

## 遇上相似的旅行

# 金秋北疆行

姓名: 徐建平
学校: 重庆交通大学 硕士 2010级
出生年月: 1985年11月

　　每次起程都承载着对目的地的渴望, 也许这便是我一次又一次上路, 不停行走在旅途中的理由。到达喀纳斯的那一刻却蓦然发现, 在行走的过程中, 我已经收获了喀纳斯真正的美……

——徐建平 ( 网名: 微雨独行 )

## 我的青春自白·在行走中成熟

　　当我背上行囊徒步穿越在深山老林、峡谷、戈壁; 行走在雪域高原、古道、阡陌; 幽游在山水相依的田园风光和古宅深巷的古镇中, 一切的一切也许不像我们想象的那样浪漫, 但是那种"身在地狱, 眼睛在天堂"的感觉让走过的人们永远无法忘却……

　　拖着疲惫的身体、麻木的脚步归来, 我心里拥有的并不是兴奋和自豪, 而是一种无法表达的沉郁。冲出牢笼又重新进入牢笼, 自由让我期待, 让我向往, 但如果没有牢笼, 自由又从何谈起……

　　一个人在他还没什么羁绊和牵累的时候, 背包去没有去过的地方, 当把这一切由体验变成经验, 人就会在行走的途中成熟。四年时间里, 我体会到行走其实就是一个逐渐成熟的过程。

　　首先是旅行方式上, 从跟着旅行团被人呼着吆着赶着的旅行, 到选择徒步或骑行的方式独自策划线路, 或独行、或组队约伴, 没有刻意的形式, 随性所至。

　　然后是心态上, 从一开始的懵懵懂懂, 带着猎奇的心态, 有些许的不安, 更多的是掩饰不住的兴奋和刺激; 而后, 是自负与冲动。向着更险的路, 更高的海拔, 渴望挑战自己的极限; 到现在, 则是一种冷静, 开始审视自己的能力, 选择适合自己的线路。

　　还有, 就是对"行走"有了自己的理解。

　　我非常赞同这样一句话: "走进而不是走过一个地方, 直至它成为心灵的另外一个家园。"我只希望作为一个行者, 在一旁静静地记录着某些自己认为珍贵的东西。我不会试图让旅行成为我的一种职业。随性而来, 它只能, 而且必须只是我的一个爱好。这一点, 我始终坚持。

　　照片和笔记成为我最好的两个帮手。照片, 作为一种真实的记录方式, 将我的所见所闻真实地展现。不管是独行, 还是作为一个领队组织活动。当我拿起相机的时候, 总会让自己融入自己独特的思维当中，开启自己的模式。好友曾如此说过："你拍照的时候，真的很认真，认真到别人觉得你在较劲，不顾及队友了。"

而笔记，则通过我自己的理解，反映出了我的所思所想。出行的时候，不管是住在宾馆、青年旅社、当地居民家中，还是住在帐篷里，即使条件再差，睡觉前也会静静地想上一会。如果有收获，我就将它记录在笔记中，以方便日后的重现。

走过千山万水的人，脸上自然有会见多识广的从容，内心也一定有丈量不尽的宽阔。我一直深以为然，尽力去做！

## 我的梦想旅行计划

### ○ 探寻喀纳斯，穿越天山古道

新疆之行，其实很早就在我脑海里有了计划和构思，可每次却都因为这样或那样的原因，只能放弃。就说今年秋天，本来打算去的，却最终还是选择了七藏沟线路。一是因为经费匮乏，二是因为我确实还没能做好去的准备。

喀纳斯湖，美丽又神秘。新疆之行，探寻喀纳斯，只是一个预练，我最想走的是夏特古道。这条穿越南疆与北疆的路，被誉为是一条天堂之路，其中有两点含义：一是新疆风景的美丽如同天堂；二是线路具有一定的危险性和不确定性，天堂和地狱仅一线之隔。

我的具体计划初步拟定三条路线：A线是一条经典的徒步穿越线路，其中的"贾登峪——禾木"是中国十大经典徒步线路之一，也是这条线路中最精彩的一段。B线与A线路相比，难度相对较大，属于大喀纳斯环线西线。C线计划穿越新疆最冷酷的仙境——夏特古道，这是集考古和探险为一体的高危的徒步探险线路。

这条线路的危险性和挑战性，不言而喻。然而让我心动的，恰恰正是这种危险与挑战。虽然我骨子里是热爱冒险的，但我会做好最充足的准备，以"探险"的角度去实现我的旅行计划。我将花上一年的时间做准备，包括体能的锻炼、野外生存能力的锻炼、寻找合适的同伴，还有制定详细缜密的计划。

A线　　　**途经：**

禾木——小黑湖——喀纳斯——白哈巴经典线路徒步穿越

D1：乌市集合，夜班车去布尔津。晚宿布尔津驴友驿站。

D2：布尔津——贾登峪（租车，185公里）——三角洲宿营地（喀纳斯河与禾木河交汇处，徒步，18公里），露营三角洲。

D3：三角洲宿营地——禾木乡（15公里），徒步约6~7小时，晚宿禾木。

D4：禾木休整一天，宿禾木。

D5：禾木——小黑湖（15公里），徒步约8~10小时，一路上要翻过三座大山，穿越无数小山。露营小黑湖。

D6：小黑湖——喀纳斯（21公里），小黑湖海拔约2300米，是这一路线的最高点，所以去喀纳斯一路以下山为主，比较轻松，徒步约4~5小时。

D7：喀纳斯——白哈巴村（31公里）

**B线**

**途经：**
白哈巴——那仁夏牧场——双湖——铁外克——喀纳斯徒步穿越

D1：乌鲁木齐——布尔津，乌鲁木齐乘夜班车到布尔津。

D2：布尔津——白哈巴村，傍晚到白哈巴村，宿白哈巴村，看白哈巴的晨雾。

D3：白哈巴村——那仁河谷（20公里）

拍摄白哈巴的清晨，在洒满阳光的白哈巴村中漫步，早餐后沿界河徒步前往那仁河谷，沿途经过森林草原。这里有高山、森林、草原，沿途可看界河、鹿场、高山牧场。进入那仁河谷靠界河处，景色一下变得开阔和壮丽许多，它们在喀纳斯西岸的原野丘陵上自由浪漫的组合，其景色令人震撼。在喀纳斯西岸的山野间自由地游荡。傍晚到达那仁河谷。（露营）

D4：那仁河谷——那仁夏牧场——双湖（20公里）

清晨从那仁河谷出发到达那仁牧场后摄影、休整，中午继续出发，从巨石处离开河谷，不要去双湖方向，折向东北沿马道上山，登上双湖湖头峰，在山腰的不同高度，有拍摄双湖的很好的位置，山顶是开阔的平台，可以看到三道湾以北的全部喀纳斯湖。（露营）

D5：双湖——湖头峰——喀纳斯湖北岸——铁外克（25公里）

翻过湖头峰，有一条不明显的马道可以下到喀纳斯湖北岸，沿喀纳斯湖西岸到达滨湖冬牧场铁外克。有走过的前辈提醒，一定要上湖头峰，目前所有自助队伍到达双湖后，都选择了沿湖边绕过去，直接去喀纳斯，这样就放弃了双湖线中最精华的景色——登上湖头山，将一切美景尽收眼底。（露营）

D6：铁外克——铁里萨汗（15公里）

和前一天一样，湖边的路是在离湖面约100米高差的密林中行进的，高低起伏，崎岖难行，在10公里后，离开湖边，向西到达夏牧场铁里萨汗。这里是回喀纳斯的最后一个宿营地，最舒适最理想的营地。水丰草美，夏天有大片密集沼泽，注意选择正确路线。（露营）

D7：铁里萨汗——东锡落克——喀纳斯（15公里）

在铁里萨汗南侧的一列山峰中间，有一个明显的豁口，由这里沿河而上，爬升翻过最后的达坂，观鱼亭就在脚下，在它的西面就是东锡落克了，一个田园牧歌型的小村庄，大部分到喀纳斯景区的游人竟然不知道，在如此近的地方就可以逃离喧闹。穿过村庄便直插喀纳斯景区。注意在达坂上有两处观看喀纳斯湖的角度，因为地势比景区的观鱼亭高得多，所以不要错过。（宿景区木屋）

D8：喀纳斯景区闲逛

清晨乘坐区间车往观鱼亭山下，再步行千多级阶梯上山顶的观鱼亭眺望喀纳斯湖，在喀纳斯景区漫步，清晨看喀纳斯河晨雾，沿途游览、摄影，观鱼亭、卧龙湾、月亮湾，宿喀纳斯木屋。

D9：喀纳斯——小黑湖（21公里）

小黑湖是整个徒步行程中最高的地方了，晚上温度低，而且地面都是大石块，没有一块相对平整的地方，不适合扎营。小黑湖附近沿途有若干个当地人的毡房，可以提供住宿，不过价格都特别贵，每间毡房每晚至少要收1000块以上（可睡12—15人的大炕），还不包括吃饭。要扎营的话建议在到小黑湖前下面的草场上或者过了小黑湖的溪边。睡袋要足够保暖。

D10：小黑湖——禾木（18公里）

D11：禾木——三河交汇处（10公里）

今天的行程基本上一路和禾木河相伴，傍晚到达露营地。这里有几间木屋，如果没有带帐篷的话也可以住木屋，不过能容纳的人数有限。木屋旁有水源，是从山坡上流下来的小溪。木屋旁的地面不太平整，要扎营的话建议再往回走到三河交汇处，那里有比较平整的地方方便扎营。

D12：三河交汇处——贾登峪（15公里）

D13：贾登峪——五彩滩——布尔津

**C线** **途经:**
穿越新疆最冷酷的仙境——夏特古道

**D1: 夏特温泉——哈达木孜达坂脚下**

距夏特谷地30余公里处, 便是伊犁地区小有名气的夏特温泉。这里环境幽静, 温泉水温在42℃~64℃, 含有多种矿物质, 令人称奇的是不同的池子水温不同。但这个温泉是季节性的, 只有在5~10月有水。

**D2: 登上哈达木孜达坂**

木扎尔特达坂(3582米)是哈位周里哈山山脊线上的垭口, 是南天山南北水系的分水岭, 其北为昭苏县夏特河源头的冰川, 南为阿克苏地区拜城县木扎尔特河源头。

根据历史学家考证, 木扎尔特达坂是唐代著名弓月道的必经山口, 从南路的安西都护府到伊犁的弓月道, 此山口是一条捷径。有人认为, 唐代高僧玄奘过凌山到热海也是走的这个山口。至清代, 伊犁成为新疆军政中心, 木扎尔特达坂重新启用, 请政府派专人榴凿冰梯, 维修道路, 当时官兵换防、商旅往来、物资运输多取此道。

**D3: 跨越木扎尔特冰川**

发源于雪莲峰下的巴什克里米斯冰川和来自5000米以上雪山的冰川, 在达坂附近汇聚成了一条30多公里长、2公里宽的木扎尔特冰川。由于数万年的冰川运动, 冰谷两侧的山峰脱落, 在冰川上覆盖了一层石块, 登高望去, 冰川像是一条褐色的巨龙, 从皑皑的雪山上倾泻而下。按照1:20万军用地图的标定, 夏特古道沿西南方向斜切木扎尔特冰川, 跨越冰川的距离有6公里, 别看这短短的距离, 它耗去徒步者一天半的时间。木扎尔特冰川是非常可怕的冰川, 由于冰块的挤压运动, 在裂缝交错的冰川上隆起了小山似的冰塔, 冰川的融化, 在不足2公里宽的冰川上冲出了三条又宽又深的冰沟, 沟底咆哮的冰河震耳欲聋。过冰河是非常危险的, 一旦失足滑到冰河里, 那将是致命的。

**D4: 下木扎尔特冰川——进入南木扎尔特河谷**

由于冰川的退缩, 冰川末端落差很大, 短短300米的距离落差达500米。但这段路线是木扎尔特冰川最为艰难而险峻的路段。要想下到谷底, 也是十分危险的。要想抵达近在咫尺的谷底要花费近4小时的时间。

下冰川后就进入了南木扎尔特河谷, 很快就会发现河东岸的古道。沿古道下行, 傍晚可以到达一处古代要塞, 附近有很多掩体和坟包, 在最高处有一个测量铁塔。下要塞后河道更为宽阔。晚上可在河东岸的红沙棘丛中扎营地。

**D5: 爬峭壁渡河流进入夏特牧场**

离开扎尔特冰川20公里后, 河谷愈加宽阔, 夏季, 冰雪消融, 近800米宽的河床到处都是水。河东岸有一处100多米长、近150米高的陡壁, 滔滔河水从陡壁流过, 古道由此而中断, 要想通过必须从陡壁的侧面攀过去, 千万不要涉水! 通过陡壁后还要过三道发源于东面雪山的激流, 水流很大, 且冰冷刺骨。过河后就进入了夏特牧场。

**D6: 过铁桥——采石场——破城子——老虎台乡——拜城县**

过河后道路较为平坦, 沿河西岸下行10公里左右就到了采石场, 有一个铁桥可以到达河东岸。沿东岸下行10公里就到达了温宿县的破城子。破城子是古代的城堡, 现遗留的残墙断壁依然可见, 尤其是100多米延伸到山根的城墙, 完整地保留着。

南木扎尔特河以东是阿克苏的拜城县, 以西则是温宿县, 再过河行进10公里就到达了拜城县的老虎台乡, 在乡里可以乘班车到达拜城县。

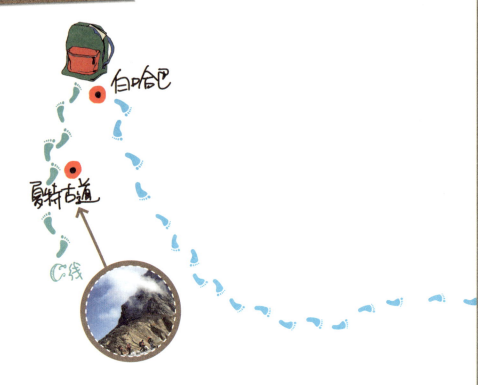

白哈巴

夏特古道

C线

**C线**

D1: 夏特温泉——哈达木孜达坂脚下
D2: 登上哈达木孜达坂
D3: 跨越木扎尔特冰川
D4: 下木扎尔特冰川——进入南木扎尔特河谷
D5: 爬峭壁渡河流进入夏特牧场
D6: 过铁桥——采石场——破城子——老虎台乡——拜城县

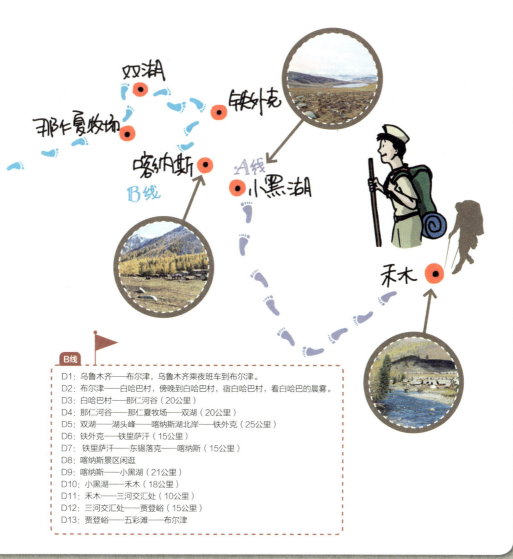

D1：乌市集合，夜班车去布尔津。晚宿布尔津驴友驿站。
D2：布尔津——贾登峪（租车，185公里）——三角洲宿营地（喀纳斯河与禾木河交汇处，徒步，18公里）。露营三角洲。
D3：三角洲宿营地——禾木乡（15公里），徒步约6~7小时，晚宿禾木。
D4：禾木休整一天，宿禾木。
D5：禾木——小黑湖（15公里），徒步约8~10小时，一路上要翻过三座大山，穿越无数小山。露营小黑湖。
D6：小黑湖——喀纳斯（21公里），小黑湖海拔约2300米，是这一路线的最高点，所以去喀纳斯一路以下山为主，比较轻松，徒步约4~5小时。
D7：喀纳斯——白哈巴村（31公里）

双湖

铁外克

那仁夏牧场

喀纳斯

A线

B线

小黑湖

禾木

B线

D1：乌鲁木齐——布尔津，乌鲁木齐乘夜班车到布尔津。
D2：布尔津——白哈巴村，傍晚到白哈巴村，宿白哈巴村，看白哈巴的晨雾。
D3：白哈巴村——那仁河谷（20公里）
D4：那仁河谷——那仁夏牧场——双湖（20公里）
D5：双湖——湖头峰——喀纳斯湖北岸——铁外克（25公里）
D6：铁外克——铁里萨汗（15公里）
D7： 铁里萨汗——东锡落克——喀纳斯（15公里）
D8：喀纳斯景区闲逛
D9：喀纳斯——小黑湖（21公里）
D10：小黑湖——禾木（18公里）
D11：禾木——三河交汇处（10公里）
D12：三河交汇处——贾登峪（15公里）
D13：贾登峪——五彩滩——布尔津

　　50升以上的背包、−10度（舒适温度）的睡袋、帐篷、防潮垫、冲锋衣裤、抓绒衣裤、防水徒步鞋、帽子、手套、徒步手杖、100米登山绳、10个岩石锥、防雨罩、防水袋、防晒霜、备用袜子、小刀、头巾、打火机、手机、头灯、电池、水壶、指南针、救生哨子、记事簿和笔等，还要携带至少3天的野营食品，包括馕、挂面或大米、火腿肠、蔬菜、水果、奶茶粉或果珍、干果、还有自己的应急药品等，最好带上自己的家人照片，在路上随时看看，提醒自己要安全回家。

集体装备：

GPS、地图、野营炉头、野营套锅、对讲机（视人数而定）、公共药品。

准备工作及注意事项：

1、AA出行，这是最关键的。不介意当个领队，但绝不是保姆。拒绝斤斤计较者。

2、原则上一般都是露营，在禾木和白哈巴住小木屋，交通以班车为主，其余徒步为主。

3、鉴于喀纳斯西线徒步可能比较艰苦，可以考虑租马。

## 预算

车费（乌鲁木齐出发）：A线路预计500元/人；B线路预计700元/人；C线路涉及包车费用不明，视人数而定。

公用物资：药品、气罐、高压锅等。预计100元/人。

食物补给：按每人40元/天。不计私人消费。预计400元/人

马匹租赁费用：视队员情况而定。

门票费（可选）：

五彩滩门票：50元/人

白哈巴门票：60元/人

铁热克提乡至白哈巴景区票价：120元/人

白哈巴古村落维护费：20元/人

禾木门票：60元/人

禾木古村落维护费：20元/人

禾木的区间车费：50元/人（单程）

喀纳斯门票：230元/人（含区间车）

喀纳斯景区观鱼台区间车费：60元/人

住宿费（可选）：

布尔津住宿：50元/人

白哈巴住宿：50元/人（木屋）

喀纳斯住宿：50元/人（木屋）

禾木住宿：50元/床（木屋）

A线路总费用：1000~1200元/人。

B线路总费用：1200~1400元/人。

C线路总费用：1500元~2000元/人。

重庆——乌鲁木齐火车票（学生票）：166元

# 我的梦想之旅

## ○ 金秋北疆行

本打算就和驴友——"狼"一起出发去北疆的，两个人带着两个背包、两个睡袋、一顶帐篷，以及所有出行的装备。我们之间的装备是互补的，除去睡袋和背包，我不买他已经拥有的装备，他也不会考虑置办那些我既有的行头。这似乎是一种默契、一种信任。当然他时常也会调侃着说："如果我们两个一起走，家里都放心，老婆不会嫉妒，女朋友不会吃醋。"

而就在准备出发的前几天，曾经在2008年与我一起穿越过贡嘎西线的驴友——"茶"，毅然辞掉工作也加入我们。自穿越贡嘎回来后，她因胆结石手术开刀，三年无法继续"驴行"，如今虽然仍有一些担忧她的身体状况，但最终我们还是无法拒绝她的请求，仅仅因为她的那份坚持与执著。于是我们三人组成了"狼、雨、茶"金秋北疆行的队伍。

弓字步，双手提起背包，置于右腿，右手握右侧肩带，反手上包，左肩轻抖，左侧肩带轻缓地穿入，身体略微前倾，系上腰带，拉紧，系上胸带，拉紧。恍惚间，仿佛在看着另外的一个自己快就将我的心神拉了回来，拿起低头一小会儿，抬头，对着镜子里背包"小鹰"的屁股，仿佛呢喃一

一连贯的动作，让我有一种瞬间失神的感觉。在做着这个熟悉的动作。而40斤的负重很Deep帽子，戴在头上，帽檐微微朝下压。与刚才截然相反的自己，轻轻拍了拍样："伙计，咱们又要上路了。"

## 奔赴乌鲁木齐的火车上

重庆集结，坐上开往乌鲁木齐的火车。长达46个小时行程，驶过巍峨的秦岭山脉，壮美的秦川大地，萧索的黄土高原，以及荒芜的戈壁沙漠……一幕幕场景的变换，再加上我对喀纳斯的憧憬，让这漫长而枯燥的车上时光也变得像电影画面一般生动起来。从自以为能独自背起行囊壮游天下的那天起，"行走于旅途"的想法便在我的心底萌芽，如今已经深深地刻印在了骨子里。步行是必须的，然而总还是需要借助火车、汽车、轮船甚至是飞机等等这些奔跑着就有温度的机器，帮我到达想去的地方，载我追逐时间的影子。

"真的是自己走过去的吗？"作为一名号称以"徒步"为主要出行方式的"驴子"，我常常被人以这种惊讶的话语问起。面对这样的质问，显然心头会有一些尴尬。然而事实上，大部分的驴友，总是以乘车加徒步的模式来完成所有的旅程，那些大块头的机器带给我们的不仅是便捷，还有更远的距离。相对于各种交通工具来说，我还是比较倾向于火车，安全系数最高，又最节省，最主要的是它能带给我"过程"的真切感受。

行走于铁轨之间的时间里，一直不肯停歇的，是车轮与轨道摩擦所发出的阵阵轰鸣，还承载着我们对目的地的渴望。也许这便是我们一次又一次上路，不停行走在旅途中的唯一理由吧。

## 乌鲁木齐的匆匆过客

随着拥挤的人群挤出乌鲁木齐火车站，我认真打量着这个传说中的城市。如果依照其他地方的人对新疆的印象，乌鲁木齐应该是落后的、贫穷的——少数民族的人们穿着破烂的衣服，街上很多无业游民，满大街都是羊肉串，餐馆里也应该是脏兮兮，时不时还要回头看看有没有人过来给自己扎针……

而印象总是与现实有很大的差距。事实上，它也只不过是一个与其他普通城市相差无几的地方，有着所有大城市的特征：拥挤堵车。从火车站到汽车站，也许步行仅仅需要十分钟就够了，公交车却可能足足花掉近半个小时的时间。

在等待去布尔津班车的这段时间里，我悄悄走在这座离海洋最远的城市里，看大街上熙熙攘攘、车水马龙。除去偶尔可见的俄罗斯风格的建筑，街上走着与我们长相不同的面孔，四处飘散着的孜然味，以及所有广告牌上的维汉双语文字，乌市与其他普通的城市一般无二。

后来返程的时候，经过了著名的二道桥国际大巴扎，也未能如愿看到期待的民族风情，只看着琳琅满目的商品，犹豫半天终于入手了一面据说是俄罗斯产的小钢镜。在这个全国各地小商品市场都充斥着温州货的时代，身为一名浙江人的我自有一份尴尬与无奈，在同伴的取笑声中，只能小声说着："哥买的是距离……"

## 走走停停布尔津

许多人去布尔津就是为了去喀纳斯，宾馆中一夜的休息或是旅行车上匆匆的一瞥，往往会让人们忽略了这座坐落在中俄边境线上古老的"北国"小城。很遗憾，我也属于那为数众多的人群中的一员。

初到布尔津，是清晨7点10分。卧铺车厢载着我们在北疆的夜幕下疾驰，颠簸着在半睡半醒间，悄悄地进入布尔津。之后在一阵吆喝和砍价声中，一辆小车又载着我们直接奔向贾登峪。与布尔津的第一次交会，就这样匆匆擦肩而过，我只能依稀感觉到这座小城是那样的小而安静，以至于小车仅仅开了不到三分钟就驶出了这座城市。

再次回到布尔津，是华灯初上的黄昏时分。匆匆放下行李的我们，在毫无思想准备的情况下，便融入了这座小城。一路奔波，饥肠辘辘的我们，不知不觉就走入夜市，去享受各种各样的美食：烤馕、手抓羊肉、蒸面、拌面、大盘炒鸡、五道黑鱼、烤羊肉，还有那大名鼎鼎独具俄罗斯特色的面包干发酵饮品"格瓦斯"……

次日，在俄罗斯风格的小洋楼中醒来，柔而暖的阳光透过玻璃洒在脸上，舒服得让人不想动弹。看着窗外远近交接的红色斜面尖顶，我们突然发现这近在咫尺的小城，虽然是钢筋和混凝土的结合物，却拥有着比其他古镇更悠然自得的情调。

道路两旁的鲜花娇艳地开放，静静迎接着来往的行人。北疆特有的松柏也默默在街路两边，好像懂得人们的心思一样，伸出枝丫给人们遮住强烈的阳光。街上往来的人并不多，整洁的马路上一尘不染，即便是一个石子掉到路上，也会感觉到声音刺耳。呼吸着清新的空气，信步走在路上，听着你自己脚步落在地上的声音，你会不自觉地放轻你的脚步，不忍破坏小镇的那份宁静。

没有人大声说话，没有鸡鸣狗吠，就连路上的汽车也是安静地行驶着。汽车站也变得不像来时那般喧哗与热闹，似乎整个城市一下子都睡着了。即将回去的游客，都变得沉默，谁也不愿意破坏这份宁静。突然我明白了，只有当你带着喀纳斯的美景返程时，或者为了欣赏下一处新疆美景而又要起程的时候，这座美丽的小城才会跃入你视野，让你不得不动一动另外的念头——留下来吧。

## 贾登峪至禾木

每一个奇怪的地方都有一个奇怪的名字，每一个奇怪的地名也总和一段奇怪的传说联系在一起。这个"峪"字是木屋的意思，"贾登"则是一名猎人。为了纪念这位技艺高超、乐于助人的猎人，人们便给他狩猎生活的这块土地取名为"贾登峪"，寓意为贾登住的木房子——神秘猎人的住地。

其实，现在在贾登峪已经看不到木房子了。在这片开阔的山谷中，有的是各色的别墅和度假村，就连哈萨克族的蒙古包也失去了它扎在这片土地上最初的意义，仅仅变成了景点。我默默地整理好自己的行囊，沉重的背包反而压掉了心底微微的失望，继续上路！

按照既定的线路，我们从贾登峪出发，经过布拉勒汉桥，到达喀纳斯河与禾木河交汇处扎营，第二天到达禾木乡。据说都是山路，走的时候才发现，这是一条宽大的马道，许多地方都已经打好了路基，马匹自然不必说了，就连越野车也能轻松开过。尽管我们早就做好了不请向导的打算，可谁也没想到旅程会这样轻松，完全不需要认路，只需要沿着马道一直走下去就能到达目的地。这让充满期待的我们竟有些无所适从了。

走出贾登峪，翻越了行程中的第一个达坂（就是高高的山口和盘山公路）。道路两旁高高的白桦树在风中摇曳，金黄的树叶时不时掉下飘落在地上，织就了一张看不到边际的金色地毯。喀纳斯河的身影也渐渐在远处隐现，时而出现，时而又隐身在金黄的树林当中……

一路行走，一路拍照，很轻松就到了布拉勒汉桥，喀纳斯河的美一览无遗，这里是通往禾木的唯一通道。

布拉勒汉桥是一座古老的木桥，由于经常被河水冲垮，底部被换成了钢筋支撑，旁边的一排木屋是守林人的住所。站在桥上看，喀纳斯河在阳光下，一面是波光粼粼，闪耀着钻石般的亮泽，另一面则是翡翠般的蓝绿色，颜色纯净得令人心悸。

相较于前面一路寻常的马道，我更情愿在喀纳斯河畔的乱石中穿梭，尽管道路崎岖不平，甚至很多时候也辨认不出到前面到底有没有路。宽大的马道虽然更简单，并且节省体力，但这种听着喀纳斯的河水声，在白桦树和枫树林之间的悠然行走，却是我们更加认同的徒步的方式。

第一天扎营的地点，在喀纳斯河与禾木河的交汇处。这是一处三角洲，绝佳的扎营地点：充足的水源，平整干燥的草地，加上天然的背斜抵挡了大部分风势。尤其幸运的是，竟然还在营地附近找到一张桌子，这可是我历次徒步第一次享受这样高规格的待遇。晚餐是高压锅焖饭，配着蘑菇、木耳、豆皮和广味香肠，虽然不算丰盛，但饥肠辘辘的我们依旧吃得津津有味。天色已经渐渐变暗，乌云已悄悄笼罩过来，整个三角洲陷入一片漆黑，只剩下我们帐篷里微弱的灯光在闪耀，不一会儿，灯光熄灭。所有一切归于宁静。晚安，喀纳斯河，晚安，禾木。

>>禾木清晨

>>喀纳斯河边扎营

>>与哈萨克族牧民为邻

　　清晨，喀纳斯河如梦中的仙境一般。一夜的雨水带走了天空中的乌云，翡翠般的河面上腾起白色的雾气，或浓或淡，仿佛浸透进了周围石头里，浸透进了金黄色的树木里，浸透进了生命里。

　　离开了三角洲营地，我们重新走上马道。在接下来的一天里，我们要沿着禾木河逆流而上到达禾木村。与前一天的行程不同，三角洲至禾木的路上显得丰富了很多，不再只是金黄色的白桦树和枫树，大量的灌木丛和形形色色的树木夹杂在中间，远处的山峰上也是白雪皑皑，云层不停地在流动，变幻着各种形状，倒像是一幅川西的景象了。

　　穿过一片又一片密林和灌木丛，视野也渐渐开阔，树木也开始重新变得整齐有序，一直遥望的雪山也毫无保留地展示出它的身姿。我们似乎有种明悟，马上就要到达禾木了，因为这是个任何人第一眼望去就会喜欢上的地方。

### "神的自留地"——禾木

顺着夕阳的余晖，从贾登峪走来的我们，一脚踏进了这块"神的自留地"。

想起我第一次看到禾木的照片时，便被那片金色的白桦林包围着的小村庄所吸引。如每个背包客一直都在追寻的世外桃源一般，禾木有着所有符合陶渊明笔下的世外桃源的气质。

可走进它时，我却有些迷惑了，这就是背包客们一直期待和向往的圣地吗？川流不息的游客的到来，让原本淳朴的当地人对背着大包小包的我们也有些漠然，几乎所有的本地牧民看到我们都会用同一句话来问候："你好，需要马吗？"

这已经是一个半商业化了的禾木。也许它的景色依旧，围绕它的依然是蓝天白云，连绵不绝的山峰，还有清澈的禾木河，但生活在这片土地上的人们，不再是如传说中的为了躲避战乱而来到这里的淳朴且善良的图瓦族人，而是一群带着狡黠和市侩的商人。经过这里的游人，也不再宛如五柳先生一般不经意间踏入世外桃源，而是带着各种目的。想到这里，不禁有些惭愧，我不也正是这群游人之一吗？这让我有些意兴阑珊。

夕阳下的禾木依旧美丽。登上成吉思汗点将台，放眼望去，到处是错落有致的村舍和秋色尽染的金色桦林。禾木河在桦林的掩映中静静流淌，黄昏的阳光柔和地洒在一栋栋的小木屋上，拖沓成一缕缕斜长影子，袅袅青烟正渐渐从不同方向升起，但召唤的也许不再是辛苦归来的牧人，而是一队队商人和游客。

禾木是不允许在野外扎营的，原本也是打算住在禾木的青年旅社，但一铺80元的高昂费用，让我们却步，同时打消了在禾木修整一天的念头。经过一番交涉，我们在一户农家的院子里扎营，代价是50元一顶帐篷。

第二天凌晨4点，我们便收拾行李，准备出发前往喀纳斯，也为了拍摄禾木清晨。整个禾木，此时还处于一片寂静之中，和在游人如织的白天进入禾木相比，我们更喜欢这样悄悄地离开，隐入一片黎明前的黑暗之中。

## 禾木至喀纳斯

夜路与长时间的负重爬坡,让我们都有些气喘吁吁,但精神状态却出奇的好。漫长的马道上,只有背负行囊的我们在行走,抬头即可仰望星空,回头又可以俯视那片雪山下沉睡的村庄。

山脚下的那片空地仿佛就是大自然特意留给人们的,让他们在这里建设这样一个布满着小木屋的村庄,爬得越高就越能感觉到这点。禾木,将所有大自然可以提供的素材都置于此:蓝天、白云、山坡、草地、河流……而这些古朴的木屋则与周边的景物完美融合在一起,使这幅画卷更加散发着浓郁的、原始的、宁静的、野性的气息。

翻越今天的第一个达坂,最后看一眼禾木村落,袅袅的炊烟缓缓升起,在薄雾和霞光中,能感受到它在渐渐复苏,等待它依然会是忙碌的一天,继续迎接来自四方的游客。我会留恋,但今天它还不是我的圣地。

离开禾木的时候,我们的队伍添加了一位新的伙伴——从禾木村一直跟着我们的小狗,它怎么也劝不回去,我们亲切地称之为"小白"。它时而欢快地追赶着路边马匹,不时回头望我们;时而不安分地小跑到前方给我们带路,潇洒地抬起狗腿,撒上一泡尿;时而又静静地落在最后,安静地陪伴着走在队伍最后的"茶"。在我们坐下休整的时候,它也懒洋洋地躺在地上打盹。

也许是我们在三角洲的那夜,这里下了雪,白桦树金黄色的树叶被打掉了不少,许多树干甚至光秃了,独自迎接寒风,这也让我们的这段旅途多了一份萧瑟感。落叶三三两两散落在马道上,随着脚步的带动又轻轻飘在空中,更多的则潜藏在树荫深处被积雪覆盖,化成了滋养这片土地的原始动力。

翻越一个又一个山坡,海拔也在一上一下之中慢慢上升。渐渐地,路途中也不再只有我们三个人和"小白"在前进。马匹载着的游客,不时赶超着我们。"小白"也在一次中途休息的时候,被一个从喀纳斯去禾木的游客带回了禾木。尽管"茶"仍然想跟着我们一起徒步前进,但脚趾的水泡让她的速度越来越慢,因此她不得不放弃了徒步,骑着马前进。路上更多的则是我和"狼"沉默地前进,用沉重的双肩和越来越缓慢的脚步丈量着这片不一样的"北国"天地。

随着海拔的升高,植被也变得单一起来,清一色的几乎全是落叶松。它们像战士一样在向阳一侧的山坡密密麻麻地分布着,而背阳的一侧则光秃秃地散落了几棵。这种高大的、不着叶衣的树型有一种稀有的美,始终沉默坚持着自己的道路,爱着脚下的每一寸土地和每一缕阳光,偶然的积雪使它们的枝条变成银色,对着辽阔的天空摇摇欲坠,神秘莫测。

尽管奋力地加快行进速度,但走到小黑湖的时候,还是只眼睁睁望着夕阳沉入周围环绕的山峦之中。天色很快暗下来,只剩下云彩在不甘心地变幻色彩,湖面泛着水银般的色泽,风吹起时波光荡漾,仿佛也不甘心被黑暗吞没。"茶"跟着马队提前去了大黑湖,我们也放弃了在小黑湖扎营的打算,继续追赶。连接小黑湖和大黑湖的是一大片苔原地区,夜色中几乎无法分辨哪是马道,哪是因干涸而裸露的草甸地面,只能依靠微弱的月光尽量不偏离方向,依照头灯寻找着马蹄印,尽量走在马道上。

抵达大黑湖时已经是晚上9点左右,夜色笼罩,厚厚的云层将仅有的一点月光也掩盖住,不见了光亮。经过商议,哈萨克族的牧民同意我们将帐篷搭在毡房外面,并收取40块钱的扎营费。寒风凛冽,毡房外的我们认真清理地面,布置营地。毡房内温暖如火,躺在热炕上的游客们欢笑着谈论这一路的趣事。我和"狼"在被风吹得"嘶嘶"作响的帐篷中,不知不觉就安静地睡着了,梦里梦外都是广阔的天地。

一夜的西北风将积累的云层吹走,太阳已经升起,却还没有晒过周围的山峦,使得清晨的天空呈现出一阵萧索的苍白。严格来说,昨晚并未真正到达大黑湖,牧民的毡房离大黑湖仍然有接近半小时的路程。广阔的苔原几乎一直延伸到山的尽头,到处是坑坑洼洼的草甸,马道也极没有规则地分布其中。我们心中不禁庆幸,昨晚长达两个多小时穿行在这片苔原区域而未走失,着实是一种幸运。

>>中途休息的马　　　　　　　　　>>沿途拍摄　　　　　　　　　>>中途休息

由于天气干旱，秋季的大黑湖水并不多，甚至还不如小黑湖，只有湖心中间的区域才有湖水。从远处看，大黑湖的地势甚至不如周围苔原的位置低，只是层层隆起的片状岩石将大黑湖重重圈成一团。黑色的岩石与周围所见的岩石颜色，形状完全不同。几乎所有的高原海子都是地壳运动相互挤压的产物，形成机理其实与如今的各种堰塞湖是一个道理，大黑湖却或许不是如此。也许是几百万年前天际间的一块陨石撞击在了这片苔原上，隆起的岩石形成了一个天然的水坝，生生造就了这个湖面，我在心里如是想着。

　　过了大黑湖，马道开始变得越来越宽敞起来，人类活动的痕迹明显增多，渐渐地开始遇见很多从喀纳斯骑马过来、轻装而行的游客，我隐隐感觉到离喀纳斯湖越来越近。心里少了份期待，更多却是一种自己也无法言语的胆怯。

　　越来越多的松针林出现在面前，成群结队的游客和马匹在马道上喧嚣而过，只有森林深处还是一片沉寂，偶尔白桦的银光，在松林的一片金海中泛起一丝丝浪花，突然就非常想走进这片金色海洋的深处。离开马道，悄悄地踩在积雪的林中，一步一步向前，视觉和听觉仿佛变得特别敏锐。阳光从林顶洒下来，穿透树巅，沿树身照下来，忽而照出一片积雪覆盖的林中空地，忽而照出半截埋在雪里的巨大枯木。林间深处的窸窣声，远处马铃的叮叮声，源源不断地传至你的耳内，原来安静的不只是森林，还有自己的内心。

　　这一刻，我突然不再胆怯。原来我已经收获了喀纳斯真正的美：那是在喀纳斯河畔乱石间的穿梭；在白桦树与枫树林之间的横行；在仰望星空俯视禾木；在人迹罕至的大草原上的沉默行军；在哈萨克毡房旁的凛冽寒风中取暖；在大黑湖畔的莫名猜想；在落叶松林之间的踏雪而行……

# 旅行的心境

郭婕

姓名：郭婕
学校：山西财经大学 本科 2008级
出生年月：1989年10月

一次旅行或许收获美丽，或许留有遗憾，不论如何，那都是我人生最绚烂的一刻。感谢所有给我视觉盛宴的风景和心灵鸡汤的人们。

——郭婕（网名：骁潇）

## 我的青春自白·旅行是怎样炼成的

一直以来，我是一个不爱受约束、向往自由的人。在我看来，年轻的大好时光就是应该去折腾的。旅行，给了我一个很好的折腾方式。

对于旅行，我是有期待的。比如在丽江，我身着绚丽的披肩在四方街招摇，希望能有一场"艳遇"。但两天转下来却毫无收获，反倒是阴雨的天气让我差点感冒。坐在青石阶上我顿时气馁：爱情这东西是要讲缘分的，功利心切不可太重！想来是自己才疏学浅，错解了"艳遇"的概念。何谓艳遇？艳是美丽，遇是遇到。艳遇=遇到美丽。什么叫美丽？流动的水，开放的花，沿途的风景都是美丽的。看到了，也就遇到了。

我不知道别人对待旅行是怎样的想法，旅行对我来说是这样：在路途中总有些东西触动心灵。旅行会赐你真切的生活感悟，这些东西远比在课本上学习来得尖锐，记得深刻！但旅行的恩赐并不是立竿见影、一蹴而就的，这需要水滴石穿般的积累和忍耐。

尽管我喜欢旅行，但当我久居他乡时还是会想家。在这段旅途中，无论时间空间的改变有多么大，我都知道我终将还是会回去。但回去，和从未来过就是不一样。

我从什么时候开始爱上旅行的？回忆起来，不自觉就想到了从前的地理课。

地理这门课曾经让我头痛——一个地方是什么气候，分布什么植被，这些与我有什么关系？我又不在那里住！曾经的我对地理那样抵触，想不到，今天的我已经爱上旅行，已经在中国的版图上留下这么多足迹，更想不到的是，我对于别处的地理风情会那样痴迷。

说起旅行，我真正的远游应该是在初二那年的国庆节，跟着家人游西安。至今想来，大雁塔的残阳、秦陵兵马俑的雄风、华清池边的"长恨歌"依然历历在目，还有古城上空飘荡着的雄浑的秦腔和美味的羊肉泡馍……那场旅行带给我的体会，仅仅为"行"。累了回宾馆睡觉，冷了躲在车里不出来，匆匆地来又匆匆地去。

高考结束，在走进大学校园之前我迎来一趟毕业旅行。那时山西的"大院文化"恰好被炒得沸沸扬扬，生在山西长在山西的我，也算是近水楼台，随着人流的大潮涌进平遥、走进乔家大院。高大的院门和城墙昭示着这里曾经的鼎盛繁华，屋顶上丛生的杂草和落败的瓦片又貌似在讲述着晋商的兴衰沉浮。

除了"大院"，山西还有一座历史文化名山——绵山，这是我高中毕业旅行的第二站。绵山步步有景，景景有典故，其中介子推的故事赋予了绵山独特的人文气质。但对于那时的我而言，历史典故还只是边走边听的佐料，爬到山顶才是我的大餐。绵山的险比起华山毫不逊色！从山路上探头向下望去，陡峭的绝壁让人眩晕。爬到山顶，眺望着远处群山，我本想放声大唱《童年》里的歌词：没有人能够告诉我，山里面有没有住着神仙……结果没好意思唱出来，便往山那边嚎了句：那儿有人吗？半晌没回音，我对着那边哈哈哈大笑三声！然后提着鞋下山去了，留下旁边的人对我投来诧异的目光。

到了大一，我开始觉得，人因为有了信仰才会懂得幸福，对这个世界存一丝畏惧，才不会贪婪无知。带着这样的心境，那一年我去了五台山朝台。看到出家人在这里打坐修行，不禁感叹，这世间的人啊，到底要有多么深厚的信仰才可以斩断七情六欲遁入空门，日夜伴着青灯古佛？要有多么强大的定力才可以塞寒冷饥饿于不顾一心修炼，生死守着清规戒律？这一趟旅行并没有完全给我带来解答，我想我会一直寻找答案。

其实到了大二暑假，我才有了第一次独自旅行的经历，那毅然决然的样子犹在眼前，而这仅仅是因为小女生胡思乱想的浪漫。那时候想，谈个恋爱就应该送给对方一件亲手织的东西以表达自己的真心，大有"蒲苇韧如丝，磐石无转移"的架势！大概就是这样，我七经八转地知道了有苏绣这么个东西，并被它栩栩如生的魅力所吸引。既然喜欢它为什么不去苏州看看它？不去学习它？既然说是喜欢，那就应该有实际行动来表达！否则岂不是叶公好龙？就是这样一个想法，我拖着一个拉杆箱装着不多的行李直奔苏州。

半年之后，我再次前往苏州，不知为什么，心里对那个城市总有那么一点点牵挂，有那么一点点想念。拜访师父，探访一起学习刺绣的姐妹，重温夏天经常走过的街道。之后我又辗转杭州、上海，临近过年才转道回家。

大三的暑期，大家都朝着人声鼎沸的上海世博园去了，而我却前往太行大峡谷的幽静清凉之地——红豆峡。恰是临近七夕，红豆这个与爱情有关的词，正是我去的原因。对爱情的期许，犹如这石凹里的山泉静静地流淌，犹如这水底的青荇，油油地荡漾。

都说人生就像海浪，遇不到礁石，怎能激起美丽的浪花？在我人生的前21年时间里，还从未看到过海浪。大三那年的8月，我终于与深圳相遇，站在海岸上，踩着柔软的沙子感受这"面朝大海，春暖花开"的幸福！

后来辗转到珠海，在街上见到不少澳门的老太太为了生计拿当地的香烟到珠海卖，然后用卖的钱在珠海买菜，这在当地叫"蚂蚁搬家"。澳门，一边是在赌场肆意挥霍的赌徒，一边是为柴米油盐斤斤计的"蚂蚁"——生活就是这样。

如果说，在这之前所有的旅行都算不上是"驴行"，那2010年国庆长假我的七藏沟徒步之旅算得上真正的"驴行"了。

在川西，众人皆晓九寨沟，鲜有人知七藏沟。七藏沟是松潘到九寨沟之间原始唯美的一处仙境，这里有美丽的湖泊、壮丽的雪山以及蓝天白云下最原始的生态环境。

放假第一天，我便背上65升的大包上了开往西安的绿皮车，开始了我的第一次"驴行"。一路上辗转西安、重庆、成都，和网上相识的队友会合。在结伴徒步的几天里，一天走20多公里的路程，对于我这个没有任何经验的新驴来说，遭遇的困难可想而知。当我咬牙坚持直到翻越垭口、看到红星海的那一刻，我明白了，山的存在，是让我们永保谦逊和恭敬的姿态。我抬头仰望蓝天雪峰，圣洁宛若仙境，所有的艰辛在此刻不值一提。

回顾有点絮絮叨叨，总之，我的旅行伴随着我的成长，或者说，我的成长伴随着我的旅行。旅行把人置身于陌生的环境，卸下所有的伪装，面对最真实的自己，练就无比强大的内心。我一直思考，我的旅行是怎样炼成的，答案时隐时现，可有一点，非常明确，我会继续走下去，继续旅行。

# 我的梦想旅行计划

## ○北疆人文地理摄影之旅

在我心中一直有一个远方，那里芳草凄美、牛马成群；那里湖泊遍布、雪山皑皑；那里花繁叶绿、瓜果飘香，那就是我梦中的"故乡"——新疆。曾经多少次在梦中与她相会，可是由于种种原因，我却一直未能亲历她的美丽。

"不要问我从哪里来，我的故乡在远方，为什么流浪，流浪远方……"每次听这首《橄榄树》，都觉得歌声里带着的淡淡的忧伤，还有对故乡深深的眷恋。是的，一首歌可以承载一段岁月，或者是勾起某种情思，每次听到这首歌，都会让我想起梦中的新疆。2010年校园行知客的比赛给了我与"故乡"相会的机会，让我沿着梦想，一路向西，寻找那片美丽的土地。

新疆有大美而不言。从帕米尔高原到阿勒泰草原，从伊犁河谷到哈密绿洲，新疆美丽的自然风光让世人为之倾倒。在中国国家地理的"选美"单上新疆独占鳌头，总计获得15项中国最美的殊荣，为各省区之冠！

无论从地理、历史上，还是从民族风情上来讲，有太多的影像值得记录。新疆，在人们心目中一直蒙着一层神秘的面纱，此次记录中国行旨在发现心中的"故乡"、记录中国新疆之行，深入新疆西北部，拍摄当地独特的地理地貌和人文风情。

我相信，只要在路上，就会与美不期而遇。我要用相机镜头记录下圣湖草原、雪山戈壁，"大漠孤烟直、长河落日圆"。无论是世界屋脊，还是一望无垠的大漠，都有着同样的感动：赞自然之神奇，叹天地之大美！

北京——乌鲁木齐

**途经：**
北京、乌鲁木齐、布尔津、禾木、贾登峪、克拉玛依、伊宁、昭苏、乌鲁木齐

**第一天：北京出发**
乘T69次火车，踏上开往新疆自治区首府——乌鲁木齐的列车，开始我的旅行。可以在火车上拍摄沿途风光。

**第二天：到达乌鲁木齐，晚宿乌市。**
乌市是新疆维吾尔族自治区的首府，也是我本次新疆之旅的第一站。

晚上8点到达乌鲁木齐之后，入住青年旅社，放好行李之后可以去逛了逛国际大巴扎。这里是世界规模最大的大巴扎（维吾尔语，意为集市、农贸市场），新疆的小吃是闻名天下的，这里的更是一绝，小吃的价格也令人感到开心。

本日精彩拍摄点：新疆小吃，大巴扎。

**第三天：乌鲁木齐——布尔津，晚宿布尔津**
布尔津是阿尔泰山南麓的一座小县城，在准噶尔盆地以北，额尔齐斯河畔。这里高山逶迤，草原辽阔，水草丰美，自古以来就是我国西部游牧民族繁衍生息的地方。

早晨北上去往布尔津，途中可以看到地质奇观火烧山，下午抵达布尔津小县城，去"新疆最美的雅丹地貌"——五彩滩。在五彩滩观赏、拍片之后返回布尔津县城。晚上可以去布尔津著名的河堤夜市品尝当地特色小吃：烤羊肉串、凉皮、当地人自酿的卡瓦斯啤酒等。

本日精彩拍摄点：地质奇观火烧山、五彩滩、布尔津小吃。

**第四天：布尔津——禾木，晚宿禾木村**
禾木村是图瓦人的集中居住地，是仅存的三个图瓦人村落（禾木村、喀纳斯村和白哈巴村）中最大的村庄，这里的房子全是原木搭成的，充满了原始的味道。

早晨出发往"神的自留地"——禾木。禾木自然原始的风景独美,禾木河自东北向西南静静地流淌,原始村落与大草原和谐自然地融为一体。晚上可以找禾木小木屋住下,留更多的时间用心感受这里的自然美景和人文风情。

本日精彩拍摄点:禾木小村庄。

**第五天:禾木——喀纳斯——贾登峪,晚宿贾登峪**

喀纳斯湖是布尔津县北部的著名淡水湖,是一个坐落在阿尔泰深山密林中的高山湖泊。传说中的湖怪"大红鱼"为喀纳斯湖增添了一丝神秘色彩。湖水还会随着季节和天气的变化而变换颜色,是有名的"变色湖"。

早上我尽早起床,抹黑徒步到半山腰,观日出,后去往"人间仙境"——喀纳斯。到贾登峪换乘区间车进入喀纳斯景区,途中会经过卧龙湾、月亮湾、神仙湾,可以下车拍照,然后乘坐下一辆区间车进入喀纳斯。傍晚时分探访生活在木屋中的古老图瓦族人,晚上留宿贾登峪。

本日精彩拍摄点:卧龙湾、月亮湾、神仙湾、喀纳斯湖、图瓦人、图瓦传统乐器。

**第六天:贾登峪——乌尔禾魔鬼城——克拉玛依,晚宿克拉玛依**

先去往乌尔禾魔鬼城。魔鬼城又称乌尔禾风城,是在干旱、大风环境下形成的一种风蚀地貌类型。其实,这里是典型的雅丹地貌区域,"雅丹"是维吾尔语"陡壁的小丘"之意。后去往油城克拉玛依,晚宿克拉玛依市。

本日精彩拍摄点:乌尔禾魔鬼城、油城克拉玛依。

**第七天:克拉玛依——赛里木湖——果子沟——伊宁,住伊宁**

克拉玛依是一座著名的石油城,位于准噶尔盆地西北缘,加依尔山的南麓。

早晨出发前往赛里木湖——古称"西方静海",因为它是大西洋暖湿气流最后眷顾的地方,所以被称作大西洋最后一滴眼泪。又因为传说赛里木湖是由一对为爱殉情的年轻恋人的泪水汇集而成的,所以它又被称为天池和乳海。

穿山进入果子沟,这是一条北上赛里木湖,南下伊犁河谷的峡谷通道。这里也是我国通往中亚和欧洲的丝路北新道的咽喉,有"铁关"之称。

傍晚时分到达"花城"——伊宁,这时正好可以去伊犁河大桥欣赏日落美景,运气好的话还可能见到举行婚礼的新人。

本日精彩拍摄点:赛里木湖、果子沟,伊犁河大桥落日。

**第八天:伊宁——夏特峡谷——昭苏,住昭苏**

伊宁市是伊犁哈萨克自治州的首府,被誉为"花城"。

上午可以去汉人街,这里永远散发着浓浓的生活气息:卖奶皮子的妇人、卖奥斯曼草的少女、卖花帽和英吉萨小刀的巴郎、卖砍曼的老者……然后可以乘车前往昭苏草原。7月是油菜花的季节,这里有怒放的油菜花,进入昭苏就仿佛进入到了油菜花的世界。

本日精彩拍摄点:伊宁汉人街、昭苏草原、油菜花

**第九天:昭苏——伊宁——乌鲁木齐,住火车卧铺**

昭苏是新疆境内唯一一个没有荒漠的县,冬长无夏,春秋相连,没有明显的四季之分。

早上去夏特古道大峡谷,拍摄原始草原森林风貌和彩云缭绕的汗腾格里雪峰。傍晚回到伊宁,乘火车返乌市。

本日精彩拍摄点:汗腾格里雪峰、夏特古道

**第十天:乌鲁木齐**

早上9点抵达乌鲁木齐,北疆之行结束。

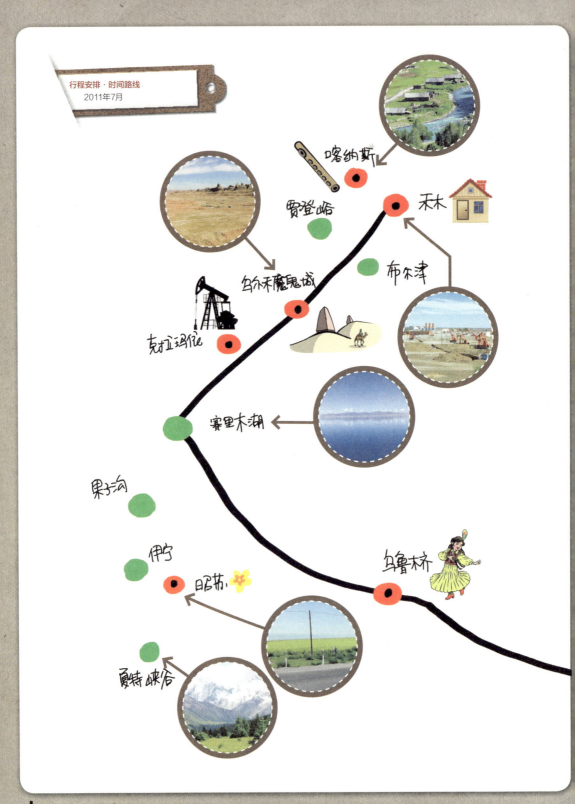

喀纳斯

贾登峪

禾木

布尔津

乌尔禾魔鬼城

克拉玛依

赛里木湖

果子沟

伊宁

昭苏

乌鲁木齐

夏特峡谷

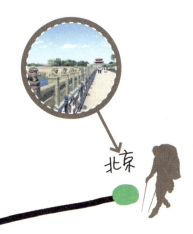

**B线**

第一天：北京出发
第二天：到达乌鲁木齐，晚宿乌市
第三天：乌鲁木齐——布尔津，晚宿布尔津
第四天：布尔津——禾木，晚宿禾木村
第五天：禾木——喀纳斯——贾登峪
第六天：贾登峪——乌尔禾魔鬼城——克拉玛依，晚宿克拉玛依
第七天：克拉玛依——赛里木湖——果子沟——伊宁，住伊宁
第八天：伊宁——夏特峡谷——昭苏，住昭苏
第九天：昭苏——伊宁——乌鲁木齐，住火车卧铺
第十天：乌鲁木齐

北京

　　1.因地理位置的原因，新疆与内地存在两个小时的时差，一天的生活安排要比内地晚两个小时，所以要调节好自己的生物钟。

　　2.新疆夏季紫外线强度非常大，昼夜温差大，气候干燥，要带上防晒用品，并注意保暖、补水。

　　3.饮食方面，新疆属于少数民族地区，多清真餐厅，多数地方以面食为主，新鲜蔬菜较贵。若在私人家里做客，对主人敬让的食物和饮料不要拒绝，如果不习惯也可浅尝辄止，但不可执意拒绝。

　　4.新疆的特产主要是水果、玉石、民族用品、工艺品、药材等，在买东西时应注意尊重当地民族的购物习惯。葡萄干等干果可以随意品尝、随意询价，但是如果不买千万不要随意还价。新鲜水果如果主人切成小块敬让，可以品尝，否则不要随意自取。讨价还价时请注意计量单位，新疆一般习惯以公斤作为基础计量单位。

　　5.保护摄影器材也非常重要，新疆风沙大，相机的防尘、防雨、防震、防晒极为重要，可以准备几个大塑料袋子把相机套起来，防尘又防雨，取下镜头后数码相机CCD传感器很容易脏，所以尽量少换镜头。

　　6.一定要尊重当地人的民族信仰和习惯，在出发前多了解一些维吾尔族等当地民族的忌讳，如饮食、信仰、礼仪等等。

## 预算

| 门票 | 交通 | 食宿 |
|---|---|---|
| 800元 | 2700元 | 100×10=1000元 |

**总计：4500元**

# 我的梦想之旅

## ○ 旅行的心境

### 美丽的遗憾

2011年10月22日午后，宿舍里唱着《生如夏花》，此时北方已入深秋，一个人坐在书桌前，回想大学最后的这个暑假，它正如歌里唱的那样，如夏花般惊鸿一瞥，短暂而又绚烂，美丽而又遗憾。思绪在歌声中一路向西——五彩滩、禾木、喀纳斯、图瓦人家、魔鬼城、赛里木湖、昭苏草原……新疆之行回来已经两个多月了，静静的，一个人回味那个半个多月的时光，那是我人生最绚烂的一瞥，没有豪言壮语，也没有情意绵绵，只能以这些琐碎文字来记录这次旅行。

在开始这份旅行前，我是纠结的。放假后就一直犹豫要不要去实践这份旅行，新疆连续发生的一些不好的事情让我却步了。毕竟再好的风景，再美的照片也不值得用生命去换! 班里的同学却对我说"你一定一定不要去!"还说"你要自己一个人去? 真乃奇女子也!"几番下来，我自己也在纠结，去吧? 不去? 最后，我痛下决心——走! 有时候，阻止你脚步前进的不是外来的障碍，而是内心的恐惧与犹豫。

北京是我新疆之行的始发站，7月21日，我坐上了太原到北京的动车，新疆之行就算正式开始了。傍晚时分到达北京，联系同学的学校宿舍住下。同学诧异的问我，你不考研吗? 开学就大四了你工作的事情怎么样了? 对于这样的问题，我很无奈，我也不知道该如何回答。在很多人眼里，我们这些背包客是怪异的，难以理解的。她又问我，你真的要去新疆吗? 我说，已经出发了，已经走到这儿了，难道还要返回去吗?

第二天早晨，北京的大街小巷依旧忙乱，熙熙攘攘的人们行色匆匆。火车站一如既往地嘈杂着。开往乌鲁木齐的T69次列车启动的那一刻，我忽然激动得想要落泪，我已经在路上了……

### 夜访乌市

头一次坐那么久的火车，在火车上呆了足足32个小时，第二天晚上8点，火车缓慢的驶进乌鲁木齐火车站。闷热的车站人声鼎沸。一出火车站，周围全是大眼睛高鼻梁的维族同胞。这个时候我承认我有点怕。想来有点好笑，这是什么旅行啊? 旅行是给心灵放假愉悦精神的，我这是在做什么? 折腾自己吗?

下了火车，打车找到旅馆，出租车司机很是热情，帮我背包，还留了手机号，让我忽然觉得这里也不像人们想象的那样险恶。回房间安置好行李，想出去看看夜晚的乌鲁木齐，于是和同伴走出宾馆沿着大路漫无目的的一直走，这时候天还没有完全黑，西边的天空还有一丝的亮光，看看手机已经是10点了，想想此时内地已经是入夜了，说不定也已经有人睡觉了，看来来新疆也是要倒时差的。

忽然觉得肚子已经在抗议了，在路边很凑巧的遇到了一个夜市，老远就看见烟雾缭绕的，还有烧烤的味道，心想一定要尝一尝新疆本地的烤羊肉串。烤摊的"巴拉"很热情，汉语虽懂得很少，一边说话一边用手势比划，但脸上带着友善的笑，让人倍感亲切。

尝一杯本地自酿的卡瓦斯，甜甜的味道很不错! 不经意的一转身，哦! 买嘎! 那是什么? 山西大同刀削面! 老乡啊! 他乡遇故知。再往旁边看看，川菜砂锅! 不禁感叹川菜的强大! 附近有个自搭的演艺台，走近一看，偌大的横幅——河南豫剧! 惭愧自己的浅薄无知，原来新疆这么融合。

吃完了回宾馆，一夜无话，在我的印象里，夜晚的乌市貌似就是这样一餐别样的羊肉串，还有那个热情的"巴拉"。

## 布尔津五彩滩

　　乌鲁木齐的早晨很干净，天空蔚蓝空气清新，但是我们没有太多的时间在这里停留，吃完早餐，要乘车前往布尔津，此时我心里很是兴奋，向往已久的小县城就要出现在我眼前了。这时候的我还不知道高兴得太早了，因为从乌鲁木齐到布尔津要坐8个多小时的车。想起以前过年从太原回老家，坐4个小时的车都觉得那么漫长，这会儿要坐8个多小时的车让我头晕，还好一路上两边的景色怡人，从车窗望去远远的能看到天山。道路两边时不时的能看到大片大片的向日葵，内心一阵高兴，花的海洋啊。除去向日葵，道路两边就只能看到荒漠和戈壁，什么都没有，光秃秃的。车上的时间是无聊的，但聪明的人总能发明一些打发无聊的游戏，比如"杀人"，玩了会游戏，一个大巴上的人很快变得热闹起来，人也渐渐地熟悉起来。

　　8个小时的车程，一路有向日葵、戈壁和"杀人"游戏相伴。下午终于到了布尔津小县城。在去五彩滩的路上，又遇到了大片大片的向日葵，这地方的向日葵要比早上遇到的更美，金灿灿的向日葵仿佛迷人的油画，喜欢向日葵追着太阳跑，喜欢它永远朝着太阳的乐观。

　　五彩滩，这个童话般的地方，我迫不及待想一睹她的真容。我们到达五彩滩，正好是傍晚，这也是一天中最美的时刻，此时的阳光最轻柔、最温暖，站在瞭望台上，放眼望去是各种各样的岩石，五彩斑斓，我迫不及待地拿出相机拍下五彩滩这夕阳中最美的时刻。

　　五彩滩毗邻额尔齐斯河，河的对岸是葱葱郁郁的森林。大自然用它的画笔描绘出如此瑰丽的仙境，甚至我在梦中也未见过这样的美丽。顺着木梯一直向前走，就像迷了路走进了一个五彩斑斓的迷宫。走到五彩河滩的尽头，有一座吊桥，这就是著名的"阿克吐别克钢索桥"，这座桥将对岸的绿色河谷和雅丹地貌连接起来，亦如将梦幻与现实连接起来。我不知道用什么语言来表达我当时的感受，残阳泣血，还有最简单的光影组合，此时只能感叹大自然的神圣的造化之美。

　　晚上返回布尔津县城去河堤夜市，这个夜市因为靠近中国唯一注入北冰洋的河流——额尔齐斯河，所以叫做河堤夜市。走进夜市，烧烤的烟雾、烤肉的香味、鼎沸的人声扑面而来。整条街道早已被烧烤摊子占的满满当当，一家挨着一家，只留一条不宽的走道，只是都是做游客的生意，价格很贵，落得不少怨言，无论如何这个夜市也算是布尔津的一道风景线了。

>>去禾木的山路上遇到的新疆小孩

## 禾木的其他

　　禾木7月25日，要去的地方是我神往已久的禾木小村庄，这个"神的自留地"在我看来更是一片净土。在进入禾木的山路上，我们遇到了一群维族妇女带着自家的小孩在某处摆摊，卖些酸奶，还提供抱着小羊照相，花5块钱可以很多张。有个穿着蓝色民族服装的小女孩对我的相机产生了兴趣，跑前跑后跟着我，我被她的调皮所感染，抱着她的小羊跟她一起拍了几张合影。照完相我给她钱的时候，我问她你是谁家的呀？因为在那里摆摊卖东西有好几家，结果她回答"我是我妈家的"笑翻了我们！来之前买了些糖果、学习用品准备送给这些小孩。快上车的时候我拿出铅笔之类的东西分给他们，一个小男孩腼腆地对我说："你有巧克力吗？我拿酸奶跟你换。"想到自带的巧克力因为天气炎热早就化了，我只能对他说对不起，他的脸上也没有失落，红扑扑的脸颊一脸的喜悦。

　　到了禾木村已是下午3点，简单地吃过午饭结账时才发现这里的饭菜很贵，想想也在情理之中：这儿群山环绕，远离城市，很少和外界接触，人们以前主要以放牧为生，冬天更是寒冷，下了雪也就封山了，居民们大部分都只能呆在家里。现在被开发成了旅游胜地，随着大批游人的涌入，粮食蔬菜明显供不应求，这就只能从外界输运进来，这样成本自然会高。

　　休息一会儿后来到观景台，俯瞰禾木小村庄，禾木被群山包围着，不宽的山谷，刚好这么多人居住。山并不高，山谷更显得开阔。在阳光中，禾木村里那些带有尖顶的、颇具瑞士风格的小木屋反射出一丝丝温暖的金黄色光芒。小屋旁边的松树三三两两地散布着，全都高大笔直。禾木河边有一片白桦树，因为枝干雪白，便很显眼。禾木村是个带状的村子，小木屋方方正正的，所以村庄看上去也有棱有角。村中的小路向村子四周的延伸、分支。放眼望去，四周的山像是一双大手，将这个村庄呵护在掌心。这是一个沉睡的、被外界遗忘了的村庄。

　　在木板小路上，找个地方坐下，这片草场上飞驰的不仅有骏马，还有摩托车。摩托车更多的是这里人们的代步工具，骏马更多的是供游人消费的——环草场骑马跑一圈30块。在《狼图腾》里边，毕利格老人说草原是很容易被破坏的，牧人守护好一片草原比汉人守护好一块耕田更难！可是当我看到草场上摩托车"吼吼吼"地飞驰而过，骏马被当成做生意的工具而失去了原本属于它的意气风发的时候，我有些失落。在我心中的草原，骏马是牧人保护村庄的伙伴，现在却成了人们谋财的工具。我在想：我眼前的这几个少数民族少年还和他们的长辈一样热爱这片草原吗？举目望去这漫山树林里还有狼吗？我之所以称他们为少数民族少年是因为我真的不知道他们是不是图瓦族人。

在我失落地坐在草地上翻看着相片的时候，有位小女孩慢慢地走到我身边，俯身看到我的相片，她问我：你相机里这个是五彩滩吗？我说：是的，你也去过五彩滩？她说：那是我的家乡。我有些诧异：你不是住在禾木这里的吗？她笑着摇了摇头。我还没来得及继续问她，她就被她妈妈叫去卖西瓜了。或许她只是在假期的时候跟家人一起来这里卖西瓜挣点钱，补贴家里收入吧？我转过头看着我眼前的这几个少年更加疑惑：那他们呢？从穿着来看，跟游人别无差异，但是一看五官就知道不是汉族人，他们是不是图瓦族人？他们是住在这里的吗？他们几个都随意地坐在草地上开心的聊天，说着我听不懂的语言，看到有游人过来就快速跑过去问：要不要骑马？或许这就是发展与环境的矛盾吧……

本想在这儿看日落，但是因为山势的原因这里看不到日落，所以想着明天看日出。凌晨4点半天还没亮，走到屋外，伸手不见五指，周围静寂一片，昨天说要一起去看日出的人到现在也没一个出来的。我犹豫着：这么冷还要不要去？回去睡觉可比现在舒服。想到当初我出发之前也是这般犹豫就想骂自己：干个事总是犹犹豫豫的前怕狼后怕虎，能成个什么事儿？一狠心背着相机就出发了！想着路上最好能遇到同伴。刚一出大门口，就看见两个白点，想着应该是穿着白色衣服的人，我大声问他们：你们也是去看日出吗？他俩说：是啊是啊，你知道路怎么走吗？我说：我知道，那一起走吧。天还是黑漆漆的一片，我的手电也不知塞哪里了没找到，就趁着这约莫能看得见的光前行着。穿过白桦林走岔了道，没有找到记忆中的小桥，就跟着前面的人踩着石头淌水过河，结果他俩有一个人脚下一滑踩水里了。想想这早上温度这么低，我穿着冲锋衣还直哆嗦，河水又这么冰，灌一鞋子水还不得冻死啊！想着想着就有点惭愧：真是把人给带沟里去了！

爬到观景台，山的那一边已经飘起朵朵彩霞，环顾四周发现很多驴友、摄友都找好了地方架好单反等待日出。禾木从梦中醒来，天边渐渐泛白，晕着淡淡的霞光，远处的山林泛起层层的白雾，笼罩在淡淡雾霭中的小村子开始明亮起来，接着便升起晨炊的炊烟。炊烟袅袅飘动，慢慢地一道金光洒下，渐渐地洒满了白桦林和小木屋，小溪潺潺流过，整个村庄苏醒了，和煦的阳光下是一幅美丽的画面……

>>禾木村

>>午后到达禾木，在这片草地上疯玩、拍照

>>喀纳斯卧龙湾

>>喀纳斯月亮湾

>>喀纳斯神仙湾

## 喀纳斯见怪

　　"人间净土喀纳斯"是我们今天的目的地,它不仅有让人叹为观止的美景,更有"喀纳斯湖水怪"为它多添了几分神秘。喀纳斯的天气是多变的,"一日有四季,十里不同天"。

　　这里最让我为之倾倒的还是三湾:卧龙湾、月亮湾、神仙湾。这都是美到极致的景色,岸边的植被、围绕着天蓝碧色的湖水、时而强烈时而柔淡的阳光、甚至天边的云朵也不放过,全部吸取在汇聚了万千妩媚的湖水中,仿佛爱美爱到贪婪的少女!

　　乘区间车进入喀纳斯景区的时候,路过"三湾"我们都惊异于她的美,这时候晴空万里,阳光洒在水面上,波光粼粼。温暖的阳光照在身上,暖呼呼的顿生困意,就这么抱着相机迷迷糊糊的在车上打盹儿。当时压根儿没想到在车上睡觉是多么大的失误! 到了景区里,大家都准备去吃饭,我跟同伴"花生"四处转着找吃的,看到一家自助餐厅,都特高兴: 这个好啊! 于是不假思索地去买了票,继续往里走却没有发现吃饭的地方,问了下服务员才知道一楼买票二楼就餐。我们乖乖地给了服务员票然后上楼,就在踏上二楼最后一个台阶的时候,我hold不住了! 那场面真是太吓人了! 我想不到吃饭的餐厅里人多得竟然跟春运的北京西站一样! 人挤人、人推人,领餐盘的队伍弯弯曲曲的,要排队才找不到队伍的尾巴! 我问花生: 还吃吗? 她看着这场面傻傻地说: 不吃了! 我俩赶忙向楼下跑去,找柜台服务员要求退钱。没想到服务员说: 领导说了,不能退! 对我们还爱答不理的! 我"蹭"一下就火了,我们从买票到下楼要求退钱前前后后还不到10分钟,人多得像春运,餐盘没有领,什么都没有吃,为什么不给我们退? 服务员听了我们的话后竟然躲得我们远远的,跟没事人一样! 正值用餐高峰,一个又一个旅游团队被接了进来,我们两个人很快就被淹没在人群中……

　　好不容易挤到门口,我跟花生只能自认倒霉,于是去商店买了两包饼干凑合着充当午餐。

　　这里的天气说变就变,天空忽然阴云密布,我和花生商量还要不要去观鱼亭,最后决定不去了,等上去了也就下起了雨,下着雨刮着风,到了观鱼亭也什么都看不到。

　　在喀纳斯湖边,我们兴奋地朝着湖的远方大喊,没过多久就下起了倾盆大雨,原本嬉笑的人们顿时像着了枪的鸟群似的四散逃去避雨,可怜我的相机浑身没个藏的地方。不过还好,雨下了不到10分钟就停了。坐船向湖中心游去,导游介绍起了"水怪",我听得乏味。在我看来"水怪"不是什么怪物,只是一条鱼而已。在人们还没有发现这里的时候,这儿就是一片世外桃源,它自由自在地生活在这片水里,然后慢慢长得好大好大,好比人类中的老寿星。后来越来越多的人们来到这里,在一个巧合的时间出现在巧合的地方,它一不小心被人们发现了，人们没见过它就孤陋寡闻地叫它"喀纳斯湖水怪"！这一见，把它吓坏了，听着岸上日益严重的人声、船声它就不敢轻易上来了，所以人们就很难再看到它了……

听着船上的讲解员说什么地方是一道湾、二道湾、三道湾，我恍然大悟：她说的"三湾"并不是我想的月亮湾、卧龙湾、神仙湾"三湾"，下着雨刮着风的湖面白茫茫一片什么都看不到。

乘车离开景区的时候，又路过神仙湾、月亮湾、卧龙湾。到了神仙湾，我跟花生下车去拍照，刚才还安静的空气忽然刮起了大风，来车的方向看到一片乌云向这边飘过来，想着：糟了，又要下雨了！到了月亮湾的时候，雨已经下得一塌糊涂，我把相机用塑料袋套起来，站在树底下避雨，此时的月亮湾在风雨里模糊得什么都看不到了，回头看看那朵乌云就快到头顶了，乌云的后面是一片湛蓝！心里抱着一丝希望在雨中等着，眼巴巴地等着那片乌云过去。

到了卧龙湾，这里也已经放晴了，我跑下去想近距离拍它，但是不知什么时候旁边一个拿着相机的人似乎在跟我较劲，莫名其妙！我往前走，他也往前走到了我前面，我再往前，他还是跑到我前面。我很纳闷：兄弟你是什么意思？再往前走你就要跳到卧龙湾里面去了！

拍完照，我跟花生跑回去坐车出景区，因为景区里的车都是按车座位数上人的，不是像公交车那样可以超载很多，这时候快晚上8点了，再晚就没车了，所以等车的人很多。好不容易上了车，车上的讲解员还在讲解着，说月亮湾的脚印是嫦娥奔月的时候留下的……花生凑到我耳边说：编吧，继续编！

## 魔鬼城见鬼

7月27号，乌尔禾魔鬼城，不凑巧的是，等到达了这里的时候是下午5点多的样子，骄阳烈日。谁都知道乌尔禾魔鬼城是典型的雅丹地貌，在日落时分最壮观，这时候来魔鬼城就是要晒太阳的！墙上有某位摄影大师拍摄的魔鬼城的作品，放得像海报一样大，挂在那里展览，花生笑着说：把这些图片拍下来就当是你拍的。我无言以对。

这里是不允许游人私自进入的，要统一管理，坐小火车进入。魔鬼城里很荒凉的样子，太阳晒得很毒，脚下是寸草不生的土地。车上忽然传出了"我心永恒"英文歌，花生朝我转过头来，瞪大眼睛好像在问我怎么回事？我往前看去，有人介绍说是魔鬼城之泰坦尼克号到了，我"扑哧"一声笑了，好秀逗！还真是中西结合呢！一路上，导游每到一处就介绍诸如这个像"一只回头的孔雀"、那个像"狮身人面像"……魔鬼城就是魔鬼城，为什么不介绍一下雅丹地貌的地理成因，而兜售这些无聊的意象？

再往里走，火车停了下来，游人可以下车自行去玩，这儿有个简易的搭棚，还有几匹供人们照相的骆驼，骆驼的主人躺在搭棚下乘凉，骆驼也卧在地上显得有气无力。有人过去想跟他们商量下讨个便宜价，但是骆驼的主人用生硬的汉语说：30块一次，随便你照，不还价的。几个游人回来有些埋怨地说：他们真是不会做生意！太死板了！不好说话！可是，想想这些骆驼跟这些人，多不容易啊！天这么热，太阳晒得这么毒，新疆物价高，或许他们在这儿做点小生意赚点小钱，接受了汉人现代化的生活方式，但又跟不上汉人的步伐。

魔鬼城里是这样，禾木小村庄也是这样，那里到处都是名为"某某山庄"的餐饮住宿类服务。喀纳斯也是，铲车在草场上产出一条路，远远看去就像一条条伤疤。在赛里木湖也是，在靠近湖边的草场上用铁丝围起了栅栏，人进去要交5块钱。栅栏外，饮料瓶、塑料袋随处可见……

扯远了，回来！继续往前走总是能看到一些断裂的城堡、散落一堆的土

>>午后到达乌尔禾魔鬼城外，骄阳烈日，仿佛一露出脸来就能晒脱一层皮，我这样子的打扮被同伴笑称像极了驻伊拉克美军……

>>魔鬼城

块，还有很多类似刀砍过的痕迹。询问之后得知，现在一些利欲熏心的人，为了挖掘砂岩结核石，肆意地破坏着魔鬼城，这里面已经有数座城堡被挖空、坍塌！而砂岩结核石，是一种很具有观赏价值的奇石，就是这个原因导致了最直接的悲剧，因为他们基本上都是深埋于魔鬼城及附近的沙土城堡中！CCTV《走遍中国》栏目曾对这些奇石做过精彩的介绍。但最近半年以来，一些据说来自南方的需求，导致近似疯狂的采掘，以致酿成现在的悲剧！可悲可叹啊！

## 两城没景

快到克拉玛依的时候，经过百里油田，放眼望去，挖油的"磕头机"上上下下，很是壮观！众所周知这里盛产石油，是个富有的城市。我们走在克拉玛依的大街上寻找可以吃饭的地方，花生说：哇！全是名车！一边说一边给我指：这是个Q7，这是个路虎……我说我车盲。因为克拉玛依整顿市容，找不到路边的烧烤摊，于是走进一家烧烤店，座无虚席！

第二天一早要去向往已久的赛里木湖。因为这个湖有一个美丽的爱情传说。在3个小时的翻山越岭后，终于到了。一眼望去，就像是一块蓝宝石落在雪山脚下。湖水清澈见底，站在湖边顿感丝丝凉意。可湖边的一段路不知在修什么，水泥堆得到处是，机械车来来往往，尘土飞扬。无心观景，只好离去。

路过果子沟，在我的印象里就是山沟里满满的果树、满满的水果。但是有人告诉我们，这就是果子沟的时候，我总觉得他在骗我。因为这里没有果树没有水果，除了跟别处一样的树木以外就什么都没有了。他说，以前，牧人放牧的时候路过这里饿了渴了就摘这里的水果来解渴，当时的果树还很多，所以就叫"果子沟"。后来"人进果树退"，又修起了公路，果子沟就没有果树了，果子就更没有了……我不知道他说的是真的还是在糊弄我。

傍晚时分，到了"花园城市"伊宁。来到这儿仿佛到了另外一个国度，街上都是高鼻梁、深眼窝的少数民族同胞，还有不少穿军装持枪站岗的士兵。花生说：为了安全我们还是不要单独走了。就这样，我们一车所有的人都凑在了一起，排队前进，街上不时有人朝我们投来诧异的目光，但是看上去并没有恶意。到了汉人街，其实除了我们这一行人再没看到其他的汉人。花生有点口渴，我们试着去买冰激凌。进了一家小店，坐在桌子前的姑娘指了指桌子上的冰激凌杯子又朝我摇手，搞得我们很奇怪，半天也没明白她是什么意思。花生说："她是不是不卖给我们啊？"这时候过来一个汉人男子，善意笑了笑说："她的意思是没有小杯的冰激凌了，只有大杯的。"我们边吃边和那个汉人男子攀谈起来，知道他是在伊宁长大的汉人，是附近一所学校的数学老师。我们问起街上持枪站岗的兵，他说："其实这儿还算和谐，是比较安全。"

吃过晚饭，回到宿处，太阳快落下去了，看看天边，有着温暖色调的晚霞。我跟花生说："回去赶紧收拾，快点出来，我们去伊犁河大桥看日落！"办理入住手续的时候，之前的客人跟柜台有些小摩擦，我们只好等了10多分钟，然后才拿着房卡背着背包找房间。到了房间从窗户看去，太阳已经落了快一半了，我对花生喊："快点快点！"小叶跑来跟我们说："你俩别去伊犁河大桥了，等你们去了那儿太阳早落下去了！而且这会儿已经快10点了，你俩去也不安全！"我俩皆无语坐下。

## 绚丽昭苏

　　7月29号，今天我就能看到大片大片的油菜花海了！我想那场面比我在五彩滩看到的向日葵更壮观吧？想当初我在中国国家地理网上看到《天堂昭苏》那一组幻灯片的时候，我被昭苏的美深深吸引了！我忙不迭地推荐给宿舍的两位学姐看，她们却一致认为那组幻灯片是假的，她们不相信现在还有那么美的地方，但是我相信，所以，昭苏，我来了！

　　到了昭苏县城以后，跟往常的行程一样，吃了午饭先去夏特大峡谷。大峡谷里很安静，雪山映衬着松林，成片成片的油菜花绚丽地怒放着。找块地方坐下来，什么都可以想，也什么都可以不想。稍有点才情的人到了这里或许就能吟一首诗出来，词穷的我只能坐在这里发呆。

　　晚上8点回到昭苏，天边绚丽的晚霞染红了天空，晚霞配着这怒放的油菜花，我不知道该用什么样的语言来描述这样的美景，该用什么样的语言来表达我内心的喜悦与兴奋！

　　翌日一早到了昭苏草原，还未有其他游人。牧家正在收拾东西准备开张，我随意朝里面看了一眼，一位穿着围裙的妇女很热情地招呼我们进去吃饭，我说我们已经吃过了，她说那进来喝些水吧。想想进去坐坐也挺好，我们就进去了。这位妇女给我们倒了热水后说："早上冷，喝点热水暖暖，我还有东西收拾，你们随意坐没关系。"我们在里面坐了一会儿后也不好意思太打扰人家，就出来了。出门的时候在桌子上留了5块钱，两杯水钱差不多够了。走了没几步，那个妇女就追出来了，我和花生都以为她说钱不够。没想到走近了，她说："不要钱，不要钱的。"把钱塞给我们后，就回去忙她自己的事去了。现在想来，这件事都让人心里很愉快。

>>图瓦族人家演奏乐器

>>进入夏特大峡谷时遇到的羊群图

## 是非到此止

离开伊宁，乘火车站回到乌鲁木齐，这次旅行绕着北疆画了一个圈，算是一个美丽却又不完美的圆圈吧。总之，我的北疆行就这样结束了。

正值新疆国际舞蹈节，火车票很紧张！花生在我之前买了火车票，她准备回家，就直接买了到重庆的票，我还想去青海湖，就买了到兰州的票，到了兰州再转去西宁。

下午3点，我和花生上了火车，火车慢慢开动了，我的北疆行正式结束了。别了，禾木。别了，喀纳斯。别了，赛里木湖，还有昭苏。别了，所有那些给我视觉盛宴的风景和心灵鸡汤的人们。

在火车上，我央求花生跟我一起去青海湖，花生很为难地说："我很想跟你一起去，但是我身上的钱所剩不多了，而且我买了到重庆的票，要跟你去兰州的话，我心疼那差价！"我试探着说："那我把差价补给你，你跟我去青海湖不？"她说："真的？"我说："我有必要骗你吗？"她说好！我心里一乐：这小妹，真好说话！她就这么被我连哄带骗地跟我一起在兰州下车啦！

旅行下一站：青海湖！

>>禾木的白桦林与队友的合影

>>昭苏油菜花海前与队友合影

# Chapter 4
## 旅行是never give up

# "间隔年" 之南方札记

何茜

姓名: 何茜
学校: 南京工业大学 本科 2007级
出生年月: 1988年12月

或许我看不见我5年、10年后的未来在什么地方，但这不妨碍我去计划一场旅行，关于人生的旅行。

——何茜（网名: 花花打鬼）

## 我的青春自白·旅行是我的生活方式

我一直反复"纠缠"着关于旅行的意义，似乎在某些时候有意无意"标榜"着地图上的红点标记是如何蔓延侵蚀整张中国地图，并有着急剧扩张海外的趋势，谦逊地"鼓吹"着曾经的壮举，究竟是生活赋予了旅行价值，还是旅行证明了生活的意义？只是，这并不是一道选择或是判断题，更何况你完全有选择不答的权利。

选择旅行或是像吉普赛人般的流浪其实是选择一种本来就存在的生活方式，就像很多人选择下海经商，选择从政，或是朝九晚五的工作一般平常，不需要惊讶和羡慕，也不需要投以异样的目光。

我不断地想要出走，急切地想去认识外面的世界，也许是潜意识的想要扩大这个圈。或许在最后，这个圈能成一种钝角的形式去包容这个世界存在的许多声音，无论是天籁还是嘈杂，无论是赞美还是谩骂，以一种从容的心态去拥抱。

一直以为旅行是为了寻找继续走下去的答案，可是去了许多地方，我却依旧不懂，甚至有些迷茫。这就是我想要的生活吗？背上包走遍我想要去的地方，或是和某个爱我和我爱的人"大隐隐于市"地过着清贫却悠闲的生活，还是在商战权战中拼搏，获得一席之地？我一直都以为旅行对我而言只是一种爱好，一种生活的调剂品，却不曾想过，这种行走会不会成为我的一种生活。

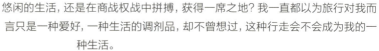

看完《迟到的间隔年》，我有的竟不是拿到书时的激情澎湃，而是一种淡淡的莫名的感伤。我常想，当东东走完他的间隔年回到家，回忆起这一段经历时是否有过一种感伤？书里有一个日本女人，在经历过生死之后开始走，一走就是15年。我喜欢她的一句话："旅行是寻找不到答案的，它只会让你有更多的选择，甚至迷茫，不过值得。为了这个值得，我们选择继续走，生命总要值得才算没有白活。"

我总会以仰望的视角去欣赏那些一直在走的人，背着沉沉的旅行包,从地球的这头走到那头,见没见过的风景,认识各种朋友,在某个想要停留的地方停留,然后继续走。这需要怎样一种勇气?放弃安逸稳定的生活,一次次上路,又是怎样的风景和人在不断"诱惑"着他们?我想要尝试这样的生活,想要在行走中成长,完成对自然人文的膜拜。

可是,这就是我真正想要的生活吗?是内心一直渴求的愿望吗?我不太了解自己,弄不清究竟什么才是我真正想要的。只是现在的我想继续走下去,或许会一直走下去,或许想明白了就会回来,过父母口中安稳的生活吧。

# 我的梦想旅行计划

## ○ 我的间隔年之旅

间隔年(Gap Year)是西方社会通过近代世界青年旅行方式变迁总结出来的概念,是西方国家的青年在升学或者毕业之后工作之前,做一次长期的旅行,让学生在步入社会之前体验与自己生活的社会环境不同的生活方式。期间,学生去旅行,通常也适当做一些与自己专业相关的工作或者一些非政府组织的志愿者工作。他们相信,这样可以培养他们的国际观念和积极的人生态度,学习生存技能,增进他们的自我了解,从而让他们找到自己真正想要的工作或者更好的工作。以一种"间隔"当前社会生活的方式,达到更好地融入当前社会的目的。

间隔年的活动或形式包括以下两个方面:

(1)做志愿者:前往发展中国家,如印度、尼泊尔等地进行关于教育、医疗、环保等方面的志愿工作。

(2)做义工:打工赚钱或者换食宿,如做青年旅舍义工等。

这次的记录中国行计划,我从杭州出发,沿着海岸城市南下穿越浙江、福建、广东、广西、云南、四川,沿青藏铁路进藏,梦寻高原。所有经过的城市和小镇,都是我心目中一直向往、并想要去的地方。我看着地图上一个个被标记过的地方,想象着自己背上包,心情竟有无法克制的激动。

第一阶段
"将"南漫行

**途经:**
杭州、绍兴、霞浦、厦门、鼓浪屿、永定、广州

**主题: 探访永定土楼, 在青年旅舍做义工**

**(1)探访永定土楼**

位于福建省西南部的永定县,在连绵起伏的崇山峻岭之中,流水清清的山涧溪河两旁,矗立着一幢幢高大雄伟的建筑。不论是环环相套的圆形楼宇,还是庄严堂皇的方形古厝,无不透露着奇妙和神秘。这就是闻名于世的永定客家土楼。永定土楼从古代至中华人民共和国成立前,是客家人自卫防御的坚固楼堡。这是世界上独一无二的神奇的山区民居建筑,也是中国建筑史上的一朵奇葩。

**(2)申请青旅义工**

无论是厦门或是鼓浪屿,都是适合多作停留的地方,那里有各种义工工作可作选择。前不久正式上线的厦门义工网,是开始义工生活的不错选择。各种主题形式的家庭旅馆、艺术画廊、瑜伽村客栈……都可以在这里找到。

行程安排·时间路线

**第一阶段**

D1：到达杭州，入住青年旅社。
D2：游览千岛湖。
D3：游览西溪湿地，傍晚租车骑行，游览西湖美景。
D4：游览杭州市区，品尝杭州美食；离开杭州抵达绍兴，游览鲁迅故里。
D5：游览鉴湖，离开绍兴抵达霞浦，夜宿霞浦县。
D6~D8：游览霞浦。
D9：离开霞浦，抵达厦门，入住厦门青旅。
D10：游览南普陀、厦门大学、厦门环岛路，夜宿青旅。
D11：游览集美学校。
D12~D32：在鼓浪屿上做青旅义工。
D33：返回厦门，前往永定县，游览福建土楼。
D34：游览承启楼、衍香楼、环极楼、南溪流土楼群。
D35：离开永定，前往广州。
D36：广州经典景点一日游。
D37~D39：购物、品广州美食；离开广州，抵达昆明。

雨崩

香格里拉

独龙江

昆明

**第二阶段**

D40~D45：从昆明出发，抵达独龙江。
D46~D51：独龙江上游徒步。
D51~D54：独龙江下游徒步。
D54~D55：离开独龙江，回到昆明。
D56：离开昆明，抵达香格里拉。
D57~D63：雨崩徒步。
D64：离开雨崩，返回香格里拉。

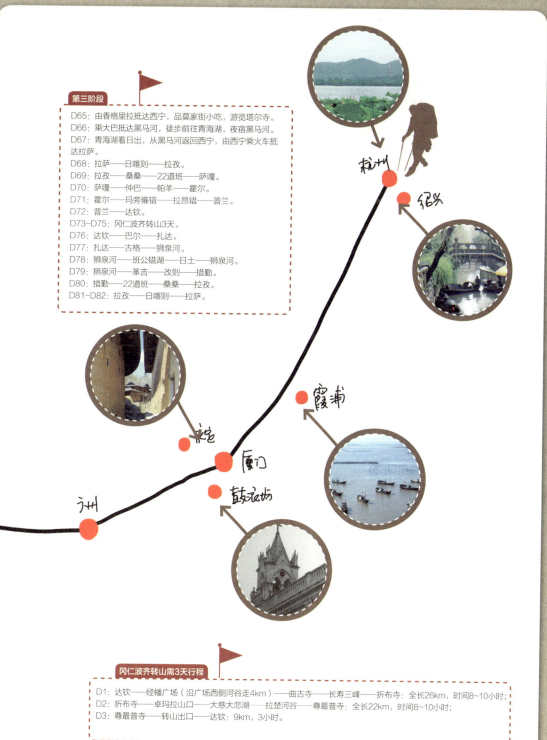

第三阶段

D65：由香格里拉抵达西宁，品莫家街小吃，游览塔尔寺。
D66：乘大巴抵达黑马河，徒步前往青海湖，夜宿黑马河。
D67：青海湖看日出，从黑马河返回西宁，由西宁乘火车抵达拉萨。
D68：拉萨——日喀则——拉孜。
D69：拉孜——桑桑——22道班——萨嘎。
D70：萨嘎——仲巴——帕羊——霍尔。
D71：霍尔——玛旁雍错——拉昂错——普兰。
D72：普兰——达钦。
D73~D75：冈仁波齐转山3天。
D76：达钦——巴尔——扎达。
D77：扎达——古格——狮泉河。
D78：狮泉河——班公错湖——日土——狮泉河。
D79：狮泉河——革吉——改则——措勤。
D80：措勤——22道班——桑桑——拉孜。
D81~D82：拉孜——日喀则——拉萨。

杭州

绍兴

霞浦

永定

厦门

鼓浪屿

广州

冈仁波齐转山需3天行程

D1：达钦——经幡广场（沿广场西侧河谷走4km）——曲古寺——长寿三峰——折布寺：全长26km，时间8~10小时；
D2：折布寺——卓玛拉山口——大慈大悲湖——拉楚河谷——尊最普寺：全长22km，时间8~10小时；
D3：尊最普寺——转山出口——达钦：9km，3小时。

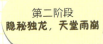

**第二阶段**
**隐秘独龙，天堂雨崩**

途经：
独龙江、昆明、香格里拉、雨崩

**主题：徒步独龙江，徒步雨崩，践行"多背一公斤"公益理念**

**(1) 徒步独龙江**

独龙江峡谷是中国地图上一个隐蔽的角落，那里生活着一个有纹面习俗的独特民族——独龙族，那里奔腾着一条终年常绿的大江——独龙江。

独龙江发源于西藏察隅县境内的伯舒拉岭，在我国境内总长250多公里，之后流入缅甸境内，汇入恩梅开江。独龙江西岸是海拔4000多米的担当力卡山，东岸是平均海拔3000多米的高黎贡山，两山纵横南北，绵延起伏。这一带地形多样，从山脚至山巅的气候、温度悬殊。独龙江水势汹涌湍急，落差很大，在两岸深山密林中，还有罕见的珍禽异兽以及名贵的山货药材，地下也蕴藏着丰富的矿产，有待人们开发利用，是云南省未开发的处女地，被外人称为"神秘的峡谷"。独龙江作为"三江并流"的核心区之一，是除了人们熟知的金沙江、澜沧江、怒江之外而独立存在的，它位于"三江并流"最西部，被称为"第四江"。

**(2) 徒步雨崩**

不去天堂，就去雨崩。我将背上背包，翻过垭口，走进天堂雨崩，看日照金山，听冥冥神音。

**(3) 践行"多背一公斤"公益理念**

"多背一公斤"公益旅游是民间发起的公益活动，它倡导旅游者在出行前准备少量书籍和文具，带给沿途的贫困地区的学校和孩子，并强调通过旅游者与孩子们面对面的交流，传播知识和能力，开阔孩子们的视野，激发孩子们的信心和想象力。最后，通过"1kg网站"将活动的信息和经验分享出来，让学校和孩子得到更多的关注和帮助，同时让更多的旅游者受益。旅游者可上网查询学校信息，确定计划拜访的学校，提前联系学校，确定拜访日期和学校的具体需求，并自行准备相关的物品和交流活动。此次所到达的雨崩村和独龙村都有着"多背一公斤"覆盖的学校。

**第三阶段**
**晃晃荡荡在西藏**

途经：
西宁、拉萨

**主题：冈仁波齐转山**

转山是来自不同地方的朝圣者最常采用的方式。据说转1圈可以消除罪恶，藏民一般以3圈为起点，转满吉祥的数字13圈则获得转内道的资格，而转够108圈则能完全洗脱你前生后世的罪孽。

冈底斯山脉主峰冈仁波齐终年积雪封顶，冈仁波齐在藏语中意为"神灵之山"，它同时被四个教派奉为圣地：佛教认为这里是须弥山，世界的中心；印度教则认为，它是印度教主神湿婆的化身；在古老的本土宗教苯教的教义里，外形如水晶塔的冈仁波齐就像苯教圣物十字形金刚杵，其山峰直刺神界之域，是贯通宇宙三界的神山；还有一种几乎与佛教同时发源的印度古老宗教耆那教教徒也来此朝圣转山。

## 装备与准备

### 1.特殊目的地(藏区)准备物品

(1)进入藏区时要准备必要的防高原反应药物,如红景天、高原安、西洋参含片;

(2)藏区紫外线强烈,要准备防晒系数较高的防晒霜,晒伤后修补药物,防皲裂药物,睡袋;

(3)办理藏区边防证。

### 2.其他日常物品准备

(1)证件:身份证、护照、学生证(原件及复印件)

(2)银行卡

(3)手机、相机及充电器、电池、手电筒、三脚架

(4)地图、行程计划、笔记本、笔

(5)个人用品:洗漱用品、风油精、纸巾、餐具

(6)防身用品

(7)个人衣物:内衣、外衣各两套

(8)睡袋、登山杖

### 3.出发前危险预计

(1)海边景点游泳时要注意安全;

(2)进入藏区前应对高反有一定的心理、生理准备;

(3)内蒙古沙漠地区做好风沙防护和干燥气候的应对方法;

(4)在东北地区防治冻伤和皲裂;

(5)徒步时准备工作要细致完善,补给充足,找向导带队,以防迷路。

### 4.旅途知识准备

(1)高原防晒知识准备;

(2)户外徒步行走基础知识准备;

(3)户外踝关节扭伤的应急处理;

(4)户外运动造成的脚泡的预防及对策;

## 准备工作及注意事项

1. 多喝水很重要,若是想尽量避免水土不服最好买超市里的纯净水喝。

2. 不要带硬币去西藏,一方面硬币太重,另一方面西藏那边基本都不收硬币的(包括公交车)。

3. 最初到藏的1至2天几乎每个人都有头痛或头晕的症状,那是缺氧和低气压不适应的身体反应,我们需要给身体缓慢调整的机会,所以走路、上楼梯、转身、起床等等所有的动作都要放慢。

4. 防晒很重要,最好带指标SPF50+的防晒霜。

## 预算

(1)住宿按照平均每天40元的标准计算:102×40=4080元

(2)伙食按照平均每天30元的标准计算:102×30=3060元

(3)各景点门票:1835元

(4)交通费:长途火车、汽车、市内公交、必要包车费用:4875元

**总计:13850元**

# 我的梦想旅行计划

## ○ "间隔年"之南方札记

一场行知客比赛，促成了我这次为期两个月的长途旅行。也许，我们需要的不仅仅是一场旅行，我们需要的是在变化的时间与空间里看清穿插其中的主角—— 人。我们需要的是在不断的调整中接近我们的理想世界。

这次出行的国内部分，是《我的间隔年》旅行计划中的一条支线。因为我增加了到越南、柬埔寨和泰国的行程，所以将以上三国的旅行回顾一并写入此文。至于原有《我的间隔年》旅行计划中的其他线路，我也希望能在未来的几年里走完。我渴望用一个完整的"间隔年"，来让自己的内心得到升华。

本次旅行历经两个月，分为两个部分：

第一部分：上海——厦门——鼓浪屿（做义工）——南宁——阳朔

第二部分：南宁——越南——柬埔寨——泰国

两个月的旅程结束了，走过的路和看过的风景都融入了下面的文字中，这些将成为我永远的回忆。

## 2011年1月10日~14日 上海

第一站，上海。

有时候，我们钟情一座城市，也许并不是因为那里迷人的风景，而是那座城市里承载的回忆。上海于我而言便是这样的地方。

第一次来上海，是为了看那场人满为患的世博。拖着熬了两个晚上的疲惫身躯赶往上海，第一次觉得旅行是不用我操心的事，因为有那个人在。在外滩，我定下为单反相机而努力的目标，那个人笑着说，等有了钱我送你。只是如今，我拿着单反相机站在外滩，而那个人却不在我身边。

## 2011年1月15日~16日 霞浦

　　霞浦，这是一个怎样的城市？拥挤的街道，"红包车"穿梭不停，街道两边的小店用扩音喇叭播放着各种耳熟能详、年代久远的流行歌曲。无论是街道还是人群都相当闹腾，好像大家要把所有的热情都在这短短的十字街道上抒发个干净。

　　5个小时的动车车程，从上海到霞浦，一个人的旅行正式拉开了华丽的帷幕。只是，担心和害怕还是有许多。

　　下了火车，找一位好心的大哥问清道路后，我很顺利到达市中心，很顺利地住进了闹市区的旅馆。

　　一个人很享受这样的旅行，简单而轻松，不用想着和身边的人说些什么，不用担心自己的一些话语和举动是否会给别人造成困扰，不用考虑别人的习惯，因为我面对的只有自己。一个人的时候，会安静地想很多，关于未来的打算，还有明天的早饭。

　　入夜之后，寒气就从脚底一路窜到头顶。离开了我的电热毯和暖手宝，这漫漫长夜格外难熬。

　　次日，坐在小皓村海边的礁石上晒着太阳，我睡了一个迷迷糊糊的午觉。虽然海风吹得有些凉，可心里却是温暖的。这样的下午，即使泡上一个月的时间，也不显得苍白。你能清晰地听见柔软的海浪拍打岸边发出的声音。浪花层层追赶上岸，消失于沙滩浅处。涨潮了，走不到更近的地方去仰拍滩涂在光影下折射出的美丽，小皓村的景致只能定格在午时的记忆中。

　　我沿着公路走，看到并不如照片里那样壮观的滩涂时，有小小的失望；在村中迷路，没有柳暗花明的景致，只招来旁人各种奇怪的眼光，有些失望；来回在几个村子里走着，漫无目的时，有些失望。是否旅行不过就这样？只是，当我在海边度过安静而无所事事的午后，在海浪声的催化之下，一切都变得豁然开朗。

　　生活中，遭遇磨炼、困难是必然的，就像路途中的失望和寂寞是必须去承受的一样，但要接受这些变化带来的本质上的改变和领悟，那也许才开始懂得什么才是旅行的真正意义吧。现在的我还是认为，去很多地方，领略很多风景，感受不同的文化，用这种变化去冲击我麻痹的感官神经，让自己更敏锐地抓住情感稍纵即逝的变更，去感受亲眼所见的悲喜交替，才会让自己变成一个会思考的人。

## 2011年1月17日~20日 厦门 曾厝垵

从霞浦到厦门只有短短的3个小时动车车程。走出厦门火车站，那阳光像是专程迎接你的亲人，张开她暖烘烘的怀抱狠狠拥抱你。这是一个可爱的城市，有着明朗的微笑。

曾厝垵位于厦门思明区的环岛路附近。在我想象中，这样的名字是属于海边小渔村的特有符号。

难怪都说厦门是个适合谈恋爱的地方。一到海边，只感觉所有的一切都凌乱了。海风伴着冬日的阳光，以最佳的角度拨动着你那颗冰冷的心。在人烟稀少的海边行走，只有浪花追逐的痕迹，什么都安静了，时间、空间，还有自己的内心。

什么都不做，不代表无所事事，不代表没有意义的时间积累。我走路，累了就在海边躺着睡觉，然后继续走。我吃着冰激凌，坐在树下的长椅上发会儿呆，然后继续走。我真实地体会着思绪的变幻带来的天马行空的念头，我用一整个下午的时间去忽略掉所有责任和压力带来的焦躁不安，我深深地体会到"满足"这个词带来的幸福感，这就足够了。我不需要如同划掉购物清单上的物品一样，赶着时间从一个景点到另一个景点，让自己处在一种计划中的安全感里；我也不需要用金钱或是物质去计算我这一下午需要对社会、对家庭、对自己所作出的贡献。我清楚地知道我在做什么，我在想什么，我究竟要什么，我甚至比在忙碌的生活中更清楚我的方向。

其实，我们都需要这样的时刻，不是为别人去做什么，而是为自己去做些事情。我们终究只是渺小的，太容易在社会的洪流中迷失自我，盲从周围的一切，把跟风当做生活的方向。我们上班、存钱、结婚生子，然后适时的用物质去换取感官的享受，在精神满足的错觉中，自我麻痹地认为这就是生活的本质。或许很多时候，不是我们不曾思考，而是思考得久了，累了，仍看不清答案，所以我们放弃了。也许是我没有经历过在时间的蹉跎中，在腹背受敌中渐渐从迷失到放弃，到麻木，到妥协的过程，我还没有走到这样的社会位置上，我还不知道这样的洪流到底有多么可怕。

## 2011年1月20日~2月8日 鼓浪屿

上岛，前往鼓浪屿，在这里我即将开始20天的义工生活。这是我第一次做义工，第一次在外地同一群陌生的朋友一块儿过年，也是第一次，被鼓浪屿的海风吹得感冒，每一次的尝试都让我惊喜不已。当然，对于旅行如此痴迷的另一个原因，是因为在这样的不断尝试中，我总会出乎意料地收获许多让你欣喜的事物和朋友。就如同此行中认识的芳，仿佛错漏中间任何一个环节，我们都会遗憾地擦身而过。而值得庆幸的是，我们认识了彼此，我们了解了彼此，我们迅速成为闺蜜，那样的缘分让我们自己都大呼不可思议。

我选择在鼓浪屿岛上一家以电影为主题的客栈体验义工的生活。每天的工作虽然是重复着并不复杂的事：为客人办理入住和退房手续，或是带领想要入住的客人参观房间，可生活确实简单而快乐。除了前台的工作，几个义工还负责做中午和晚上的两顿饭。我们轮流值班，通常在下午3点之后，就有了自由活动的时间。深冬的鼓浪屿丝毫看不出冬日的痕迹，午饭过后，整座小岛就沉浸在暖暖的阳光中。在这里，不需要地图，不需要相机，你可以沿着小路顺着感觉，在布满三角梅的迷宫中迷路一整个下午。规律的生活让我被迫慢下了脚步，有了大把大把闲暇的自由时光，让我真切地感受到满足的幸福感。晚餐之后我经常到离客栈很近的一片海域散步，沿着模糊的海岸线，踏着海浪的节奏慢行。我们劳其一生终其一生所追求的内心满足，难道不正是这样简单的快乐吗？

本以为自己就这样在一个人的安乐中"腐败"，没想到，芳的出现，让这"腐败"在两个人的团结中迅速蔓延开来。我们一起谈天说地，一起动手做美味佳肴，这样的和谐生活，让脂肪卷土重来。我一边努力地在轰塌的精神意志中寻找残留的自尊心，想要在彻底沦陷之前，做最后的搏斗，又一边自我麻痹地倒在这粤菜

编织起来的温柔乡中，无法抽离。我是一个不坚定的人，在这样大鱼大肉的闲适生活中，我轻易被满足了。

我走过每天都会走上几遍的泉州路、安海路，窥探过无数遍的美泽楼，路过必经的张三疯，只要经过就会蹭吃的黑猫香肠和黄胜记的肉脯；我听了两场水平不太高却很美妙的音乐会，逛菜场更是像自家花园似的穿梭自如。我喜欢穿过墓地的小路，更喜欢打探"亦足山庄"里主人的各种八卦；我喜欢领地小小的厨房和空间够大的复式房，更喜欢好望岛玻璃房的前台和夏威夷般的后院。这就是我在鼓浪屿上的义工生活，平淡、充实却有许多快乐。

二十多天的停留，让我对于这个城市从陌生到熟悉，直到有了自己的习惯，也许我熟悉的并不是这个地方，而是这样的生活方式。总以为时间是漫长的，可当它日夜更迭，却发现竟是如此悄无声息地匆匆流过。带着一段记忆，意外的友谊，还有凤梨酥，我离开了厦门。

### 2011年2月9日~2月17日 南宁 阳朔

南宁的风暖暖的，这里的季节仿佛在倒退，竟有些秋天的味道。空气中弥漫着米粉的气息，各种水果泡菜，火红的辣椒，一切都看得人心痒痒。

在南宁等待越南签证之际，我计划着混迹阳朔。在阳朔老街的"桂花巷青旅"，20元的床位成了我的根据地。我似乎无法用连续的句子来描述这里悠闲并寒冷着的小日子，只能用断断续续的关键词表示。扎眼的广州大蚊，勇猛的内蒙阿蒙，牛逼的义工温州猴子，像我小舅的比利时人约克……在这里，会有不同的人进进出出你的生活。我时不时地参与一些疯狂的事，或者就这样安静地待着，听各种传奇般的旅行故事。忽然发现，我离家已经一个月了。

## 2011年2月18日~2月20日 越南 河内、顺化

第一次出国，我选择了东南亚。神秘的宗教信仰，虔诚渗透进这些国家的血脉。我品尝有着奇怪名字的美食，就如同探寻一处处黑暗中的洞穴。还有那些隐藏在城市深处或是丛林之间的"时光隧道"，我有意或无意间的走入，像闯进这个国家的历史故事，仿佛每一次的深呼吸都是在对眼前惊艳的朝拜。

在出发前，一直在听一首越南的民歌《Dem Lao Xao》，浑厚低沉的女声，越南特有的曲调。关于越南，我有太多的想象。那些故事中的人物、文字，交织成一场幻觉，就好像在暗房中冲洗的旧照片，在显影水中逐渐从模糊到清晰，显现的是一片昏黄的泛着些翠绿的景致。

我选择从南宁乘坐大巴前往河内，是希望可以慢慢地感受地域、国家跨越所带来的变化。在弯曲的道路中行进，两旁闪过的是一栋栋好似矗立在童话中的彩色窄版小洋房，绮丽梦幻般的纯粹色彩，在闷热潮湿的阳光中绽放开来。除了跳跃的彩色，就是满眼的苍翠田野，碧蓝深海。

终点站Old Quarter出现在眼前，四面八方的小巷像迷宫一样在眼前展开。

大脑还来不及适应这短暂一个小时的时差带来的巨大冲击，眼前的一切就毫无征兆地吞噬我的承受力。依稀记得，我穿过几个十字路口，几条小街，拿着打印的地图正左比右划的时候，那家有着鸽子的旅馆，就豁然出现在眼前。我背着巨大的登山包，必须侧着身子，手脚并用才能沿着陡峭的旋转楼梯爬上散发着霉味的木质阁楼。

这就是越南，一个有魔力的国家。从河内开始，我沿着海岸线从北到南，一直抵达西贡（胡志明市）。当我终于靠近时，抵达现实，它在抚摸着我的灵魂。

我在河内短暂停留，买了车票，乘坐夜车经顺化前往会安。即使如此劳累也无法入睡。头顶的月亮出奇的安静，月光有力地洒在漆黑的田野、村庄间。终于坐起身来，一刹那间，我被眼前的景象震住了。

车子行进在海岸线边的公路上。腾起的浪花在月光的包裹下，闪烁着微弱的银色亮光，一层层地拍向岸边，刷刷作响。涌动的海平面散射出绿色的荧光，一片星星挂在了眼前，好像一颗颗珍珠，遗落在这黑夜之中。我定睛看去，原来是停靠在海岸边的渔船发出的灯光。我有些庆幸，在这安静陌生的夜里，我看到了如此魔幻的景象；而我也有些遗憾，仿佛这一景致在耳边沉重规律的呼吸声中，成为了一个无法诉说的秘密。

有人说，当一个人想要隐居的时候，顺化是最好的选择，不会找到比它更为幽静平和的小镇了。然而我只将它作为中转站短暂停留，早上抵达，下午离开，赶往会安。

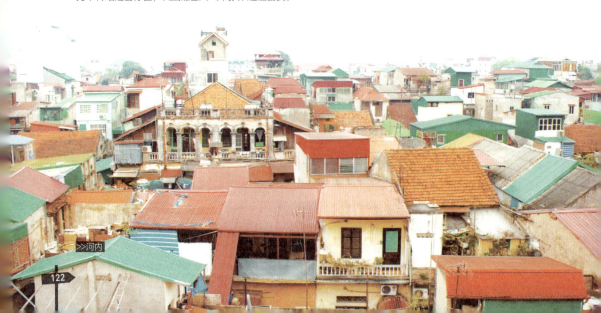

>>河内

## 2011年2月20日~2月22日 越南 会安

会安，见到它的第一眼，我想起了大理。会安是闲适、自由、无拘无束的地方。穿着量身定制的拖鞋，和一条颜色鲜艳的麻质灯笼裤，我穿过一条又一条街四处闲逛；或者租一辆自行车或是摩托车，三五成群地沿着田野小路骑到海边；又或者在炎热的下午，什么都不做，躲在街边的咖啡馆里，盯着黑色的咖啡和纯白的炼乳，看着它们在杯中与大块的冰块水乳交融。

一路的食物也都是清淡色调。越南人爱极了各种绿色的蔬菜，他们把蔬菜混合起来，配上酸甜的调料和各种颜色鲜艳的水果，放入搅拌机，加入炼奶、冰块和冰水，便制成了在这炎热的季节最受宠的水果奶昔。

夜晚漫步在老城区中，忙碌的餐馆和咖啡馆灯火辉煌，整条街流光溢彩。早在17世纪，会安就成为了国际贸易港口，中国、日本和欧洲对这里的文化影响完美地保存在当地的建筑里。行走在狭长的小巷里，仿佛置身于150年前的时光中。我兴奋地享受着小城里充实欢乐的平淡时光。在离开之时才发现，自己与这里竟如此亲近。

## 2011年2月23日~2月24日 越南 大叻

　　遍布着湖泊和瀑布，被森林包围着的大叻被人们称为"四季常青的城市"。这个城市以春香湖为中心，呈射线形辐射开来。2月底，明晃晃的阳光让人总是产生盛夏来临的错觉。大街上行走的稀稀落落的人中，多半是外国人和路中央施工的工人，好像当地人不是坐在街边的简陋咖啡馆中，就是在骑着摩托去往咖啡馆的途中。

　　春香湖南边的高地坐落着一间教堂，教堂一侧的院落是一处祈祷地，中间的圣母石像表情安详平和。找一处树荫遮盖的阴凉地，我静静歇着，心中的宁静流淌开来，我能细微地察觉风向的变化，树影的移动，就这样沉浸在神圣笼罩的祥和境地。

　　大叻火车站在海拔近1500米的高山顶上。月台边上有一节布满锈迹的废弃火车车厢。铁轨延伸在长满野草的空地上，远处是盛开的花，在风中轻轻摇摆。天空这样的蓝，仿佛有一段旧日的时光被凝固在此地。

## 2011年2月25日~3月1日 越南 西贡

　　看过了高山上的火车站和白色沙丘，闻着鱼露的味道，我终于抵达此次越南之行的最后一个城市——西贡，现如今的胡志明市。SAIGON，清晰的发音，仿佛能从这个名字里读到许多故事。

　　天气持续闷热潮湿，热带高温像疾病一样侵袭着人的身体和神经。在这个2月，我大口地呼吸，频繁地流汗，过着人生第一个闷热潮湿的"冬季"。

　　我选择用一场暴走来结束在越南的最后一天。从范五老区北上，去往统一宫，然后再到战争遗迹博物馆。我在圣母大教堂前的一个公园坐下休息，公园斜对面就是著名的西贡邮政总局。西贡邮政总局像一个火车站，庞大的殖民地建筑，繁复华丽的白色浮雕。走进去，看到的是巨大的拱顶，长排的木椅子放在空旷的大堂里。坐在最里面的长椅上，我趴在桌上给朋友寄出一张明信片。

　　明信片寄出之后，越南，也留在了淡淡的记忆之中。下一个目的地是哪里？我兴奋地张望着眼前的路。汽车的目的地，是一个木棉花开满树的国度，是一个被神秘包裹着的地方——柬埔寨。在这个3月，我期待它在眼前灿烂盛放。

>>西贡

>>金边

## 3月1日 柬埔寨 金边

提到柬埔寨，我们的脑海中会闪出一连串的关键词：贫穷、地雷、西哈努克、吴哥窟……它们像一面面镜子，折射着这个凤凰花开满树的国度曾经有过的辉煌和伤痛。

19年前，联合国维和部队进入柬埔寨，吴哥窟第二次回归人们的视野；往前30年，这是一座充满杀戮、血腥、地雷的空城；往前40年，这儿曾是东南亚最安定最富饶的国家；再往前50年，诺罗敦·西哈努克从法国殖民者的手中夺回了国家的控制权，为他的人民赢得了尊严。纵身跌入时光隧道的深处，也许那是在1000多年前，我仿佛看到伟大浩瀚的吴哥城正拔地而起，经历着它的盛世。然而，岁月不允许逆转，如今我们面前的柬埔寨，更像是惊涛骇浪后退却的潮水，有序地展露出战争后来之不易的平静，和那些伤痛留下的痕迹。

从胡志明市搭乘大巴直达金边，我们被放在了金边市纵横交错的街道一旁。还来不及喘息，无数的司机操着熟练的英语就围了上来。就像每个贫穷的国家都会有的情况一样，他们有着宣泄不完的热情和赤诚的心，只为说服游客乘坐他们身后万能的交通工具——TUKTUK车。被烦躁地拒绝之后，他们只是成群的或站或蹲在车站周围，默默不语地一边注视着过往的游客，一边准备迎接另一群潮水般的旅行者。

在万谷湖区，我有幸体验到了柬埔寨的"强拆区"。过去这里的旅馆环境极佳，有着物美价廉的各种家庭旅馆，但因为政府改造，许多已被迫拆迁，可仍有许多"钉子户"们固守着家园。我们选择的湖边"危房"也是最便宜、风景最好的房间。

入夜之后，老板和他的家人们带着冰啤酒和各种凉菜围坐在湖边。从他们豪爽的举杯，不时提高的嗓音和高亢的笑声中，我仿佛看到了高棉人从历史的沉淀中获取的那份乐观、从容，那份永远快乐地活在当下的率真。最终，我们也有幸加入这个聚会。英文夹杂着中文、高棉语，时不时配上不协调的肢体语言，大口喝酒，大口吃肉。那样简单的快乐，就像是在闷热潮湿中从喉部流入心间的冰啤酒，给人由内而外的舒服感觉。

>>暹粒吴哥窟

## 2011年3月2日~3月6日 柬埔寨 暹粒吴哥窟

什么是吴哥?

吴哥是一段历史,吴哥是一个朝代,吴哥是一座都城,吴哥是一群建筑,吴哥是一门艺术,吴哥是一方崇拜。

世界各地的人们赶往这里,只为亲眼目睹这仿佛凌驾于时空之上的恢弘建筑,亲身体验一次掉进时空隧道的奇妙探险。

凌晨5点,还带着昨夜微微的宿醉,我从被子里爬起来,同司机一起,在黑夜中穿行于暹粒清冷的街道上。在黎明前的森林芬芳中,我莫名地兴奋起来,我清楚地感觉到什么快要发生了。我想要使劲地睁大眼睛,在这朦胧的黑暗尽头,看清眼前这座沉睡了一千多年的古城,是如何在我眼前苏醒。

没有预告,一片宽广的水域出现在微亮的天空之下,反射着朦胧暗红的光。我目不转睛地盯着前方,不敢眨眼更不敢大声喘息,目光所及之处是一座耸立在水域中央的城堡。它突袭而来的美,让我震惊得哑口无言。

在吴哥寺前的桥堤前下车,需步行前往,我随着鱼贯而入的人群向着这柬埔寨的灵魂、东方的璀璨文明靠近。还在黑暗笼罩下的巨石回廊、石堆门垛,让这陌生的异域之境包裹在神秘之中。我清楚地知道,自己身在吴哥寺,身在世界上最大的印度教建筑中,身在东方四大奇观之中,身在吴哥建筑群里保存最完整的古迹中。

我不知道该用怎样的文字来向每一位对吴哥有着无尽遐想和期待的人描述它的美。行走于吴哥,就像是一场身体和精神的跋涉。体力在无尽的寺庙、丛林穿行中削弱的同时,精神正享受一场饕餮盛宴。

傍晚将至,从吴哥城四面八方赶来的游客,熙熙攘攘地涌向山顶。石堆上、拱门上随处可见等待落日的身影,嘈杂混乱。大家期待着吴哥从日出中醒来,更怀着朝圣的心想要目睹吴哥在日落中沉睡。我们无法见证1000多年来吴哥经历的盛世和衰败,我们只能在这日夜更迭中,表达心中复杂的崇拜。我们怀着遐想靠近吴哥,带着无尽的感慨陷进吴哥。吴哥静静地端坐在那里,颠覆了时间,颠覆了距离,在日出日落里,辉煌万象。

## 2011年3月7日~3月13日 泰国 曼谷

旅行接近尾声，就连人也不自觉地变得慵懒起来。

我以高山路上的美食开始我在曼谷的第一天——烤香蕉、自制冰棍儿；入夜之后，我以唐人街的各种美食结束了我的第一天。

闪闪发光的金店，高大的中文霓虹灯标牌，拥挤着摆出人行道上的店面——欢迎来到唐人街。这里的东西五彩缤纷、琳琅满目，既让人兴奋无比，也让人筋疲力尽。贩卖盗版光碟的小店外，巨大的音响播放着年代久远的卡拉OK；充斥眼球的除了人行道上简陋却火暴的路边摊，就是各种贩卖鱼翅燕窝的杂货店；远离路灯的昏黄之处，蹲着出售二手古董的练摊人，偶有杵着拐棍的白发老人或是装扮奇怪的中年人驻足打量。我的记忆就像我所描写出来的种种无法用关联词连接起来的片段，记忆的深处，满是奇光异彩的初体验。

曼谷就是这样神奇的城市，是过去、现在和未来的交汇点，是任何一个城市鉴定家都迫切想要了解融入的观察对象。古老的庙宇散落在购物商场的阴影下，高耸入云的摩天大楼俯视着摇摇欲坠的茅舍，简单的街头货摊围绕着新奇的咖啡馆和餐馆。在高架公路或航线之下，你会发现一个又一个小村庄，以典型的泰国方式在狭窄的巷子里打盹。它们不想有丁点的掩饰，就这样把各种文化坦白展现在每个到此地来的人面前。无论你是怎样的旅行者，仿佛都能在曼谷这个拥堵嘈杂的城市找到自己的容身之处。若是世界容不下你，那么欢迎你来曼谷。

## 旅行间歇的话

两个月的出行结束了，第一次长时间的让自己行走在路上，对于我自己而言是一次不小的收获与成长。

回来后，与其他行知客聊着彼此的旅行，我竟有些莫名的感触。我们因为一次比赛而偶遇，相知相识，走过人生的交叉路口之后，继续行走，也许从此不再有交集。可我们都在自己的生活轨道上完成着我们的每一场旅行。我们走在我们向往的路上，聊起彼此感兴趣的同一本书、同一个人，那种熟悉的感觉仿佛回到了我们初次见面的时刻。吴凌、黎欣、林洪进都去了我做梦都想去、想了整整4年的地方——西藏。椰子说，在拉萨的时候好像还看到一个跟我很像的人。也许，某一天，我们真的能在路上偶遇，聊起从前那段短暂但快乐的时光，聊起自己在路上的故事。

我不知道这场比赛对于别人的意义，至少对我而言，就像一个很神奇的任意门，我走入，仿佛真的走出了一条不一样的路。一些突如而来的机会，仿佛上帝的手，在推着我走下去。我知道，这条路并不容易，在前进的道路上，我仍会时不时地对自己无法预料的未来而感到恐慌。选择这样的坚持，是否就是通往理想主义的那条路？会犹豫，想退缩，想放弃，但若这真是我想要的"坚持"，又怎能轻易放弃？或许我看不见我5年、10年后的未来在什么地方，但这不妨碍我去计划一场旅行，关于人生的旅行。也许，会很艰难，需要5年、10年甚至是一辈子的坚持；也许，也很简单，只要告诉自己，坚持就行。

# 怒放川藏线

姓名: 林洪进
学校: 辽宁大学 本科 2008级
出生年月: 1989年4月

如今, 假如再让我骑一次川藏线, 我依旧怕得要死, 但是我知道, 怕得要死, 并不代表怕得退缩, 怕得放弃。

——林洪进(网名: 沉沦教授)

林洪进

## 我的青春自白·我的社会旅行

我是初中毕业才第一次去我们的县城, 高中毕业才第一次去我们市所在的市区, 上了大学才第一次去我们的省会。

小时候, 我的生活围绕着村子转, 从这户人家到那户人家, 从这个山头翻到那个山头, 这条小溪钓鱼那条小溪游泳。五年级开始, 我就离开家到邻乡上学了, 每周回家都得走上几个小时的山路。

我们镇上有个村子里的土楼很有名(现在已经成了世界遗产), 于是我经常叫上几个同学和朋友一起去看。这算是第一次真正意义上为了一个目的地的行走, 算是旅行的萌芽吧。

我很幸运, 虽然家在农村, 经济条件不好, 但家人的开明给了我足够自由的空间, 当他们希望我在省内上学的时候, 却没有阻止我去外省求学; 当他们不愿意我到处玩的时候, 却也默默地支持着我。这在农村看来是不可思议的事情, 所以我一直心存感激。

我高中考到了县城, 寝室的哥们儿都是一群热血青年, 一到周末就骑车去那些没有去过的乡镇玩。高中毕业我有了第一次远行。一个人坐上绿皮火车, 去了景德镇, 去了南京, 去了苏州, 去了上海, 去了西塘, 去了杭州, 去了湖南。上大学的时候, 因为需要中途转车的缘故, 一趟从东南到东北的路途, 我也经常中途下车来个顺便之旅, 包括厦门、福州、北京、武汉。

平时一到下午没课的时候, 我就骑着自行车去25公里外有山的地方。我养成了"冬爱读书夏爱行"的习惯, 在冬日的阳光下读书是一种享受, 在夏日里出行特别惬意。

每逢周末的时候, 我会骑远一点。这么一来, 也把沈阳周边的城市抚顺、铁岭、辽阳、鞍山、本溪……转了个大概, 现在看来, 我对辽宁的熟悉程度远高于我自己的家乡福建了。

2009年3月, 我去了辽宁丹东, 想看看对岸的朝鲜。丹东车水马龙, 对岸萧条荒凉。在丹东的几天里, 我和住在桥洞的人们聊天，农村里有贫困的人，城市也有贫困的人。其实城市里真正贫困的人过得比农村的贫困户还有压力。端午节，我一个人骑车去了长春，也是我第一次跨省骑行。我碰上了一群从南方骑车去北极村的老人，一路结伴而行，和他们一起睡吊床。2009年的暑假，我在一所青年旅舍里做义工。38天的义工生活，每天都很充实，接待一个个远方的来客，听他们讲故事，是一件幸福的事情。国庆，我完成了我的山东之旅，冬天，我在哈尔滨体验了松花江上透心的凉。

2010年暑假，我从兰州前往陇南地区支教。在舟曲遭遇泥石流，在陇南的暴雨洪灾的时节，我经历了一天电源通讯完全中断、与世隔绝的日子。11月我来到北京，参加中国国家地理校园行知客大赛。

我爱上旅行，但我时常发问：我应该怎么旅行？

最开始，只是因为别人的一个旅行故事，因为摄影师的一张完美的风景照，便想着去旅行，要去这里，要去那里，神奇的九寨，神秘的香格里拉，高不可及的藏地高原，还有太多太多的地方……

上大学了，我学的是国际政治，虽学得不深，但明白了一点：应该把旅行与社会的思辨结合起来。我是从农村出来的，开始懂得为社会思考的时候，首先想到的就是农村。读了费孝通先生的《乡土中国》和清华学生的《乡村八记》，愈发促使我想通过旅行深入了解中国底层社会。

从最开始的纯粹为了旅行而旅行，到现在，则是在旅行中去了解更多社会底层人民的生活状况。在旅途中，我花上几个小时观察一个卖报人的生活状况；在旅途中，我在火车站和农民工们一起铺着报纸睡觉；在旅途中，看到住在桥洞的人们，我会上前无趣地问上几个问题："为什么住桥洞？住了多久？"现在的我还谈不上在多大程度上去帮助弱势群体，甚至在某种程度上，我还是一个需要帮助的人，而正是因为那样，我才愈发想去帮助那些比我更需要帮助的人们。

我明白，无论我去最贫穷的西海固地区，还是去最繁华的大上海，无论我去西南，还是去西北，这些民族的、宗教的、贫穷的、富裕的、美丽的、荒凉的，我都会去。我所要做的是，努力用自己的洞察力，认识中国的美景，也认识中国的社会，进而再去做些什么。

这便是社会旅行给我带来的成长和价值。

# 我的梦想旅行计划

## ○ 沈闽3000公里回家路

我生长于中国南方的乡村，从小伴着山水长大，和故乡的山山水水有着浓厚的情缘。但是从小学五年级开始，我就去外地求学。于是，在之后的很多年中，回家的次数从最开始的一个星期一次变为一个月一次，再变为一个学期一次，到现在一年才回去一次。就这样，离家越来越远，回家次数越来越少。大学的这几年，我总是不断旅行，在别人眼里，似乎早已形成一个不恋家的、漂泊浪子的形象。如今我依旧是默默地背着行李上路，但是我始终明白，旅行的意义在于发现，发现外面世界的美，更重要的是发现家的美好。所以比起别的路线，有一条在我心中始终清晰，那就是一条从学校骑车回家的路。

这是一条将近3000公里的回家路，我是学政治的，我想用自己的洞察力，去关注我们这个社会的发展，而这一次的沿海回家路，正经过我们中国"T"字形战略格局中的沿海纵向核心地区。它经过沈阳经济圈、辽中南城市带、山东的县域经济、苏南模式、温州模式和如今的海峡西岸经济区，还有我们熟知的环渤海经济圈、长三角经济圈。因此我也很想趁着这一次旅行的机会，更多地去了解我们这条沿海纵向经济带。

沈阳市——永定土楼

**途经**

大连、烟台、青岛、日照、连云港、淮安、扬州、苏州、杭州、绍兴、温州、福州、厦门

### D1: 沈阳——大连（交通：火车T5306次列车 400公里）

沈阳位于环渤海经济圈（我国第三大经济圈）之内，是环渤海地区与东北地区的重要结合部。从沈阳到大连，主要经过沈阳经济区，它以沈阳为中心，辐射周围8个城市，形成联系紧密的"区域经济共同体"。对加强区域协调发展，加速推进区域经济一体化进程，促进辽宁老工业基地的全面振兴具有重大意义。

### D2: 大连休整

大连是辽宁沿海经济带的金融中心，航运物流中心，也是东北亚国际航运中心，东北地区最大的港口城市。

### D3: 大连——烟台（交通："渤海明珠号"航船，89海里。）

烟台是我国首批沿海开放城市之一，是环渤海经济圈内以及东亚地区国际性港城、商城、旅游城。它依山傍海，气候宜人，曾获得"联合国人居奖"。

这一次我将选择白天的航船，欣赏渤海湾，到烟台，一定还要到曾经让我迷恋很久的烟台海岸。

### D4: 烟台——青岛（200公里）

### D5: 青岛休整

青岛依山傍海，风景秀丽，冬暖夏凉，气候宜人，是国家历史文化名城。红瓦绿树、碧海蓝天的老城区，与东部现代化新城区交相辉映。贯通城区东西的滨海步行道，将青岛主要旅游景点串接在一起，成为一条独具特色的海滨风景画廊。

### D6: 青岛——日照（130公里）

从青岛到日照，早晨骑车到青岛轮渡码头，然后乘船到黄岛码头，这样能少绕一个胶州湾。而且，还能从海上欣赏青岛的美景。到黄岛码头后，继续沿着204国道前行120公里左右，即可到达日照。

### D7: 日照——连云港（118公里）

从日照出发，依旧是沿204国道骑行，进入江苏省内，到达连云港市。

### D8: 连云港——淮安（120公里）

这一段不再走204国道，而是沿江苏省道236线，骑行120公里，抵达运河之都——江苏淮安。淮安是历史文化名城，京杭大运河与古淮河在淮安交汇，淮安素有"运河之都"之称。

### D9: 淮安——高邮（110公里）

出淮安，经过全国五大淡水湖之一的洪泽湖，然后沿江苏省道237线，沿着京杭运河骑行110公里，即可抵达高邮市。

### D10: 高邮——扬州（72公里）

从高邮到扬州不算远，下午沿京杭运河骑行，晚上可抵达扬州市。

### D11: 扬州休整

"二十四桥明月夜，玉人何处教吹箫？"唐代杜牧的千古绝唱，引发了人们对扬州的向往。

### D12: 扬州——镇江（交通：轮渡，40公里）

早晨骑车到扬州码头，然后乘轮渡前往镇江港。时间尚早还可以游览北固山。

### D13: 镇江——苏州（161公里）

今天主要是在苏南一带骑行，任务比较重，早晨出发，沿312国道经常州、无锡两市到苏州。考虑到经过两个市区，而且有160公里，可能到不了苏州，也可以先在无锡住下。

### D14: 苏州休整

苏州自有文字记载以来的历史已有4000多年,公元前514年建城,是中国首批24个历史文化名城之一,中国重点风景旅游城市。苏州既有园林之美,又有山水之胜,自然、人文景观交相辉映,加之文人墨客题咏吟唱,使苏州成为名副其实的"人间天堂"。

### D15: 苏州——乌镇(90公里)

今天主要是沿着江南"鱼米之乡"骑行。苏南、浙江这一带,乡镇企业,乡镇金融业都比较发达。

### D16: 乌镇休整

乌镇是典型的江南水乡古镇,素有"鱼米之乡,丝绸之府"之称。

### D17: 乌镇——杭州(80公里)

从乌镇东栅景区出发,经桐乡市,走320国道,前往杭州市区。

### D18: 杭州休整

杭州是中国八大古都之一,浙江省的省会。

### D19: 杭州——绍兴(70公里)

休闲骑行,观钱塘。

### D20: 绍兴休整

绍兴是"一座没有围墙的历史博物馆",中国5000年文明史,都可以在此找到遗存、得到印证,并有"桥乡"的美誉。

### D21: 绍兴——台州 (180公里)

这一天主要是沿104国道骑行,180公里距离比较远,得起早摸黑。

### D22: 台州——温州(180公里)

这一天依旧是沿104国道骑行,180公里距离比较远,依旧得起早摸黑。这两天路程可变,把这两天的路程,换为三天,比较轻松一些。

### D23: 温州休整

温州是中国民营经济发展的先发地区与改革开放的前沿阵地。

### D24: 温州——福州(交通: D3127次列车, 300公里)

从温州到福州,采用坐火车的方式。

以前福建的铁路出省通道很少,主要就是鹰厦铁路,但温福高铁通车,改写了福建铁路出省通道的历史。

### D25: 福州——厦门(交通: D6301次列车, 276公里)

其实温州到厦门也是有动车可以坐的,但是我却没有选择坐动车到厦门。因为福厦城际铁路通车,值得尝试。

### D26~27厦门休整

厦门是我国东南沿海一处最美丽的海港风景城市,是海峡西岸经济区经济最活跃的城市之一,被誉为"海上花园城市"。

### D28: 厦门——永定土楼(160公里)

我曾经从土楼骑车到厦门,但是没有返回去走过。这一段路,以上坡居多,估计一天到不了,也可分两天走,福建土楼大多分布在南靖、永定两县,如果一天到不了的话,也可先到南靖土楼游玩。

福建土楼是东方文明的一颗明珠,它以历史悠久、种类繁多、规模宏大、结构奇巧、功能齐全、内涵丰富著称,具有极高的历史、艺术和科学价值,被誉为"东方古城堡"、"世界建筑奇葩"、"世界上独一无二的、神话般的山区建筑模式"。 2008年7月6日在加拿大魁北克城举行的第32届世界遗产大会上,它被正式列入《世界遗产名录》。

**骑行装备及物品:**

(1)装备: 自行车、头盔、骑行防滑手套、骑车风镜、运动鞋、骑行服(颜色鲜艳)、背包、车前包、车尾包、驼包、杂物包、雨衣、雨伞、车灯(手电筒)、车前灯、车尾灯。

(2)必备药品: 云南白药、金嗓子喉片、棉签、花露水、创可贴、藿香正气水和止泻类药物等。

(3)修车工具: 打气筒、补胎用具、备用内胎、扳手、螺丝刀、钳子、打火机、瑞士军刀、绳子等。

(4)防水袋/包: 以防止贵重物品进水,如手机、相机、mp3等。

(5)有效证件: 身份证、学生证、银行卡等。

(6)照相机、手机、各种电池、充电器。

(7)个人用品: 洗漱用品、防晒霜、纸巾(湿纸巾)、餐具、防身用品。

(8)其他: 指南针、针线包、本子、笔、胶带、别针、地图。

**准备工作及注意事项:**

(1)骑行前3个月,经常进行适应性锻炼,早起跑步,下午骑车。

(2)出发前办好旅行保险。

(3)安排好所需的行李,合理打包,尽量做到物尽其用,长途骑行,每多一点东西就会多一分痛苦,据我以往经验,甚至把多余的牙膏挤掉,坚决不带多余物品。

(4)把行程路线告知家人朋友,每天到目的地后报个平安。随身携带一些紧急联系号码,以便出现意外状况时能联系上。

(5)真诚、主动、勇敢、睿智是在旅行路上最需要的品质。

(6)旅行的魅力在于,我们总是前往未知的地方,但也正是这样,总会有意想不到的事件发生。可能遇到恶劣天气、车祸,所以面对一切不可知的情况,要保持情绪稳定。

(7)长途骑行,考验的是人的耐力和意志,并不是体力。最好不要觉得自己体力不行了,而放弃整个行程,其实只要坚持,真的可以。当然也不能逞强,实在不行就撤。

(8)要善于学习,对自己将要前往的地方作些了解,入乡随俗,多与人沟通,了解当地的民俗与社会,而不是靠仅有的几张照片。

## 预算

(1)装备: 已有部分装备,需要添置的装备和随行物品,预算500元。

(2)食宿: 根据当地实际状况考虑吃的问题,住宿以青年旅舍为主,一个月的食宿,预算2000元。

(3)游玩: 一些景点需购门票,购买明信片寄给朋友,预算500元。

(4)车票、船票: 预算500元。

**总计: 3500元**

>>从左贡到邦达,山间草地里的马儿

>>过金沙江大桥进入西藏前,有一个路标,这是我见过最具诱惑的路标

>>海子山下的姊妹湖

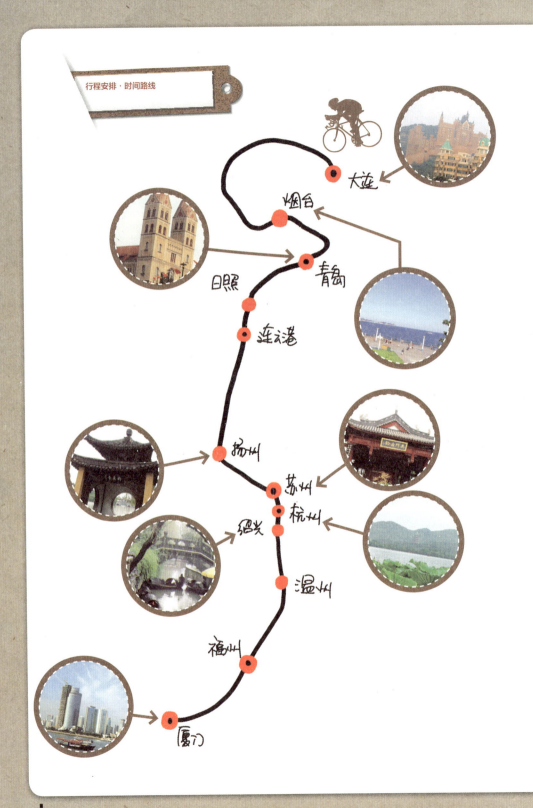

大连

烟台

青岛

日照

连云港

扬州

苏州

杭州

绍兴

温州

福州

厦门

D1：沈阳——大连（交通：T5306次列车，400公里）
D2：大连休整
D3：大连——烟台（交通："渤海明珠号"航船，89海里）
D4：烟台——青岛（200公里）
D5：青岛休整
D6：青岛——日照（130公里）
D7：日照——连云港（118公里）
D8：连云港——淮安（120公里）
D9：淮安——高邮（110公里）
D10：高邮——扬州（72公里）
D11：扬州休整
D12：扬州——镇江（交通：轮渡，40公里）
D13：镇江——苏州（161公里）
D14：苏州休整
D15：苏州——乌镇（90公里）
D16：乌镇休整
D17：乌镇——杭州（80公里）
D18：杭州休整
D19：杭州——绍兴（70公里）
D20：绍兴休整
D21：绍兴——台州（180公里）
D22：台州——温州（180公里）
D23：温州休整
D24：温州——福州（交通：D3127次列车，300公里）
D25：福州——厦门（交通：D6301次列车，276公里）
D26~27：厦门休整
D28：厦门——永定土楼（160公里）

# 我的梦想之旅

## ○ 怒放川藏线

### 改变原计划

　　今年5月的一天清晨，我从歌声中醒来，尽管歌曲的声音很小，但是在宁静的清晨，也显得格外清晰。我一句一句地听着，重复了好多次，对，就是汪峰的《怒放的生命》。正处于大三彷徨的时期，听着这些歌词，当旋律从平静涌向高昂的那一刻，突然觉得鼻子酸酸的，像是被什么冲撞了一下，继而感到眼眶的温热和湿润。我瞬间被感动了，感动于他歌颂的那种生命的韧性和张力，不管经历多少挫折磨难和打击，也依然要坚持，生命不息，奋斗不止！

　　我也想要怒放的生命！

　　我想走上一条比我骑车回家还要艰辛、更有挑战的路，于是，川藏线便进入了我的视野。就这样，5月的那个清晨，决定我这大学的最后一个暑假，暂不执行我的"记录中国行"计划，改去骑川藏线。

　　川藏线，多少骑车人的梦想啊，有些人，准备了很多年，但始终没去成，我就这么一次小小的感动，就决定去了。其实在此前，我是根本没有骑川藏线的想法，而且直到现在，我依旧不觉得它是个很好的想法。人们都说，骑川藏线，要翻过很多山，而且翻的不仅仅是一座座真实的高山，更是翻过心中的大山。但对于我这么一个纯粹的人来说，一直没觉得心中有什么迈不过的大山。

　　我只是害怕，川藏线很危险，我怕高原反应，我怕抢劫，我怕野狗，我怕……我是旅行过一些地方，以前都感觉很安全的，但是当我想到川藏线的时候，脑海中却马上浮现这一系列我害怕的情景。但是旅行总是这样，决定一次旅行，理由可能很简单，但是要去否定这个决定，却要很多很多理由。于是，即便我很害怕，但我已经决定了。

　　当我决定骑川藏线的时候，我就已经做好面临一切困难的准备。面对困难，我要乐观，我要豁达，就像汪峰在歌里说的那样：我想要怒放的生命，就像矗立在彩虹之巅，就像穿行在璀璨的星河……

>>布达拉宫比我们想象中的还要雄伟。

>>康定

## 故事加美景

于是，我就这样出发了，在自己和别人的质疑声中。

我扛着自行车上火车的时候，累得要死，每走一步就要骂自己一回，我到底要去干嘛？活受罪吗？放弃吧，回家吧。这种思想贯穿了我扛着自行车上火车的整个过程。磨磨蹭蹭地上了火车，反而又平静下来，想想，与川藏线一路上的美景相比，这又算得了什么呢？

到了成都，动摇却又来了，成都的美女，成都的小吃，成都的酒吧，这座休闲之都足够让我把将近一个月的时间都呆在这里也不会厌倦，我何必只停留这么两天就去骑艰苦的川藏线去呢？

我有朋友来成都旅行，一个人来的，玩了20天，听她说，她每天就在宽窄巷子里泡茶看书，日复一日；我另外一个朋友来成都，也是一个人，半个多月吧，听他说，他每天就逛成都的酒吧，夜夜笙歌。而成都于我只有两天，两天里，我流连锦里的小吃、变脸的川剧，文殊院的香火，宽巷子的闲适……我承认，成都是一座令人着迷的城市，差点让我忘记时间，但两天的转悠之后，毅然告别，开始了川藏线之行。

第一天到雅安，145公里，第二天到新沟，93公里，第三天到泸定，53公里，第四天到达康定，54公里，此时海拔从成都的512米上升到海拔2395米。这不过是刚刚起步，后面的路才是考验。

到了康定城，开始感受到浓浓的康藏风情。这是一座享誉世界的历史文化名城，一座跑马山，名扬五湖四海，一曲情歌千古绝唱，醉了天下人。当我们出康定，翻过海拔4298米的"康巴第一关"折多山，高原湛蓝的天空下，偌大的高山草原间，有"康定情歌"这几个大字，蔚为壮观。从折多山到新都桥，这一路风景更是无以伦比，宛如一片如诗如画的世外桃源：一栋栋漂亮的藏式民居，一条条神奇的光线，无垠的草原，弯弯的小溪，这让我确信"摄影天堂"新都桥不是传说。晚饭后，下过一场雨，天气恢复晴好。此时，夕阳西下，景色变得更加美丽。道路两边金黄的柏杨，连绵起伏金色的山峦，藏式民居散落其间，牛儿、马儿、羊群安详地吃草。雨后散开了雾气，令人神往的"贡嘎神山"在夕阳下，正展露它惊艳的美丽，新都桥正沉浸在光与影的世界里，美丽的川西高原正绽放它的光辉。

　　从康定出发5天后到达理塘，这是一段艰辛并且危险的旅程，天气有时不是太好，雾气蒙蒙的还下着点小雨，有些路段泥泞不堪。但是沿着高山森林，翻过海拔4659米的剪子弯山后，令人惊奇的是，山的另一边天气格外晴好，而且多为高山草甸。这几天多在4000米以上骑行，犹如行走在山顶，天气晴朗，视野尤佳，景色绝好。在这里看山，层峦叠嶂，一层比一层更远，一层比一层更浅，直至天边，这应该算得上"天际云游"了吧。阳光下，几朵云彩，偶尔会遮住阳光，草原里一会儿光彩耀人，一会儿幽暗迷幻，瞬息万变，此时置身高山之上，感受这美幻的景色，令人心旷神怡。

　　7月正是高原上山花烂漫的季节，在理塘休整一天后，从"世界高城"再次上路，沿着无量河，骑行不过30余里，眼前便豁然开朗，进入了毛垭大草原。走进了这里，满目都是青青的草地、五彩的野花。无量河从草原中部穿过，十数条大小支流在草原上流趟，注入干流，河两岸分布着无数沼泽湿地。草原与青山、雪峰、白云、蓝天亲近，脱俗而灵动，虽不像呼伦贝尔那样坦荡无垠，但有一种立体多面的美，草原上风云变幻无穷，偶尔蒙起一层白雾，奇幻无穷。连续几十公里都在大草原里骑行，到了一片更绚丽的花海，都欢呼起来，冲进草原，倒在花海里，在这样的夏日，湛蓝的晴空，牛羊成群，碧草连天，盛开的野花姹紫嫣红，打一个滚就满身花香。而之后翻上了海拔4685米的海子山，海子山下的姊妹湖，就是2006年《中国国家地理》十月刊"中国人的景观大道"的封面，宛如两面蓝色的镜子，是雪山云雾下的一种神圣静美，看到它的时候，心灵震撼了。

　　第11天，从理塘到巴塘，一天187公里，上坡下坡都是90多公里，这叫一个疯狂，打着手电骑行，极度危险，好不容易在晚上9点多抵达巴塘县城，结果还遇上全城停电，一片漆黑。

　　从巴塘出发后的3天骑行平安无事，不过到了第14天，爬了川藏线上最变态的觉巴山，自此不幸就开始接踵而至。全程烂路陡坡，一路吭哧吭哧，花了近5个小时才到觉巴山口。正当我痛苦得咬牙切齿，遇到搭车走川藏的朋友透过车窗给我加油，苦逼的我，在那一刻无丝毫的安慰，只觉得他们耍瑟劲，耍威风。快到山口还下起了小雨，只能披着雨衣继续前行，一路奇冷无比。天色又黑了起来，雨浇烂路，泥泞不堪。路上碰到一个女骑友，车闸坏了，那速度可没把人吓死，好不容易才停下来，大家帮她修好了车闸一同上路。幸运的是，赶在天黑之前到了登巴村，住上了一个藏式民居。那一晚，全身湿透，烤火度过。

第15天，翻越东达山，这是川藏线以来，第一座5000米以上的高山。这一天海拔要上升1600多米，而且是40公里的烂路上坡，自感痛苦无比，以至于我一度想一天分作两天骑行，先到前面的一个兵站住下，明天再说。但思来想去，如果每天都骑这么没挑战没故事的，回去吹牛都拿不出手，想想便咬牙继续。从早上8点爬到下午4点，才爬上了东达山垭口，海拔5008米。在山顶，各种装逼照相之后准备下山，仿佛老天故意捉弄，天气说变就变，狂风冰雹突袭而来，穿雨衣的工夫，全身就湿了一片。是烂路下山，特别痛苦。骑着骑着，也不知道中了哪门子邪，一股无名的困意汹涌而来，整个人迷迷糊糊的，差点两次发生悲剧。第一次惊醒，发现自己差点撞上石头堆了。第二次惊醒的时候，我的妈呀，就要冲下山去了。幸好幸好，两次我都惊醒了，那种惊醒的感觉，就是我们上课时候特别特别困，然后又不知道什么一回事，突然全身一抖，惊醒的那种感觉，只不过上课还行，在这危险之中，就太惊悚了。提醒各位，珍爱生命，远离疲劳驾驶。于是，我不敢大意，一路放歌下山。到了左贡，雨过天晴，骑行山间，夕阳斜挂，雾气缭绕，惊艳无比，人也自然清醒。

第16天，左贡休整一天，状态调整得很好。一整天的县城生活，感觉充实。买了些瓜子回旅社，看着电视，感觉小日子有滋有味。建议川藏线上，时间不紧的话，多休息，天天起早摸黑赶路也就失去了意味。

出发后的第18天，我们来到久负盛名的怒江72拐。在雨中，翻上了海拔4658米的业拉山，整座山都在迷雾中，看不到72拐，非常的失落。下山奇冷无比，幸好下山不一会，雾气散开，慢慢见着传说中的72拐，一座巨大的山体上，一条条之字形的道路，从上到下蔓延而去，望不到头。当你第一次看到它的时候，绝对会为此赞叹不已，这不是景区，但是和我看过最美的风景相比，也不输半点。怒江，如其名，一个怒字，已知吉凶难料，怒气冲冲，盖世天险。当地人说，一个不小心，车子从高山掉落怒江，明天就轰隆隆从西藏滚到云南。这是祖国壮丽的河山，更非言语所能形容，只有置身其中，才能感受到那种大地之美、人之伟大的震撼。

接下来我领受到的震撼可比怒江72拐还要猛烈。由于下山途中与队友脱节，独自一人骑行了3个小时，好不容易才到了八宿县，队友好心给我块沙琪玛，饿死我了，几口就吃了，悲剧就此开始，吃完没一会肚子就开始疼了，但是一开始还是可以忍受的那种。再到后来去吃了晚饭，回来的路上，就顶不住了，特别特别的痛苦，开始拉肚子了，这是旅行路上最常见的一种病，我碰上了。那是我经历过最可怕最可怕的拉肚子，一整晚，不仅是拉肚子，肚子里还积满了废气，涨得呼吸不过来，我怕我得了肺水肿，那一夜我怕得要死。雨夜里，只听见沙沙的雨声和我不断来往于卫生间的声音。一晚上折腾了无数次，直至走的力气都没有了，从来没有这么痛苦过。一夜没睡。直到看到外面的亮光，我给我几个比较熟悉的朋友发了条消息："我熬过了我记忆中最难过的一夜，我又看到光明了。"

上午去县医院开了点药，此时的我又困又饿又虚，可又什么都吃不下，队友都劝我搭车走吧。但我拒绝了，我踩了踩车，自行车依旧在前进，于是我决定上路。速度很慢很慢，队友很照顾我，以前我们都是相约山顶等人，但是这一回，只要有个坡上去就等我，鼓励我，让我充满了感激，也不会因为使我一个人太虚弱而放弃。我依旧不断地拉肚子，以至于我从这个地点拉完，就开始寻找下一个地点，一有机会就要去。从八宿到安久拉山垭口，将近60公里，我一直都有气无力地踩着，这个时候我觉得发明自行车变速器的人太伟大了，我换到最轻档，慢慢上去，这一次用了快8个小时，终于爬上了安久拉山。当看到安久拉山垭口的标志，队友在标志下喊着"加油"那一瞬间，我的眼泪止不住地往下流。我成功了！骑这么久的川藏线，旅行过很多地方，遇到过很多困难，但是我敢说只有这一次是我被自己感动了。

从安久拉山下来，到达然乌。然乌湖以静和蓝闻名，只不过我们到然乌湖的时候是夏季，虽山花烂漫，但湖水却因雨季而浑浊无比。听说然乌湖，春秋冬三季都很漂亮，可偏偏我是夏季时候来，不过这样也好，我在想象着，在某个深秋，我又一次来到然乌湖，此时湖水清澈碧蓝，湖畔山岳色彩斑斓。虽夏季然乌湖风光，并不太好，但是一点也不影响然乌到波密这段美景，沿着帕隆藏布江直下100多公里，骑行在巍巍的高山之间，鬼斧神工的泼墨山水，雪山云雾，绝壁冰川，令人惊叹不已。

经过20天的骑行，第21天，我们在桃花之乡波密县城休整。我们队伍一行5人在一个农家乐驻扎。老板夫妇很好，菜不错还便宜，队长亲自下厨，要做他吹牛了很久的可乐鸡翅给我们尝尝。在队长下厨的时间，我骑车逛了波密县城。等我回去时，获悉队友"爬坡小王子"家里传来噩耗，他爷爷去世了，要赶回去送丧。这里离拉萨不远了，我们这个最有可能全程骑完的"爬坡小王子"，因为这个缘故，不能再完成梦想了。好不容易买到了从波密回成都的车票，然后又叫朋友预定了从成都回广州的机票。在这偏僻的地方，回去也得三四

天。本来我们约定一个不少地去到拉萨，但是终究还是要少人了。这天晚上，我们吃着队长亲自做的、也是唯一一次做的饭菜，给我们这位队友送行。我们聊了很多很多，本来还憧憬着，去到拉萨要干嘛要干嘛的，终究还是不能成行，所有的话就变成了三杯酒。第二天，一路上承担打头阵争住宿任务的"爬坡小王子"要离开了，相处二十多天，感情已经相当深厚，如今因为家里突发丧事要离开，大家都比较沉默。临走的时候，我也没再多说什么，只是重复了一句"虽有未完成的梦，但年轻就是资本"，相拥而别。

中午从波密起程，已经是第22天了。赶路去通麦，一路下坡，通麦海拔只有两千2000左右，是过泸定之后，川藏线上最低的一个地方了。慢慢进入了雅鲁藏布河谷谷地，流水变得越来越急，天气也多变，雨是一个云层一个云层地下，冲出云层不下雨，进了云层又下雨。中间我们还经过了著名的"102塌方区"，听说这里逢下雨必塌方，庆幸我们通过时没有下雨。知道通麦的人都知道，这个地名是跟天险这个词组合出现的，在通过通麦大桥后，车队正式进入了通麦天险，在不足3米宽稀松的土路上颠簸，经常是右边飞石，左边大江。曾经就有几个骑行者，过这S形弯道，速度太快没拐过弯来，结果就冲下了雅鲁藏布江，连尸体都找不回来。

过了通麦的14公里的临江天险公路之后，路边的野花又开始多起来，进而牛儿、马儿也多起来。青青的草，悠闲的马，清澈的水，一排排栅栏，一栋栋房子，高高的雪山，鲁朗到了，这个距林芝地区首府八一镇80公里的地方，雪山、林海、田园，构成了一幅美丽的"山居图"，真的就像置身瑞士，景色实在太好了。鲁朗，不仅有美景，也有美食，那天我们美美地吃了一顿"鲁朗石锅"，石锅是用一整块石头凿空而成，鸡则是当地藏民养的土鸡，用雪山上流下的溪水加以参、藏贝母、百合、枸杞等药材慢慢地炖，绝对是人间美味。

过了云蒸霞蔚的鲁朗林海，翻上色季拉山，云雾实在太多了，没有见着"中国最美的山峰"南迦巴瓦峰。但是色季拉山之后一直到米拉山一带的尼洋河风光，却也令人留恋忘返。尼洋河之美，美在它的水色。蓝天下的尼洋河，宛如一条翡翠镶嵌在大地上，这蓝色的尼洋河水美得让我惊奇，要不是看到两边的高山，我甚至会以为，我在南太平洋的某个小岛上。

第25天，我们在八一镇休整，这是在计划之外的，离拉萨就400来公里了，越快到拉萨，似乎越缺少了点什么，于是越走越慢。这天我们在尼洋河畔休息，河滩上的青草，把远处羊群引来了，随之而来的还有一放牧的藏族小朋友，都读五年级了，普通话说得还可以，也很乐于和我们沟通。这属于在蓝天白云下，一种特别纯朴的沟通，即便有时候听得不太清，但从他的表情里，也能看出那种欢乐、渴望的眼神。我突然想起《可可西里》中的一句对白"他们的手和脸都很脏，但是他们的心很干净"。以前看电影，我对它的理解也仅仅是一句对白，如今真的置身其中，似乎读懂了它的深意。他们对外人是友善的，对神灵是崇敬的，对自然是尊重的。藏民的身上有一种大气，这种大气似乎是与生俱来的，与文化、教育无关。

>>高山之上，天气晴朗，视野极佳，景色绝好，在这里看山，层峦叠嶂，一层比一层更远，一层比一层更浅，直至天边。

从八一到拉萨这一段路，几乎称不上困难了。令我着迷的依然是那蓝色的尼洋河水，还有一路上极尽漂亮的民居。这一路的风景，时而柔美，时而壮美，当然还有人性之美。

第28天，翻过川藏线上最后一座也是最高的一座米拉山，而后一百多公里的下山路，直下拉萨。二十多天前，我们早起开始西行的时候，太阳在我后方，初升的太阳，把我西去的影子，拉了好长好长。我在跟太阳赛跑，二十多天后，我没跑过太阳，它在我前方，我原本以为我会是夕阳下奔向那金碧辉煌的布达拉宫。只不过，这一天，拉萨迎接我们的是一场暴雨，如同2012来临，过了拉萨桥，一道道闪电接踵而来，而后瓢泼大雨，倾盆而至。为了骑到拉萨，28天，每一天都是一场心灵的洗礼，如今到了拉萨，拉萨还要给我们一次身体的洗礼。

到了！感谢上苍，我丝毫无损地到了拉萨！

## 一路随感

### 1.怕得要死，但不放弃。

就这样，我到拉萨了，那一刻，没有欢呼，或许心底的一句"我活着到了"会更适合那一刻的心境。骑川藏线是很危险，因危险和困难放弃的人很多，因危险而离去的人并不算多，所以绝大多数人都是幸运儿，我也是。

当我第一次上到3000米的时候，那头晕的感觉，我怕我会因高原反应而放弃整个行程。当我第一次在海拔3600米的新都桥睡觉，却无法安睡，而次日看到了洁白床单上有我鼻血的印记，我害怕极了。某一天，我在雨中艰苦地骑行，只听见一阵轰鸣声，"落石？"我脑海中闪过了这个概念，我拼命地往前面往边上踩车，直到平静，我回头看，一堆新的落石就掉在了我刚走过的路上。那一刻我真的怕得要死。我还怕川藏线上的恶狗，甚至有时候把草原上一个黄土堆当成是狗，我怕狗怕得草木皆兵。

说骑川藏线，我一直都觉得它很难，早就给自己一个定位骑不动就搭车吧，但是那只是准备而已，我喜欢给自己留后路，那是我最后的退路，但不代表碰到点问题就选择后路。只要我继续踩车，车就在前进，虽然很苦很难很累，但总是没有让我到一点都踩不动的境地，虽然我悲观，但是我有顽强的意志，这足够让我战胜悲观的心理。于是，我没搭车，全程骑完了川藏线。

如今，假如再让我骑一次川藏线，我依旧怕怕得要死，但是我知道，怕得要死，并不代表怕得退缩，怕得放弃。

### 2. 相逢的人，还会再相逢。

自从我走上了旅行的道路，就在不断的旅行中结识新朋友，或许只见过一面，或许哪天又再见。旅行中的朋友，很纯粹，多半喜欢自助及助人，也不刻意于什么时候必须再相见，但是大家都明白，有些东西，注定是在记忆里的。

在拉萨，一哥们抱怨"骑完川藏线还没女朋友，白跑一趟了"，其实我也没有，倒不是我也抱怨，只是这句话，突然触动一个我就要忘却了的，却是骑川藏线的一个最原始动力——"那一刻，不为朝圣，只为在路上与你再相见"。很久以前，我在洛阳邂逅一个睿智的女子，这是一个遥远的姑娘，是个梦中的姑娘。我们没有留联系方式，但是却很偶然的，得知这个女子将会从川藏线的反方向过来，因而我的一个原动力只是想再刻意地创造一次偶遇的机会，只是最终她没有来，而我去了。

在路上，没有见着那个睿智的女子，但是在拉萨，我遇见另外一个很久以前认识的朋友。这让我确信村上春树说的"相逢的人，还会再相逢"。或许，某一天，某个地方，我又遇见那个如梦的女子。

### 3. 走得再远，也别忘了回家。

那种说去了某个世外桃源，然后在就喜欢那里，最后在那生活的人，很少。川藏线一路过来，虽然经过不少感觉很不错的小地方，但是要叫我长期生活下去，我肯定呆不了。于是咱旅行，毕竟终究也就是旅行而已。见过的人，见过的事，见过的风景，都留下很美丽的记忆，但走得再远，最终我还是愿意回家，回到自己的生活。

在拉萨几日，队友们都忙着买回去的票，我曾经一度没有方向，还有半个月的时间，我原本是打算继续我的藏漂计划，去珠峰，去神山，去圣湖。但是家人一直都希望我能够回家一趟。当我犹豫着，朋友给我发来一条信息"你到西藏的机会可能越来越多，但是你回家的次数肯定会是越来越少"。深感于这条信息，回家的欲望也越来越强烈，于是，在拉萨呆了几日之后，毅然坐上了回家的火车。

一上火车，心潮澎湃，思绪如云。外面的世界再精彩，也抵不上家的呼唤、家人的温暖。说到这里，那条线路又浮现出来，那就是校园行知客大赛上设计的原计划，沈闽3000公里回家路。

# Chapter 5

**追逐梦想的旅行**

# 寻梦江南

庞小凡

姓名: 庞小凡
学校: 中国戏曲学院 本科 2009级
出生年月: 1990年12月

世间人来人往, 有的是假喜欢, 有的是真诱惑, 一时兴起易, 天长地久难。留得下便留下, 留不下便离开, 不必喟叹, 不必强求。

——庞小凡 (网名: 凡尘)

## 我的青春自白·每一趟旅程都需要一个支点

开始接触CNG是在高中, 很多文科生都惧怕地理, 而我们班的老师愣是将书本上呆板的地理知识讲得风生水起。教室后面的书柜, 有老师珍藏了多年的《中国国家地理》杂志, 而自习课前, 大家就早早开始抢书大战, 因为杂志总是供不应求。

来北京读大学后, 我会在午后捧一杯茶, 坐在阅览室里静静地读各种地理杂志; 我会在地理网漫游, 欣赏别人笔下的风景; 亦会去中科院地理所听听地理大讲堂。

众多背包客在徒步旅行或骑行后, 会在个人门户里认真分享计划、路线、图片。我很羡慕他们, 能用双脚去真实地感受祖国的河山, 然后感染身边每一个人, 这是很幸福的事情。可惜, 徒步或者骑行对于我目前的身体条件来讲都不太现实, 于是, 仰望那些来自天堂般神奇的风景照片也会让我很满足。虽不能至, 心向往之。

窃以为, 每一趟旅程都需要一个支点, 所以我选择以明清传奇和昆曲作为文化之旅的载体。没有西部壮阔的河山, 但求六百年的唱词、两千年的诗歌, 还有江南缥缈的烟波和绵长的传说。

我曾一度以为, 自己会是一个奔波在新闻一线, 风吹日晒执著于正义和真相的记者, 但最终我选择了戏曲文学, 选择于古老的平上去入、十三辙音韵里摸爬滚打, 亦不曾后悔。

戏曲早被挤出现代人的闲暇生活, 如今只是小众消费, 而演员零丁、剧目锐减更是众所周知的问题。不过, 仍有年轻一代的生力军不断加入戏迷队伍, 保护和传承这古老的文化。

唯愿我的"记录中国行", 能让更多的人去关注这一辈又一辈的先人播撒下的文化,用心去认识、了解、感受、珍爱它们,珍爱每一座山脉、每一条河流,珍爱这片山河滋养出的文化。

## 幸运的小凡

和多数同龄人相比,我是一个幸运的孩子,出身工薪阶层家庭,却由开明的父母带着游览过不少的地方。在成长的小城,我的很多同学读大学前甚至没有离开过那里。对于这份幸福,我一直心怀感恩。

4岁,我读幼儿园,和爸爸一起坐"绿皮车"到兰州,把回老家探亲的外婆接回来。这不仅是我人生中第一次长途跋涉,也是第一次翘课。记忆早已遥遥远去,脑海中只余下火车漫长的颠簸、浑浊狭窄的黄河上游、母亲河的雕像、还有老家日复一日的面食。

对于4岁的我,旅行的新鲜感远大于一切。于是, 从兰州回来,我用大量的拼音辅助少量的文字写了一篇游记,大意是觉得出去玩不用上学很开心之类的。老妈没有想到我会因一次旅行而自愿写日记,惊讶之后,决定提供一切条件让我到处去旅行。

还记得第一次去九寨沟看到那色彩斑斓的水,那片风景美得令我窒息。小学三年级的我,找不到形容词来描绘眼中的美丽,只是痴痴傻傻地看着,不肯眨眼,也不肯离去。我蹲在水池边,让爷爷给我和碧蓝的池水中清晰可见的小黑鱼合影,阳光下我的笑脸和小黑鱼都清晰灿烂,那是我最喜欢的照片。

初中三年级,和爸妈一起重游九寨沟。不知是因为季节不同,还是失去了初见的激动,也或许它变了,我再也没看到当年久不散去的鱼群,只有游客喧嚣不断。如今,我已经可以自如地使用很多华丽辞藻,却更加找不到适合它的句子。

所谓遗憾,原来是故地重游。

云南之行是一场意外、疲惫而又快乐的旅行。我在中考后的第二天出发,同行的是我的初中老师们。9天,奔波在两条路线上,常常1天7小时,都在山路上的大巴上颠簸。幸而一路天空湛蓝,一路满目格桑花。

我想,没有人会不喜欢云南,没有人会不喜欢纳西族的东巴文化,没有人会不喜欢月光下葫芦丝吹奏的古乐,没有人会不喜欢蝴蝶泉边美丽的白族姑娘,没有人会不喜欢苍山十九峰的刀光剑影,没有人会不喜欢洱海的波光粼粼,没有人会不喜欢西方世界赋予香格里拉的神秘传说,更没有人会不喜欢泸沽湖独特的风情和绝美的仙境。

彩云之南,就像一个充满颜色的盒子,只要你悉心品读,就会调出越来越多的颜色,就像遇见一个美好的梦境。

对于北京,可以用"轮回"来形容。离开的时候不曾想过何时会回来,回来了就开始想什么时候能离开。

2003年的夏天,我游走在天安门、故宫,游走在各种博物馆,游走在对我来说还很遥远的大学校园,我只感受到了北京的夏天——很热!

2009年我上大学,背起行囊又一次来到北京。琉璃厂、前门、雍和宫、国子监、后海、香山、植物园……曾未一一走过的地方,我一点点拾起。国家大剧院、保利剧院、人艺小剧场、长安大戏院、东方先锋剧场、46号剧场……那些古典的、先锋的、实验的演出,让我在人海中不断鼓掌。

中国国家地理行知客比赛让我认识了很多过着不同生活的人,也看见了很多生活中的强者。他们知道自己在做什么,知道自己想要什么,知道大千世界之中,自己的位置在哪儿,而我还在寻找。我不知道这个过程会用时多久,但成长就像一趟旅程,虽然现在还不知道目的地,但伴着一路风景一路收获,吾将上下而求索……

## 我的梦想旅行计划

传奇是明清时期长篇戏曲的剧本，其中当时四大声腔之一的昆腔，是昆曲中影响最大、覆盖最广的剧种。

昆曲，元末明初之际发源于江苏昆山，至今已有600多年历史，现又称之为"昆剧"。许多地方剧种，都受到过昆剧艺术多方面的哺育和滋养，因此它被称为"百戏之祖"。昆曲最让世人熟悉的剧目有：汤显祖的《牡丹亭》、高濂的《玉簪记》、李渔的《风筝误》、朱素臣的《十五贯》、孔尚任的《桃花扇》和洪升的《长生殿》等。

昆曲是中国戏曲史上具有最完整表演体系的剧种，伴奏乐器以曲笛为主，辅以笙、箫、唢呐、三弦、琵琶等。昆曲表演抒情性强，动作细腻，歌唱与舞蹈的身段结合得巧妙而和谐，正所谓"无声不歌，无动不舞"。

昆曲开始只限于苏州一带，后逐渐流行于全国各地，康熙年间达到鼎盛。然而，在昆曲600多年的历史中，它的发展并不像如今看起来这样一帆风顺，甚至几次差点消亡。

2001年5月18日，昆曲被联合国教科文组织列为第一批"人类口述和非物质遗产代表作"。2006年5月20日，昆曲经国务院批准列入第一批"国家级非物质文化遗产名录"。这说明，昆曲不仅在汉族传统文艺中占据着很高的地位，而且它的处境已经亟待传承与保护。

曾一度流传于全国的剧种，如今又缩归到起源地，似乎只有在生养它的地方，尚能给它重新绽放的可能——这一点值得思考。昆曲所代表的美学趣味具有一个地域性的本源，它似乎仅仅属于江南吴地。所以，我希望通过这趟吴地旅行，在纪念昆曲申遗10周年的同时，能够更加深入地了解昆曲与吴地、江南以及汉文化之间千丝万缕的联系。

目的地之一
**南京**

**途经：**
秦淮、甘家大院、廿一熙园、莫愁湖

### (1) 秦淮

秦淮河古称淮水，据说秦始皇时凿通方山引淮水，横贯城中，故名秦淮河。秦淮河分内河和外河，内河在南京城中，是十里秦淮最繁华之地。

《桃花扇》里，孔尚任曾以"梨花似雪草如烟，春在秦淮两岸边，一带妆楼临水盖，家家粉影照婵娟"来描写当时秦淮河上的旖旎风光。然而，这却是怎样畸形的繁华！李自成攻克北京，崇祯皇帝吊死于煤山，在明朝几乎灭亡的乱世，秦淮却如同一个软香温玉的世外桃源，灯红酒绿，纸醉金迷。

说到南京，实在是座有些不幸的城，南京的王朝偏安多，寿数短，"八王之乱"、"永嘉之乱"、五代十国的分裂、宋金之间的几次对决、清兵南下、还有近代史上沉痛的屈辱……然而，这座城也见证了我们如何从失败走向胜利，它是我们以血肉之躯抗击枪林弹雨的转折。就像这柔弱的秦淮之水，倾世名伶也能以女子之躯撑起民族大义，只因这是值得用生命来捍卫的骄傲。

媚香楼是为了纪念李香君的人品和气节，仿照《桃花扇》中的描写在秦淮河畔修复的建筑，侯方域和李香君就是在这里相识，并且度过了生命中一段短暂而快乐的相聚时光。

乌衣巷和王谢故居因为年代久远，早已看不出当年士族大家的气势，只是把王谢两家安排在一间宅子里，不知王导和谢安若是泉下有知，会有何感想。至于江南贡院和夫子庙，与北京的国子监和孔庙相去甚远，自不多说。

### (2) 甘家大院

甘家是江南望族，是一日不能无昆曲的人家。280年前，因看重南京当时的昆曲演出氛围，举家搬迁到城南熙园。甘家300年坚持唱昆曲，是昆曲世家中最为传奇的文化世家。江南笛王甘贡三先生、黄梅戏女王严凤英都出自江南甘家。清皇帝堂兄溥侗在甘家唱了10年昆曲，民国时期的军政要员常来看昆曲，梅兰芳、俞振飞等昆曲大师也常来演出。

甘家大院是清代中国最大的平民住宅，距今已有200多年的历史，它还有一个俗名叫"九十九间半"。在中国，九是最大的阳数，又是吉数，过九到十就到了头，而到头就意味着走下坡，所以自古就有"九五之尊"的说法。故宫号称九千九百九十九间半，而民居至多便是九十九间半了。

如今南京市民俗博物馆也坐落在甘家大院之中，老艺术家们会在现场制作表演一些民间艺术，如木雕、剪纸、皮影、绒花、泥人、九连环等等。

### （3）廿一熙园

熙园古戏台位于甘家大院西北侧，曾是南京著名的澄心堂所在，南唐后主李煜曾在这里建造了闻名两宋的金舞台，供善舞的宠妃窅娘赤着小脚跳舞。

南京熙园以古戏台为中心，每晚7：30~9：30由江苏省昆剧团实景演出，是欣赏园林版昆曲演出的唯一场所。这里设计了多个包厢、雅座，江苏省昆剧团进行实景演出，背景为LED炫彩大屏幕，屏幕上放映的各种三维二维画面配合曲中场景与现场演出融为一体。根据剧情需要更增加了人造雨、人造雾、声光电等特技效果，其中最著名的有《多媒体南京版牡丹亭》以及《多媒体南京版桃花扇》。

### （4）莫愁湖

莫愁湖，依傍着石头城，因为莫愁女的传说而得名，自宋朝便被誉为江南第一名湖，金陵第一名胜，也是《桃花扇》中描写到的与南京密切相关的遗迹之一。

在《桃花扇》中，侯方域到了南京就居住在莫愁湖畔，而且戏文中的第一支曲子就写到莫愁湖，"孙楚楼边，莫愁湖上，又添几许垂杨。"

**目的地之二
扬州**

**途经：**
瘦西湖、史公祠

除了《牡丹亭》外，明清传奇中的另一朵奇葩就是《桃花扇》，作者孔尚任是孔子的第六十四代孙。孔尚任在被康熙调去扬州治河期间接触到明朝遗老，听他们讲述明末的故事，因而产生了创作《桃花扇》的想法。他跑遍了南京，见证过侯方域和李香君的爱情遗迹，前前后后花了20年，三易剧本，最终完成了这部共计四十四出的《桃花扇》。

### （1）瘦西湖

红桥，后改名虹桥，人称瘦西湖第一景。文人在此饮酒赋诗集会，称之为修禊。历史上最为有名的修禊当数"兰亭修禊"和"红桥修禊"，其中红桥的第二次修禊者就是《桃花扇》的作者孔尚任。康熙二十七年（1688年）三月三日，孔尚任发起"红桥修禊"，参加的名士有24人，此次修禊有大量绝妙佳作留世。扬州的经历为孔尚任留下戏剧史上的不朽名作《桃花扇》提供了丰富的创作素材。

### （2）史公祠

史可法，南明兵部尚书，在扬州率军民抗击清兵，后扬州城池破，清军屠城，史称"扬州十日"。衣冠葬于梅花岭下，也就是今天的史公祠。

## 目的地之三
## 无锡

**途经：**
蠡湖蠡园、东林书院

### (1) 蠡湖蠡园

昆山人梁辰鱼的《浣纱记》是昆山腔的奠基作品，写的是春秋时期，西施与范蠡交织着政治与爱情的故事。在戏文的结局里，范蠡功成身退携西施泛舟蠡湖，也有传说，范蠡与西施喜爱无锡蠡湖风光，便在此定居，建蠡园，又将制陶的工艺教给周边百姓，造福一方。

蠡园安静地坐落在蠡湖边，灰白的墙壁上覆着厚厚一层爬山虎，就像这个主人早已远去的传说。虽然传说不是真的，但是不得不说，园子的主人实在是一个懂得享受之人，蠡湖蠡园的风光，丝毫不逊色于号称太湖第一风光的鼋头渚，甚至有过之而无不及。

春夏秋冬四季亭，一池碧叶映白荷。绿烟水色自不必说，难得的是这份携美退隐的意境，成全了昆曲的奠基之作——《浣纱记》。

### (2) 东林书院

大家都知道中学课文里的《五人墓碑记》。而在明清传奇中有一篇著名作品《清忠谱》，也是昆曲的代表剧目，它真实反映了明代天启六年在苏州发生的市民和东林党人共同反对魏忠贤阉党残酷统治的一场政治斗争。《清忠谱》围绕展开的也是关于这五个人的故事。

其中，提到该剧目中的东林党人，就不得不说无锡的东林书院。东林书院创建于北宋政和元年（1111年），在明朝万历三十二年，也就是公元1604年，由东林学者顾宪成等人重新修复并在此聚众讲学，有"天下言正学者首东林"的赞誉。顾宪成撰写的名联"风声雨声读书声声声入耳，家事国事天下事事事关心"更是家喻户晓的名言警句。

## 目的地之四
## 昆山

昆山，一个不到一千平方公里的地方，一个蝉联中国百强县之首、GDP过千亿的城市。不了解它的人恐怕很难相信，600年前，在这里诞生了昆曲。

昆曲从清唱搬上舞台，成为戏剧则是由梁辰鱼的《浣纱记》开始。梁辰鱼是著名的戏曲作家，精诗词，通音律。魏良辅改腔的成就使他颇受鼓舞，但他还觉得这样的新腔不应只局限于曲坛清歌，必须扩展到舞台之上占有更广阔的天地，于是写作了以西施为主要人物的《浣纱记》，把传奇文学与新的声腔和表演艺术综合在一起，第一次将昆曲搬上剧坛。

千灯古镇是昆山腔创始人顾坚的故里，这里至今保留着水陆并行、河街相邻的棋盘式格局和小桥、流水、人家的古朴风貌。长长的石板街上，有一座顾坚纪念馆，供后人纪念这位昆曲鼻祖。

## 目的地之五
## 苏州

**途经：**
虎丘、中国昆曲博物馆、叶氏故居

### (1) 虎丘

虎丘号称吴中第一名胜，至今已有2500多年的悠久历史，其中最为著名的是云岩寺塔和剑池。云岩寺塔又叫虎丘塔，建于隋代，已有1000多岁了，是中国第一斜塔，也是古老苏州城的标志性建筑。

在虎丘的申文定公祠，也就是现在的历史名人陈列馆里，以瓷板画的形式记录着曾经游历虎丘或与之相关的历代72名人。虎丘似乎备受政治家、文学家和书画家的青睐，像秦始皇、康乾、顾恺之、王珣、李杜、颜真卿、陆羽、范仲淹、米芾、祝允明、文徵明、唐寅等等，好游的苏轼更不会错过，他曾评价虎丘道："到苏州不游虎丘乃憾事也！"

虎丘也是苏州人最喜爱的游乐聚会胜地之一，中秋有月无月都得往虎丘山走一遭。在昆曲最为盛行的明清时期，每年八月十五在这里都会有一场中秋虎丘山曲会。昆曲爱好者们盛装云集于虎丘山，或来献歌一曲，或来击掌叫好，气氛热烈丝毫不逊于今日的各种选秀节目。张岱的《虎丘中秋月夜》以及袁宏道的《虎丘》对此都有所描述。《桃花扇·余韵》中诉《哀江南》的苏昆生，就是以曾经在虎丘曲会上献技的明末戏曲艺术家苏昆生为原型塑造的人物。

### （2）中国昆曲博物馆

昆曲博物馆的前身是全晋会馆，是清代晋商出资修建的，是苏州保存较为完整的会馆建筑，2003年中国昆曲博物馆在此安家。

馆藏有全国最多的昆曲抄本和珍贵脚本，以及数以千计的昆曲文物、实物和资料。昆曲博物馆内有精美的清代古戏台以及"昆曲江湖角色行当行头展示"、"与古人交——昆曲文物史料展"、"兰苑书香——昆曲作家与作品"等多个展室、展厅，现正在筹建"昆曲音像视听中心"，每星期并有昆曲专场演出。

要了解昆曲的历史与发展，这里值得驻足细看。

### （3）叶氏故居

在山塘街的渡僧桥下塘，曾住着一位医术医德都为人称道的名医叶天士，他的长孙叶堂成就了昆曲史上最古老、最完整、最经典的一个传本——《纳书楹曲谱》。纳书楹是叶天士的书房斋名，叶堂便在这里收录了折子戏三百多折，如今所谓昆剧折子四百余出便由来于此。

## 预算

| 门票 | | | | |
|---|---|---|---|---|
| 摇橹船60元 | 甘家大院10元 | 个园22元 | 鼋头渚105元 | 拙政园35元 |
| 夫子庙15元 | 莫愁湖14元 | 扬州八怪纪念馆12元 | 蠡园45元 | 虎丘30元 |
| 江南贡院10元 | 阅江楼20元 | 史公祠10元 | 锡惠公园75元 | 枫桥13元 |
| 王谢古居4元 | 廿一熙园（听戏）100元 | 瘦西湖风景区45元 | 千灯古镇30元 | 寒山寺10元 |
| 瞻园15元 | 何园22元 | 东林书院8元 | 狮子林15元 | 留园20元 |
| | | | | 【共计约700元】 |

| 交通 | | |
|---|---|---|
| 汉口——南京南（169元） | 扬州——无锡（65元） | 昆山——苏州（20元） |
| 南京——扬州（28元） | 无锡——昆山南（35元） | 苏州——汉口（239元） |
| | | 市内交通100元 |
| | | 【共计约700元】 |

| 食宿 | |
|---|---|
| 11天吃住 | |
| | 【共计约2500元】 |

**总计：4000元左右**

151

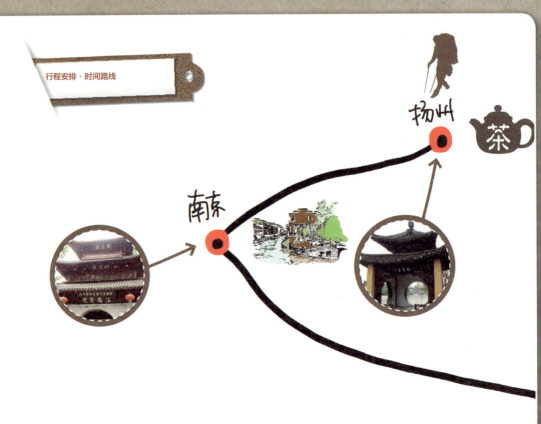

**行程安排·时间路线**

**目的地之一：南京**

D1：（夜晚抵达南京）
秦淮河
夫子庙码头
【宿南京】
D2：江南贡院
夫子庙
乌衣巷王谢故居
李香君故居
瞻园
甘家大院
莫愁湖
【宿南京】
D3：明故宫遗址
南京市博物馆
玄武湖
阅江楼
廿一熙园（晚上听戏）
【宿南京】

**目的地之二：扬州**

D4：（早上乘火车前往扬州）
何园
个园
富春茶社
史公祠
扬州八怪纪念馆
瘦西湖风景区
扬州运河古渡

D5：（早上乘汽车前往无锡）
东林书院
南禅寺
【宿无锡】
D6：锡惠公园
太湖鼋头渚
蠡园
蠡湖
【宿无锡】

目的地之四：昆山

D7：（早上乘火车前往昆山）
千灯古镇（顾坚故居）
【宿昆山】

目的地之五：苏州

D8：狮子林
拙政园
苏州博物馆
【宿苏州】
D9：虎丘山
五人墓
留园
枫桥
寒山寺
【宿苏州】
D10：平江路古文化街：中国昆曲博物
馆、苏州评弹博物馆
七里山塘古文化街：古戏台、叶氏故居
观前街
【宿苏州】
D11：（返程）

无锡

昆山

苏州

# 我的梦想之旅

## ○ 寻梦江南

    我家住在长江北岸，小时候散步便常常走上江堤，望着对岸，自以为就是江南。那时候，只是觉得江南这个名字很美，却并不明白它滋养出了怎样痴情的儿女、怎样动人的传奇，更想不到有一天，我会执著于这片土地，一路寻访明清传奇与昆曲，如同找寻一个纵然远去的梦。

    去年10月，我参加了校园行知客大赛，在键盘上敲打着《明清传奇与昆曲之旅》的计划，畅想着江南吴地的烟波。今年中秋，我踏上了这片土地，感受案头文字与亲历亲闻的不同。每一趟旅程的背后都有一个缘起的故事，尽心的准备与随缘的好运是旅行真谛。梦想其实并不遥远，因为有许许多多胸怀梦想的人，一直都在路上。也许我们还不知道自己是谁，但只要知道自己想要什么，就能知道我们该去向何方。

    9月，我一个人行走在微雨的江南，看着舞台上戏本里的演绎，由想象变成现实——画舫、妆楼、水榭、亭台、古老的石板街、灰白逼仄的巷弄、河边浣洗的女子、藤椅上闭目哼曲的老人……

    放眼望去，江南是一种很写实的生活状态，文化和艺术便脱胎于此。在这样世俗而真实的生活里，往来的过客很容易就会被一些微小的细节打动：一场雨、一簇花、一盅酒、一首诗、一把宫扇、一行泪、一场相聚、一生别离。

## 金陵夜色

【缑山月】"金粉未消亡，闻得六朝香，满天涯烟草断人肠。"

——《桃花扇·访翠》

有人说："秦淮河里溶的都是脂粉，一旦陷入就注定一生沉沦。"

夜抵南京，坐上了摇橹船，我望着白月光，开始游览"桨声灯影里的秦淮河"。同船的游客都没有开口说话，在这份寂静之中，我不由想起了那些沉沦于此的人。脚下的秦淮水究竟葬送了多少意志不坚者的理想抱负？这是历史为小人物记载下的悲哀。都说乱世出英雄，但每一世可称英雄的人又有几个？那是需要经住怎样的诱惑、狠下怎样的心肠、拥有多么坚定的信念才能铸就？恨国破家亡、叹时运不济，想做英雄，却又在软香温玉的英雄冢里不可自拔，反而是温柔乡里养育出的柔弱如水的女子，一身铮铮傲骨，为秦淮书写下别样华彩。

清代传奇历史剧《桃花扇》的主人公——秦淮八艳之一的李香君，就是这样一个深明大义、气性刚烈的女子。《却奁》一出，新婚的她坚定地拒绝了阮大铖为讨好侯方域而出资置办的妆奁，告诫侯方域，不可因私废公，不要和魏党之人扯上关系；《守楼》一出，漕抚田仰以三百金强纳她作妾，她以死相拼，撞破了头，血溅扇面被点成桃花；《骂筵》一出，香君无畏生死，以凛然正气当面斥责南朝弘光君臣纵情声色、荒淫无度……正想着那片倩影，摇橹船便吱呀吱呀地荡过媚香楼前的红灯笼，来到李香君纪念馆。不过闭馆了，楼里黯淡了烛火，楼外的垂柳在月光下影影绰绰，看不清姿色。夜泊秦淮，我心中带着金粉消亡的感伤。没有了酒家，没有了商女，不知道亡国恨是否也已跟着远去。

站在文德桥头，入眼是靡靡秦淮，即使今日，这里仍不失为南京城脂粉香薰最浓的一笔。十里秦淮，我不敢靠得太近，害怕自己会想起那些曾经在这里开始、却又不得善终的爱情。于是看《桃花扇》，我宁愿一遍又一遍地在《入道》、《余韵》的伤感离别里徘徊，也不愿见到《访翠》、《眠香》中侯李两人的相识相依，因为知道结局的悲凉，所以开始的美好便成了一种残忍。

当夜色再次降临，此行南京我期待的重头戏，总算如约开场。在廿一熙园掀开《多媒体南京版牡丹亭》唯美的面纱：LED背景屏幕里变幻放映着应景而配的画面，灯光、雨雾等舞台效果无不恰到好处，逼真得如同身临其境，无愧重金打造。江苏省昆剧院龚隐雷、钱振荣老师的扮相动人，从始至终，我眼前的一切都是美丽的，大饱眼福之余，心里却莫名觉得空荡——梦梅和丽娘没有留下，他们来过，又走了。

昆曲，乃至整个戏曲界革新的出路究竟在哪儿？昆曲之美是否可以吸引更多的观众，是否可以培养具有审美能力的受众群体，进而将这份美保护和传承下去？我选择坚信！就像汤显祖坚信他的"至情论"一样！

## 流荡扬州

【普天乐】"累死英雄，到此日看江山换主，无可留恋。"

——《桃花扇·沉江》

扬州的安逸与精致是一种属于江南的生活态度。这座宜居古城可以用两个字高度概括——舒适。老城的外围高楼林立，年轻人大多居住在他们喜爱的钢筋混凝土里，剩下恋旧的老人和游客聚集在老城。我骑自行车穿行于古城的街头巷尾，优雅的园林、美味的茶点、斑驳的老槐树、破落的民居、运河的明月以及才子的风流无不映衬着这座城池。我坐在富春茶社品尝扬州著名的三丁包、千层油糕和翡翠烧卖，再饮一盏茶社的特色名茶魁龙珠，悠悠茶香入口，扬州的味道也渐入心头。

　　沿着运河走走停停，古城扬州便始于这条伟大又悲壮的河。隋炀帝为看琼花，用两岸累累的白骨堆出了这条世界上最长的内陆运河，我们为建它时付出的沉重代价痛心，却也同样感念于这条河带给两岸的富庶与繁华。然而扬州城的命运似乎与它的开始一般，充满了辛酸。"扬州十日"清兵屠城几乎杀尽了真正的扬州人，留头不留发之后，扬州再次受到康熙、乾隆的眷宠，两位爱下江南的皇帝都在这里留下了不少故事，以至今日的扬州看起来仍旧很有行宫别院的味道。在东关街逛逛，看看扬州的特产，精美的漆器深深吸引了我的目光，乖巧精致的梳妆盒握在手中来回把玩，我不禁恍悟：扬州的悲剧就在于自始至终都没能逃脱被封建帝王玩弄于股掌的命运，任人搓圆捏扁，无法还手也无力还手。

　　"扬州千古属诗人"，亲身站在瓜洲古渡，努力回想着从小到大学过的诗词中那些关于扬州的句子，然后默念着："故人西辞黄鹤楼，烟花三月下扬州"、"天下三分明月夜，二分无赖是扬州"。闭眼再睁开，那些曾经自以为早已远去的句子就这么顺流而下，楚楚动人地展现在我眼前。

　　个园与何园是扬州园林的名品，叠石、理水无不体现着建筑师精益求精的追求。个园的主人喜竹，园里种满竹子，取竹字半边，名个园。除了丛生的竹林，这里的碧波和红鲤也给我留下了深刻的印象。池中的鱼儿通人性，只要见到有人影靠近水岸，便见红鲤鱼贯而来，个个露出脑袋张口要食，十分喜庆。从楠木正厅到后花园的片石山房，从庄严肃穆的深棕色变幻成绿茵丛丛，占地一万多平方米的何园，将江南的秀雅描绘成另一种大气。

>>史公祠

## 天赋无锡

【清江引】"人生聚散皆如此，莫论兴和废，富贵似浮云，世事如儿戏，唯愿普天下做夫妻的都是咱和你。"

——《浣纱记·泛湖》

　　如果说扬州的园林是能工巧匠精心雕琢的艺术品，那么无锡的园林则更像是大自然的鬼斧神工。无锡的园林依附湖山修建，取景于自然，有一种放眼天下的胸怀。就像大家闺秀与小家碧玉之差，无所谓美与不美，气质使然。

　　无锡蠡湖蠡园的风光，丝毫不逊于号称太湖第一的鼋头渚，甚至有过之而无不及，特别是蠡园渔庄的风情。当我轻轻地走进它，只见垂柳如幕帘掩遮一岸精致的石拱桥，湖面倒映出另一岸的亭台风光，曲径通幽处，自成一派天地。如此美景，我不由也对传说中范蠡和西施隐居在此的结局心生艳羡。只是，人生聚散，难道西施与夫差之间那么多个日日夜夜，就能如此轻易地被割舍吗？江南夜雨时，她会不会想起馆娃宫高烧的红烛？会不会知道宁可自绝也不愿落入敌人手中的夫差，落败临死仍真心惦记着她？

　　不论传说是否属实，眼前的风景依然值得感叹，蠡园的主人实在是个极懂享受之人，开阔的蠡湖湖面如同蠡园的后花园，临湖而立，湖山风光都是自然的馈赠，世界之大，我心安处便是家。

　　锡惠公园坐落在惠山和锡山上。清早，我行走在安静的江南名刹惠山寺，寺外几人合抱不住的古树都渗着阵阵禅意，依次走过幽寂的惠山祠堂群，走过映山湖，走进茶社，耳畔响起二泉映月的美妙旋律，品一品陆羽评过的天下第二泉泡出的茶水，山色空蒙却无雨，不由心也跟着平静。这里还安睡着民间音乐家阿炳，距离阿炳墓不远，音乐广场上一群退休的老人正翩翩起舞。我在略高的石阶上驻足，那份温暖，会让人由衷地想要感谢生活，感谢这样一个"岁月静好，现世安稳"的时代，我是如此不忍离去。

## 千灯寻根

【山桃红】"则为你如花美眷，似水流年。是答儿闲寻遍，在幽闺自怜。"

——《牡丹亭·惊梦》

到昆山那天，天阴阴的，大巴车从长途车站一路左拐右拐驶向千灯古镇，窗外不断退后的是各式各样的生产基地，无愧于中国百强县之首的称号，很难想象，600多年前这里丝竹喑哑的韵律。终于，车子在古镇的牌坊前停下，一下车就遇见湿漉漉的雨。进入古镇的景区，状元码头停泊着数只摇橹船，恒升桥上俯视下的微雨的小镇，美丽、富饶、古老而又充满生机。再向前便看见挂着牡丹亭匾额的亭子，里面伫立着柳梦梅和杜丽娘的雕像。

《牡丹亭》是汤显祖乃至戏曲界、文艺界的经典之作。白先勇先生带来的青春版《牡丹亭》更是昆曲历史上的又一次闪亮回归。E时代并不意味着传统就是过时，快节奏的生活带给我们的反而是对那些经久不息、精致文化的渴望。谁不爱美呢？人的一生不就是在追求自己认为美好的东西吗？昆曲的沉寂正是因为人们还没有看见它的美，我们需要的是发现美的眼和欣赏美的心。

漫步在据说是最长的石板街上，看着古旧的江南民居和屋子里闲适怡然的老人，安静的江南，雨显得那么妥帖。古戏台翻新了桌椅舞台，走进二楼，除了扑鼻而来的浓重新漆味儿，什么内容也没有。失望地回归石板街，这次我选择踏进顾坚纪念馆。甫一进门就听见铮铮的乐声，只见台上年过半百的一群老人们在演奏着丝竹管弦，台下听众男男女女、老老少少，聚集一堂。年轻人三五成群地进来，坐下，照相，不用几分钟便又出去，你来我往好不热闹。岿然不动的是后排一群老人，扣指在桌案上打着节拍，默默饮茶，曲终叫好。他们早已见惯了世间人来人往，有的是假喜欢，有的是真诱惑，一时兴起易，天长地久难。留得下便留下，留不下便离开，不必喟叹，不必强求。我小心翼翼地走上二楼陈列室，尽量不让脚下的木结构楼梯发出叫唤声，但愿不要有听曲的老人被我打扰到。陈列室里一个小型戏曲博物馆出现在眼前：小楷誊写的《南词叙录》工整地挂在墙壁上，小小泥人捏出四大南戏的经典剧目场面，昆曲鼻祖顾坚正坐在正厅冥思创作。

千灯的石板街被我来来回回、反反复复不知走了多少遍，我多么希望窄窄的石板路永远不会有尽头。看着脚下被雨打湿更显青色的石块，我幻想自己也许正踩在顾坚或者梁辰鱼几百年前的足印上，心满意足。

## 古意苏州

【意不尽】"侠肠一片知何向？热血淋漓恨满腔，一时鲁莽，博得个义风千古人钦仰。"

——《清忠谱·戮义》

苏州的中秋如今有些寂寞了。从虎丘山逛到留园，又去枫桥寒山寺，再到观前街，除了你来我往的游人，我看不见中秋的暖意。吃着采芝斋裹着厚厚一层芝麻的苏式月饼，走在人山人海的观前街，我想起古老苏州走月亮的人群，想起虎丘山人头攒动的曲会，寂寞之外又添一重寂寞。

中秋过后，天气晴朗起来，古城也再度恢复了平静。苏州旧称平江府，平江路是苏州的一条历史老街，宋代的苏州地图上就已经有所记录。沿街的河叫平江河，小桥流水，两岸人家，宛如画卷。漫步在苏州的老街，浓浓的江南水乡又一次深深地触动我，心中不禁升起些别样的感动。

平江路上的中国昆曲博物馆和苏州评弹博物馆有属于苏州的独特风情。昆曲博物馆里，曲圣魏良辅的雕像就伫立在正厅。望着他闭目凝听的模样，我的耳畔好似也飘来了轻柔婉转的"水磨调"。一路向前，回廊里挂着世界各地的游客体验昆曲扮相留下的纪念照。因为没能赶上每周一次的演出，庭院里古戏台上空空荡荡，略显冷清。苏州评弹博物馆隔着百books书局与昆曲博物馆相邻，评弹博物馆似乎每日都有演出。正午时分，大厅里已坐着不少头发花白的老人，他们自带茶水，乐呵呵地闲聊，等待着下午的演出。

午后的阳光金灿灿的，难得在南国看见丝毫不逊于北方的爽朗秋日。我相信很多人都记得唐寅的《桃花庵歌》："桃花坞里桃花庵，桃花庵下桃花仙。桃花仙人种桃树，又摘桃花换酒钱。"因为这样一首深深映入脑海的诗，在这样一个不可能看见桃花的时节，我执著地奔向桃花坞，于是因祸得福，意外地看见了曾经苏州街巷上的一道风景线——每年夏末秋初鸡头米成熟时，沿街边剥边卖鸡头米的商贩。鸡头米学名芡实，多生长在池塘湖沼浅水中，数十粒包于一个球形的外壳内，外形比莲子略小，每粒上都带一个小小的尖。刚剥

>>苏州平江路

>>南京廿一熙园

出的鸡头米，白白嫩嫩，圆溜溜，煞是可爱。初秋时节桂花飘香，一碗桂花鸡头米，带着甜甜的气息，晶莹剔透，映出江南雕花木窗的回影。

　　苏州老城区的巷子很多，老巷更接近上海弄堂的感觉。我漫无目的地随心而走，在古旧灰白、逼仄曲折的巷弄里穿行，光影交错，恍如旧胶片被弄乱了顺序，也许下个瞬间就会看见温柔美丽的女子等在巷口，或是文弱书生背着厚重的行囊缓缓离去。山塘街据说是唐代大诗人白居易所修，东起阊门西至虎丘，七里山塘一直被誉为"姑苏第一名街"，1100余年风雨沧桑，它见证了苏州民间的各种繁盛和传奇。山塘街尾，虎丘山下，五人墓已从荒芜不堪修葺成如今齐整干净的宅院模样。

　　《清忠谱》就是以五人中的周顺昌为主人公，描绘了明代东林党人与苏州市民反抗阉党黑暗统治的斗争。为什么"五人激于义而死"？为什么患难同当不肯独走？今天的很多人可能会把这样的行为当做愚蠢的笑话。可是，扪心自问，这样的笑话，是否每一个人都能做到？乌云遮蔽了日头，太阳将要陨落，你是否愿意付出微薄的生命给养太阳，只为延续一瞬的光明？明知无力回天，仍然选择去做，一时鲁莽吗？不，只因他们拥有信仰！

　　夕阳西下，光辉照耀着山塘河的水波，莹莹的波光闪烁其间，水乡洗尽铅华，但见江山如画。

## 尾声

　　在这个大千世界里，旅行，我偏好的是保存、记录着中国传统文化的地方。我喜欢古镇老街，喜欢有历史的城市，喜欢山川的敦实与浪漫，喜欢中国古典艺术写意的风情。

　　读万卷书易，行万里路难。

　　一年四季，春夏秋冬，勿错过其间最美的风景。

　　送给每一个不论现在或是曾经胸怀梦想的人。

# 4个月的藏漂行纪

姓名: 吴凌
学校: 西南大学 本科 2008级
出生年月: 1989年8月

　　常常有人问我, 你一个女孩子为什么会选择这么难的旅行方式和线路? 我的答案就是, 因为我想通过这样的方式令自己收获更多更美的回忆, 老了之后能坐在摇椅上讲给我的子孙听。

——吴凌 (网名: 小椰子)

## 我的青春自白·做一个单车女孩

　　我们生长在海南岛的小朋友从小就有一个梦想, 那就是考上大学之后到小岛以外的世界去看看。

　　大学的时候, 我的梦想终于成真了。

　　那是2010年的5月, 有一天我在上网时, 突然冒出骑车回家的念头, 于是就在学校论坛上发帖约人, 但却没有得到回应。尽管骑车从重庆回家乡海南的邀约没有成功, 我却意外发现, 原来还可以骑车去西藏。或许是我跟拉萨的缘分近了吧, 我在各大论坛上看了一些骑行西藏的帖子, 然后便强烈地感觉到, 骑车旅行去就是我最想要的旅行方式。说做就做, 我很快开始了紧张的筹备。经过一段时间的磨炼, 我成了一名自行车运动的 "标准选手"。

　　暑假伊始, 当我和同伴为骑行西藏做好了充分的准备, 正待上路, 却遇到了一个问题——父母不支持。我心里很清楚, 骑行西藏有很大的风险, 2000多公里的路途, 必定会吃不少苦头, 哪个父母不希望自己的孩子生活得安安稳稳呢? 但是, 我主意已定, 很坦诚地跟爸妈作了交代: "有一些事现在不做以后就没有机会了, 如果这次我不去西藏我会后悔一辈子的。你们不是希望我能快快乐乐地生活吗? 我心中有遗憾又怎么能快乐呢? " 从这之后母亲就没再说什么了, 而父亲则每天打电话过来问我进展如何, 叮嘱我注意安全。

　　我知道他们同意了。

　　2010年7月9日, 我和另外3个男生, 从学校出发, 先转车去成都, 然后正式开始了 "朝圣之旅"。我们选择了著名的川藏南线, 这条路沿318国道始于成都, 经雅安、康定、理塘、巴塘, 进入西藏芒康, 在邦达与川藏北线会合, 再经八宿、波密、林芝到拉萨。进藏途中从东到西依次翻过折多山、海子山等12座海拔在4000米以上的险峻高山, 跨越大渡河、金沙江、怒江、澜沧江等汹涌湍急的江河, 路途艰辛危险, 但一路景色壮丽, 有雪山、原始森林、草原、冰川、峡谷和大江大河。

　　这一路, 我们遇到了很多有趣的事情, 也见到了今生最美丽的风景。感觉一不小心闯进了天堂, 我们什么都不做, 就站在路边, 看看远处的山, 山顶湛蓝的天空, 云朵有时候会调皮地盖住山顶, 有时漫过山腰, 有时给山洗洗澡。我感觉灵魂都被这自然的力量融化了。

但是欣赏美景的代价是旅程艰辛, 遭遇生命危险。从芒康到竹卡的途中, 暴雨骤至, 紧接着又是冰雹, 山风不停地吹, 我全身发抖, 脚机械地蹬着, 手冻得完全不能动弹。过了拉乌山垭口开始下坡, 下坡的时候我才知道身体不听大脑控制是多么恐怖的事, 想摁刹车手都没法挪动, 看着码表上显示的速度不断增加, 当时的惊恐无以言表。至今想起, 我还心有余悸, 幸好最后直接撞上队友的驼包, 停了下来。之后我就吓哭了, 我第一次感觉到被死神抓住了手!

然而与死神擦肩而过之后, 我们看到了更美的风景。就像在梦里面一样, 这种美不是到达终点的喜悦, 而是存在于路途之中的体验。其实真正到了目的地——拉萨, 那时的我心中反而很淡定, 没有预期的狂喜。站在布达拉宫前, 我只说了一句话——拉萨, 我到了!

历时30天, 2154公里的骑行, 我坚持自己骑, 从没想过去搭车。有一段, 我独自骑行在上坡路上, 一辆京字牌越野车开到我身边, 司机问我要不要搭车, 我连说不要。司机操着京腔说:"还有好几公里呢! 来吧, 找根绳子我们拖着你走。"我说:"不用了, 马上就到了, 谢谢!"当时车里的人看着说, 一个小丫头真危险, 摆摆手便把车开走了。

我是来朝圣的, 坚守的是内心的一种渴望, 我拒绝搭车, 我认为骑行是一种低碳环保的方式。

旅行是一种生活态度, 川藏骑行不是我的终点而是我的起点。我相信, 旅行可以说是所有人的梦想, 只是我们选择的方式不同, 我选择骑行, 我渴望我的车轮能够带我抵达所有难以到达的地方, 渴望我的双脚能够带我拜访所有风景壮美的地方。

# 我的梦想旅行计划

## ○ 3489公里天路骑行

318国道被《中国国家地理》杂志评为"中国的景观大道", 而川藏线是这条国道上最难、最险、风景最美的一段。2010年7月9日至8月8日, 历经31天, 我完成了川藏南线的骑行, 经历过折多山的冰雹、澜沧江峡谷死神的召唤、怒江72拐的盘旋、帕隆藏布的咆哮, 我看到了纯美的新都桥、静谧的然乌湖还有那不可思议的高原原始森林。

但是在横断山上还有一条更难、更险、风景更美的蜀道, 那就是317国道。我想亲自去寻找一段属于我的景观大道, 这就是我 "记录中国行"最主要的计划: 沿G317+G109进入拉萨, 然后沿318国道进入尼泊尔。

这次参加中国国家地理校园行知客大赛, 为什么我的记录中国行计划还是骑行川藏线? 这要从我的西藏情结说起。

"那一世, 我转山转水转佛塔, 不为修来世, 只为途中与你相见。"仓央嘉措的这句诗写出了我对西藏的心声。高中时, 历史老师无意之间在课堂上讲述了她在西藏的旅行, 在听她讲述的那一刻, "西藏"两个字便悄悄地在我的内心生根了。

有时候听到藏歌我会出神, 有时候看到藏族男生我会激动, 有时候感觉到恍惚之间我回到了在朝圣路上的日子。我知道西藏已经植根在我的身体里, 我知道西藏已经成为我魂牵梦萦的地方, 我知道西藏已经成为我明年要申请去支教的地方。

我脑子里常常浮现的场景, 头顶的蓝天、身边的羊群、洁白的雪山、辽阔的原野和一路上展翅飞翔的雄鹰……川藏线似乎幻化为我的情人, 我多么想与它长相厮守! 我还记得, 在第一次川藏线结束后, 回到喧哗的城市, 走下火车的那一瞬间我哭了, 抱着我的自行车和登山包歇斯底里地哭泣, 不是因为我终于回到城市而激动, 而是因为那冷冰冰的火车无情地将我拖离了青藏高原。

川藏线，我的情人，离开它之后我无时无刻不在思念着它，离开它之后我无时无刻不在想着回到它的怀抱，离开它之后我失去了自我，我无所适从，我知道只有再次回到它的怀抱，我才能找回那遗失的灵魂，因此我选择再次骑行进藏。

这次计划选择骑行川藏北线进藏主要有四个原因：

1.北线海拔更高，难度更大，但是风景会更加壮美。玉龙拉错、雀儿山、羌塘大草原、后藏风景以及神湖纳木错、羊卓雍措，第三女神——珠穆朗玛。我期待自己的心灵再一次被伟大的自然震撼。

2.北线是一条西藏人文之路，德格印经院、强巴林寺、达摩骷髅墙等，走进西藏是感受西藏脉搏最好的方法。

3.我想为西藏的小朋友亲自带去一些衣物、文具和书籍，我太渺小了，只能做一些力所能及的小事来表达我对西藏的爱。

4.最重要的一点，我与西藏的情结已经到了必须要纾解的地步，用日本旅行者石田裕辅的一本书的书名来说就是"不去会死"。

**第一阶段
成都——拉萨**

**时间安排**
骑行28天，休整7天，共35天

**第一天：成都——都江堰（60公里）**

行：平路，水泥路、柏油路。

吃：沿路均有饭店可吃饭。

住：青年旅馆。

景：都江堰。

**第二天：都江堰——映秀镇（50公里）**

行：从都江堰开始一路上坡，大概20多公里，3个隧道，多货车。最后一个隧道过完后开始下坡十几公里。

吃：沿路有饭店可吃饭。

住：邮电招待所。

**第三天：映秀——卧龙——邓生（85公里）**

行：水泥路面，全是比较缓的上坡路。

吃：阿甘牛肉店、面条炒饭味道均不错，有无数骨灰级驴友留言的留言本。

住：阿甘牛肉店可住宿。

景：卧龙中华大熊猫园。

**第四天：邓生——日隆镇（65公里）**

行：海拔从2743米上升到4538米，水泥路面，盘山上坡路，坡度较大。翻过垭口，全下坡，弯道较多。限速40公里，注意安全。翻越巴朗山垭口，海拔4523米。

住：宿日隆镇，阳光熠青年客栈干净整洁，热水洗澡。

景：下山途中经过猫鼻梁观景台，可在此观看四姑娘山峰。

**第五天：日隆镇——小金县（55公里）——丹巴县（58公里）**

行：柏油路，90%的路都是下坡。

吃：小金吃中饭。

住：丹巴扎西卓康旅店。

景：丹巴藏寨、丹巴雕楼。

**第六天：丹巴县休整1天**

**第七天：丹巴县——惠远寺（80公里），惠远寺——八美镇（11公里）**

行：柏油路，其中50公里的缓上坡，10公里上山路，20多公里下坡。翻越海拔4000米左右疙瘩梁子。惠远寺到八美段全程下坡。

住：可住惠远寺。

景：惠远寺。

**第八天：八美镇——道孚县（79公里）**

行：柏油路，基本上为平路。46公里处为垭口，从垭口下山大概有8公里左右的搓板路，骑车的话会震得手麻，一定要控制速度，之后一路柏油路下坡直达道孚。

吃：沿路没有饭店。在道孚县城就餐。

住：阿日布藏民居。

**第九天：道孚县——炉霍县（72公里）**

行：柏油路，起伏路面，基本以平路为主。

吃：49公里处有一个温泉山庄，进去800米左右有餐厅吃饭。

住：卡萨饭店，三人间20元/人，条件不错，有热水、带卫生间。

**第十天：炉霍县——甘孜县（97公里）**

行：到朱倭乡之前的53公里基本为起伏路面。出了朱倭乡开始爬坡，76公里处是垭口，然后是15公里的下坡路，之后还有15公里的平路才到甘孜。

吃：在53公里处的朱倭乡吃中饭。

住：甘孜惠丰住宿部。

景：甘孜寺、沙坑浴。

**第十一天：甘孜县休整1天**

**第十二天：甘孜县——马尼干戈乡（92公里）**

行：柏油路面，前35公里为起伏路面，之后开始爬坡，垭口大概在50公里处，下坡十几公里，之后又有几段大幅度的爬坡。

吃：马尼干戈乡"帕尼大酒店"，其实是一个简单的二层楼。米饭是钵子饭。

住：马尼干戈乡"帕尼大酒店"，标准间80元/间，多人间20元/间。

**第十三天：马尼干戈乡——新路海——三道班（26公里）**

行：从马尼干戈到新路海只有12公里柏油路。在新路海玩玩，再骑车到三道班住下，第二天翻越海拔5050米的雀儿山。

住：在三道班住下，三道班比四道班海拔低，较暖和些。

景：新路海是著名的冰蚀湖，海拔4040米，水源由雀儿山冰川和积雪消融供给，景色秀美，门票20元。

**第十四天：三道班——德格县（92公里）**

行：三道班至四道班10公里（四道班海拔4500米），沙石路面，缓坡爬升。四道班到雀儿山垭口8公里，盘旋山路，从垭口下来30公里左右的下坡，之后还有30多公里的起伏路面才到德格。

住：绒麦额扎宾馆，3人间20元/人。

景: 雀儿山, 冰峰雪山, 美若云中仙子。德格是藏区文化中心之一, 阿须草原是英雄格萨尔王的故乡。德格印经院是藏区三大印经院之首 (另两处是布达拉宫、拉卜楞寺), 也是现存规模最大的印经院, 它仍然用古法印经书。

### 第十五天: 德格县——江达县 (112公里)

行: 从德格出来26公里处是金沙江桥, 此后进入四川和西藏的交界处。翻矮拉山4245米, 垭口在61公里处, 之后是25公里左右的下坡, 之后30多公里的路程基本是平路加缓上坡。

住: 住江达, 交通饭店, 4人间20元/人, 有电视, 公共卫生间, 不可洗澡。

### 第十六天: 江达县——妥坝乡 (118公里)

行: 从江达出来基本上是平坡, 柏油路面, 32公里处后开始上坡, 43公里处是雪集拉山垭口, 海拔4240米。13公里下坡后到达青尼洞, 从青尼洞出来大概有40公里的缓上坡, 5公里陡坡后到达宋拉夷山垭口, 海拔4481米。

住: 妥坝住的条件很差, 只有两三家住宿地。

### 第十七天: 妥坝乡——昌都地区 (113公里)

行: 柏油路面, 路况非常好, 一路以下坡为主, 但基本上是缓下坡, 其中还有几段较长的爬坡路段。

住: 昌都分为昌都县和昌都地区, 住昌都地区, 那里更繁华一些。

景: 沿途风景不错, 车子基本在峡谷中穿行。澜沧江横穿昌都城。强巴林寺在城里最高的山头上。

### 第十八天: 昌都地区休整1天

### 第十九天: 昌都地区——类乌齐县恩达村 (92公里)

行: 翻过海拔4610米的珠角山。

### 第二十天: 恩达村——觉恩乡 (117公里)

行: 翻过海拔4700米的支格拉。

### 第二十一天: 觉恩乡——丁青县 (44公里)

住: 丁青县城。

景: 乃查莫玛尼堆、孜珠寺、布托湖。

### 第二十二天: 丁青县——尺牍镇 (65公里)

行: 出丁青县城就是泥路了, 山谷路段30多公里, 接着是8公里陡坡, 到曲里拉垭口, 急下10公里到色扎乡, 在起伏路段20公里处到尺牍镇住下。

### 第二十三天: 尺牍镇——荣布镇 (75公里)

行: 翻过斜拉山垭口。

### 第二十四天: 荣布镇休整1天

### 第二十五天: 荣布镇——巴青县 (91公里)

行: 荣布镇是联结藏东与藏北的重要门户, 骑行47公里到雅安镇。出雅安就有一个大上坡, 然后是大下坡, 一路都是上上下下。

住: 巴青县招待所, 20元/人。

### 第二十六天: 巴青县——索县 (32公里)

行: 巴青已是羌塘大湖盆区, 平均海拔为4500米, 高寒缺氧, 空气稀薄, 日温差较大。巴青到索县距离短, 恰好在索县做休整。

住: 住索县县城, 县交通招待所或邮电招待所, 没有厕所和浴室, 25元/人。县城内有公共浴室, 5元/人。

景: 巴青县的麦莫溶洞, 人称"仙女秘室"。

**第二十七天: 索县——夏曲镇（132公里）**

行: 一路海拔起伏大, 沿途道班和村庄很多, 翻越冈拉山口, 海拔4800米。

**第二十八天: 夏曲镇——那曲县（102公里）**

行: 翻越江格拉山口, 海拔4930米。

吃: 高海拔地区气压低, 米饭不容易熟, 所以以面食为主。

住: 住那曲县城。招待所每床15到30元。

景: 桑丹康桑雪山。

**第二十九天: 那曲县——当雄县（166公里）**

行: 出那曲约70公里上坡, 后有一段4公里陡坡, 接着基本是50公里下坡路。至九子拉山口, 海拔4444米。翻越后缓下40公里至当雄。

住: 住当雄县城。

景: 藏北八塔。

**第三十天: 当雄县休整1天**

**第三十一天: 当雄县——纳木错——当雄县（65公里）**

行: 当雄至纳木错公路。

住: 住当雄县城。

景: 纳木错, 欣赏天湖。

**第三十二天: 当雄县——羊八井（75公里）**

行: 出当雄20公里左右缓下, 然后20公里缓上, 再10公里陡坡到念青唐古拉山口, 海拔5190米。

住: 住度假村招待所。

景: 羊八井泡地热温泉。

**第三十三天: 羊八井——拉萨（85公里）**

行: 海拔从4300米降到3650米, 抵达布达拉宫广场结束第一段行程。

**第二阶段
拉萨——
尼泊尔加德满都**

**时间安排**

拉萨——尼泊尔: 18天（骑行14天, 4天休整游玩）

**第一天: 拉萨——曲水县（61公里）**

行: 沿拉萨河而下, 一路平坦, 路况很好。61公里处抵达曲水县城。

吃: 曲水县城吃午餐。

住: 住曲水县城。

**第二天: 曲水县——羊湖——浪卡子县（94公里）**

行: 68公里后到达曲水大桥, 进入307省道, 累计73公里后到达江塘镇。继续往前, 需要翻越冈巴拉山, 很陡, 25公里上升1200米。

吃: 浪卡子县城吃饭。

住: 浪卡子县绵阳饭店, 多人间, 有电视, 不可洗澡。

景: 在岗巴拉山垭口看羊湖全景。

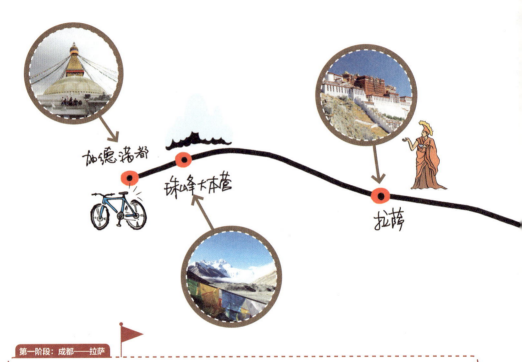

加德满都

珠峰大本营

拉萨

**第一阶段：成都——拉萨**

第一天：成都——都江堰（60公里）
第二天：都江堰——映秀镇（50公里）
第三天：映秀——卧龙——邓生（85公里）
第四天：邓生——日隆镇（65公里）
第五天：日隆镇——小金县（55公里），小金县——丹巴县（58公里）
第六天：丹巴县休整1天
第七天：丹巴县——惠远寺（80公里），惠远寺——八美镇（11公里）
第八天：八美镇——道孚县（79公里）
第九天：道孚县——炉霍县（72公里）
第十天：炉霍县——甘孜县（97公里）
第十一天：甘孜县休整1天
第十二天：甘孜县——马尼干戈乡（92公里）
第十三天：马尼干戈乡——新路海——三道班（26公里）
第十四天：三道班——德格县（92公里）
第十五天：德格县——江达县（112公里）
第十六天：江达县——妥坝乡（118公里）
第十七天：妥坝乡——昌都地区（113公里）

第十八天：昌都地区休整1天
第十九天：昌都地区——类乌齐县恩达村（92公里）
第二十天：恩达村——觉恩乡（117公里）
第二十一天：觉恩乡——丁青县（44公里）
第二十二天：丁青县——尺牍镇（65公里）
第二十三天：尺牍镇——荣布镇（75公里）
第二十四天：荣布镇休整1天
第二十五天：荣布镇——巴青县（91公里）
第二十六天：巴青县——索县（32公里）
第二十七天：索县——夏曲镇（132公里）
第二十八天：夏曲镇——那曲县（102公里）
第二十九天：那曲县——当雄县（166公里）
第三十天：当雄县休整1天
第三十一天：当雄县——纳木错——当雄县（65公里）
第三十二天：当雄县——羊八井（75公里）
第三十三天：羊八井——拉萨（85公里）
第三十四、三十五天：拉萨休整、游玩2天

**第二阶段：拉萨——尼泊尔加德满都**

第一天：拉萨——曲水县（61公里）

第二天：曲水县——羊湖——浪卡子县（94公里）

第三天：浪卡子县——江孜县（102公里）

第四天：江孜县——白朗县——日喀则（95公里）

第五天：日喀则游玩休整1天

第六天：日喀则——拉孜县（150公里）

第七天：拉孜县——定日县白坝乡（82公里）

第八天：白坝乡——定日县扎西宗乡（64公里）

第九天：扎西宗乡——珠峰游客大本营（45公里）——珠峰

游客观景处（4公里）

第十天：珠峰游客大本营——岗嘎镇（75公里）

第十一天：岗嘎镇——门布乡（62公里）

第十二天：门布乡——聂拉木县（91公里）

第十三天：聂拉木县——樟木镇（32公里）

第十四天：樟木——巴尔比斯——巴德冈古城（95公里）

第十五天：巴德冈古城游玩休整1天

第十六天：巴德冈古城——加德满都（31公里）

第十七、十八天：加德满都游玩休整2天后返回拉萨

成都

**第三天：浪卡子县——江孜县（102公里）**

行：浪卡子县出发，有83公里的土路，翻越卡若拉山口海拔5110米、达斯米拉山口海拔4345米。

吃：江孜县吃饭。

住：江孜县招待所。

景：卡若拉冰川、江孜后藏田园风光。

**第四天：江孜县—— 白朗县——日喀则 (95公里)**

行：出发，42公里到达白朗县，95公里到日喀则，全柏油平路。

吃：白朗县午餐。

住：日喀则湘河宾馆，带卫生间，可洗澡。

景：藏南田野风光，扎什伦布寺。

**第五天：日喀则游玩休整1天**

**第六天：日喀则——拉孜县 （150公里）**

行：日喀则出发，60公里到达吉定镇，前一半是起伏路，后一半为全柏油平路，路况好。从吉定镇到拉孜都是柏油路，起伏不大，唯一的垭口是海拔4534米的尤弄拉山口。

吃：吉定镇午餐。

住：拉孜县城宾馆。

**第七天：拉孜县——定日县白坝乡（82公里）**

行：拉孜出发，柏油路，26公里到嘉措拉山口，白坝乡就在318国道路边，白坝乡进新定日还有7公里，不必进新定日，住白坝乡即可，去珠峰，或前行都很方便。

吃：白坝乡饭馆很多。

住：白坝乡珠峰家庭旅馆，有电视，有淋浴，可充电。

**第八天：白坝乡—— 定日县扎西宗乡（64公里）**

行：白坝乡出发走起伏的柏油路，6公里后到达边防检查站，检查护照或边防证，有尼泊尔签证的护照就不用边防证。累计12公里后走土路碎石路。累计15公里到达珠峰门票检票口，然后开始盘旋上坡，坡陡，弯度大，尘多，累计34公里到达海拔5204米折姑山垭口，然后下坡累计64公里到达定日县扎西宗乡。

住：扎西宗乡家庭旅馆、饭馆很多。

**第九天：扎西宗乡——珠峰游客大本营 （45公里）——珠峰游客观景处（4公里）**

行：从扎西宗乡出发，41公里到达绒布寺，累计45公里到达珠峰游客大本营，一路缓上坡，坡度不断加大，路况也差，碎石路，坑洼，易扎胎。游客大本营：海拔5020米，珠峰游客观景处：海拔5137米。

住：吃住在当地群众搭建的帐篷里。

景：绒布寺，珠峰。

**第十天：珠峰游客大本营——岗嘎镇（75公里）**

行：全程碎石、搓板、鹅卵石路，有些地方上下坡都超过60度。此路其实就是抄近路的越野车压出来的两条车轮印。翻龙江拉山口，到岗嘎镇（老定日），全程74公里。

住：岗嘎镇有很多住宿点。

景：一路珠峰相伴，还可以看到卓奥友峰。

**第十一天: 岗嘎镇——门布乡 (62公里)**

行: 一路平路60公里。夏季午后逆风大, 骑行速度提不上来。

吃: 重庆饭馆, 物价较贵。

住: 门布乡住宿简陋, 仅两家店。

**第十二天: 门布乡——聂拉木县 (91公里)**

行: 一路都是柏油路, 要翻过两个山口, 拉龙拉山垭口海拔5017米、通拉山垭口海拔5126米, 经亚来乡抵达聂拉木县城。聂拉木处有边境检查站, 需要检查护照或边境通行证。

住: 吃住在聂拉木县城。

景: 路上可见四五座巨大雪山, 希夏邦马峰。过聂拉木后, 进入喜马拉雅山脉南坡。

**第十三天: 聂拉木县——樟木镇 (32公里)**

行: 全程下坡, 路陡弯多。进樟木镇有检查站, 需要出示护照或边境通行证, 经常有大雾或大雨。在樟木换钱, 把人民币兑换成尼币。

住: 吃住樟木镇, 泰山宾馆或迎宾宾馆, 可洗澡。

景: 藏南峡谷。

**第十四天: 樟木——巴尔比斯——巴德冈古城 (95公里)**

行: 樟木关口9点开关, 出关早, 开始烂土石路下坡, 急弯, 一直下到友谊桥, 登记出关, 进入尼关口, 再走一点在尼关口登记入关。路况起伏, 35公里到达Bahrabise (巴尔比斯), 之后是沿河而下的起伏路, 总体缓下, 46公里处有一小镇, 68公里到达另一小镇Dolalghat, 一路起伏盘山, 累计95公里到达Bhaktapur, 就是著名的巴德冈古城。

住: 吃住在巴德冈古城。

景: 巴德冈古城。

**第十五天: 巴德冈古城游玩休整1天**

**第十六天: 巴德冈古城——加德满都 (31公里)**

行: 出巴德冈古城是起伏路, 坡度不大。

住: 在加德满都一般到泰米尔区住。吃住在 "Hotel Dragon" 旅馆, 双人间300尼币/间, 折合人民币约30元/间。

**第十七、十八天: 加德满都游玩休整2天后返回拉萨**

**1.证件、卡件**

出发前需要确认是否带齐证件:身份证、学生证、邮政储蓄卡、中行或农行银行卡、IC电话卡。手机的话,强烈建议携带中国移动号的手机,基本上有人烟的地方就有手机信号。

**2.必带装备**

头帽:遮阳帽、骑行头盔(必备)、墨镜(必备)、魔术多用头巾、强盗帽。

衣裤:冲锋衣、长袖单衣2件、长裤2条、抓绒衫、棉衣或羽绒服、分体式雨衣、运动鞋2双、棉袜3双、一次性内裤、普通棉线手套若干。

特别说明:

(1)带的衣服最好是速干、深色的,经脏(沿途洗衣服不是很方便),否则洗了或打湿后不容易干。

(2)不要带太厚的衣服,带一件厚的不如带两件薄的,这样在气温变化时加减衣服也方便。

(3)所带衣服的数量要保证你在全身湿透后还有更换的,最好带一套秋衣在睡觉时穿。

(4)所有的衣服最好装在塑料袋里(可以防水)。

(5)廉价的冲锋衣裤只能防小雨,所以冲锋衣不是必备衣物,但强烈建议带一套分体式雨衣——下雨时内衣湿了,下坡一吹,铁定感冒。所以携带分体式雨衣是很必要的。

(6)杂物:托包、食物、水、零钱、洗漱包、急救药箱、睡袋、防潮垫、手机、电池、打火机、手电、笔记本、笔、刀、尼龙绳子、糖果、水壶。女生的话,要带上加厚型卫生巾。

(7)修车工具:内胎4件、刹车皮6件、刹车线前后各1件、砂纸、翘胎棒、钳子、内六角多用工具、气筒、拆链器、润滑油、锉刀、备用螺丝若干、备用铁丝。

(8)药品:感冒药、肠胃药、云南白药、创可贴、绷带、红景天口服液、胶囊、维生素、盐、葡萄糖、酒精、蛋白质粉、医用棉花。

(9)其他:驱蚊水、针线、洗发水、沐浴露、肥皂、胶带、502胶、鞋套若干、塑料袋、相机、硬盘。

**3.行前训练**

(1)适应性训练:坚持每天骑车练速度,练耐力。

(2)自行车磨合训练:熟悉自行车的性能、脾性。

(3)修车能力训练:学会怎么为你的自行车补胎,这可是路上最常见的故障。能迅速地补好坏胎,在路上能为你节约很多时间。

(4)同伴磨合训练:一定要找合得来而且愿意吃苦的同行者,并在行前一起做磨合训练。

(5)危险应对训练:骑行时必须戴头盔;下山前请先捏一下刹车,试一下刹车是否有效;下山时注意靠右行,避免与上山的汽车相撞! 不论开始时速度多快,转弯时请减速到30码以内。

**4.文案准备**

做一份详细且周全的计划路书,包括路线选择、行程安排、联系电话、应急预案等等,充分了解沿途情况,随行带上这份路书文档。

**5.思想准备**

(1)骑行的艰苦往往是上路以后才能体会的,当兴奋被疲惫代替后,靠的是坚强的意志和充分的信心。

(2)对各种意外情况要有思想准备,要有坚定的信念,但也要做好中途退出的准备。

(3)对于预先设定的路线和时间,要有灵活的尺度,要根据实际情况和特殊情况进行调整。

## 预算

(1)装备:因为已有一些装备,需要添置的装备和随行物品,预算500元。

(2)食宿:路上食宿以俭约为主,50多天的食宿,预算3000元。

(3)游玩:一些景点需购门票,购少许简单的纪念品,预算500元。

(4)车票:来回汽车、火车车票,预算1000元。

**总计: 5000元**

# 我的梦想之旅

## ◯ 4个月的藏漂行纪

2010年7月,我大二,骑行川藏南线,一个人翻山越岭,一个人承受冰雹风雪,一个人在垭口失声痛哭,一个人在朝圣的路上默念着:"那一年,转山转水转佛塔,不为修来生,只为途中与你相遇。"当我到达拉萨,一个人坐在布达拉宫前发呆,不知何年何月才能再回到这个梦中的天堂。我在玛吉阿米的阁楼上写下了10年之后一定要回到这里的誓言……就在次年3月6日,我再次坐到布达拉宫前,随后还进行了为期4个月的支教和旅行,而我身边还伴着在路上遇到的他。

## 最美的艳遇

我相信几乎所有单身的旅行者都梦想着能在旅途中遇到一个志同道合的异性,然后相知相惜,携手走遍天涯。2011年1月的丹巴之行,就让我拥有了一次童话般的艳遇。

2011年1月9日,我和他在雅安相遇,我与队友冬骑去丹巴,他独自一人冬骑川藏。我当时就对他"单枪匹马"有些悲壮的骑行壮举感到由衷的钦佩。后来,我们在途中再次偶遇,我对他讲起自己入藏支教的计划,并问了一句"我要去阿里支教,你去吗?"由此开始了一段我们的缘分。

尽管我们萍水相逢,仅有几面之缘,但他不顾父母的反对,毅然放弃了已经找好的工作,陪我踏上了去阿里支教的旅程。从重庆坐60个小时火车(转车)到拉萨,从拉萨乘31个小时班车到阿里狮泉河镇,3个月在镇上的支教,班公湖露营。我在海拔4700米的塔钦病重,我们到札达探访千年前的古格王朝,神山转山,搭车去樟木,在加都闲逛,在博卡拉发呆……4个月,22500公里,在被称为"生命的禁区"的阿里高原,在艰苦的支教、旅行中,我们的爱情生根发芽。

我无法预测我们的未来,但我可以肯定,他是我今生最美的艳遇,而这一切就发生在路上。

>>阿里地区非常干燥，坑一定要挖得很深才行。刚开始孩子们都用铲子在挖，后来就趴在地上用自己的碗来挖，再后来坑太深了手不够长了，有的孩子甚至跳到坑里去挖，这一人深的坑和满身尘土的孩子让我震撼。

## 阿里支教缘起

我参加首届校园行知客挑战赛荣获三等奖，并得到4000元的奖金，本应用于执行"川藏北线直至加德满都的天路骑行计划"，后来却机缘巧合地更改为阿里支教之旅。

事情是这样的。赛后，我偶遇决赛评委之一的张超音老师（《中国国家地理》签约摄影师），跟他说起去西藏支教的想法。张老师非常支持，并说如果我想去阿里支教的话他可以帮助我。我听了张老师的话，立马心潮澎湃：阿里，那个被称为"生命的禁区"、"高原上的高原"的阿里，那个有着"千山之祖"神山冈仁波齐的阿里，那个有着"万川之源"圣湖玛旁雍错的阿里……仅仅是"阿里"这个名字就足以让我做出去那里支教的决定，更何况还可以在那里生活4个月，这意味着我可以融入藏区的生活，而不仅是一名"到此一游"的过客。于是我改变了行知计划，准备把比赛所获的奖金全部用于支教。

## 痛苦的前奏

2011年3月，我和他从重庆出发，乘上了去西宁的临时客车（到拉萨的火车票已经售罄），中转进藏。我以为乘火车进藏会比骑车进藏要舒适许多，但事实上，这是一段我一辈子也不想再经历的痛苦旅程，以致我在写下这段文字之时仍能感到胃在翻腾，头昏脑涨。

>>锅庄舞比赛

由于出发之前有点感冒，因此随着海拔的升高我也越来越难受。最重要的一点是很多人在列车车厢内，甚至坐在座位上吸烟，这让惧怕烟味的我难以呼吸，为了阻挡烟味，我不得不在口鼻处盖上两块厚厚的头巾。在列车上的21个小时里，我难受得整个人瘫在座位上，不吃不喝。终于熬到西宁，下车之后我才真正地呼吸了一口新鲜的空气。

买了黄牛票，我们坐上西宁往拉萨的临时列车继续前行。半夜，列车行驶至昆仑山附近，海拔已接近5000米，车厢内30℃的高温加上浓重的二手烟味让我差点直接昏厥，无奈只得靠吸氧坚持到拉萨——这是我第一次吸氧，从前在骑行川藏的过程中我一口氧气都没有吸过。

到了拉萨之后我们一边休整，一边积极与阿里一所小学的校长联系，但是当我们买到去阿里600块钱的班车车票时，洛桑校长却说教育局不允许我们去他们学校支教。即便如此，我们还是决定先到狮泉河再看情况。

全封闭式空调大巴没有供氧设施，行驶在平均海拔4000米的路上。感冒、缺氧，再加上密闭空间内不断有人抽烟，我就不断地呕吐，后来甚至连喝水都吐。然而最令人我绝望的不是身体的不适，而是没有选择。为了去阿里，除了坐在车上呕吐、吸二手烟，我没有其他选择。行车30小时，呕吐了20次以后，我们终于在凌晨1点到达了狮泉河镇。站在漆黑的路口，从雪山吹来的风呼呼地灌进我的领口，我大口地呼吸着稀薄的空气，干呕着。在这一刻我告诉自己：我挺过来了，我活下来了。阿里，我来了。

天 天 向 上

### 阿里的孩子们

　　经历了几十个小时封闭列车上二手烟的侵扰和高原反应的折磨，我们终于到达了支教的目的地，位于狮泉河镇的阿里地区中学。满怀热情来到祖国的最西边，幻想着为西藏的孩子们做出自己的小小贡献，但是首先迎接我们的却是现实的打击。

　　校长告诉我们来支教食宿不包，没有工资。或许这在内地没有什么，但是阿里地区的物价水平很高，单靠我们的经费，根本撑不了多久。好在几经交涉和周折，我们在当地朋友的帮助下解决了食宿问题，正式展开3个月的义务支教。支教过程中，我与学校正式教师一样，每周带15堂课，还要监督2天的早晚自习。工作量大，生活艰苦，但学生们给我的震撼和感动让我觉得一切都是值得的。

　　孩子们的天赋和淳朴震撼着我的心灵。有一次在课上，我看到一个孩子在画唐卡的图案，一个十来岁的孩子居然能画出那么复杂的图案，令我不得不叹服于他的天赋。在课下，孩子们会一起唱歌，天籁般的嗓音高亢辽远、纯净动听。生活在苍凉的阿里地区，孩子们还在用歌声赞美大自然、赞美家乡。再想想我们这些生活在繁华都市的人，相对于这些孩子，可谓过着"锦衣玉食"的生活，却常常抱怨，抱怨工资不高、物质不足、权势不大。

　　孩子们给我的感动永生难忘。令我印象深刻的是，狮泉河镇海拔4700米，我每次爬上3楼讲课时都会严重缺氧。当我神形狼狈、气喘吁吁地走入课堂时，孩子们不但没有嘲笑我，反而很关心地问我是不是缺氧，是不是不适应。每当我写完粉笔字，或讲完一段话，大口喘气的时候，他们都会用清澈的眼睛关切地看着我。还有一天，我身体不舒服。上课时实在坚持不下去了，就让孩子们自习，我在讲台上站着监督。有一个孩子跑上来，把他的凳子给我坐，还很贴心地在冰冷的板凳上垫上厚厚的坐垫。作为一名英文教师，令我感到最幸福的是，一次我在校园里闲逛，有几个孩子看见我，远远的就大声喊："Miss Wu, I love you！"

　　原本想带给孩子们什么的支教行动，在结束时已经变成我的收获之旅。孩子们给我的，要远远多于我给他们的。

## 班公湖的幸福

　　时至今日我都坚信我与班公湖是最有缘的。我曾经无数次计划要与心爱的人在纳木错数星星看月亮，曾经无数次梦到自己站在羊卓雍措岸边看着梦幻的光影，曾经幻想着与相爱的他到一个无人之境住上几日……只是我从没想过那些计划过无数次的场景竟在计划之外的目的地——班公湖得以实现。

　　结束了在阿里地区中学为期3个月的支教后，我们踏上了去往尼泊尔的旅程。我们还是骑自行车，不同的是这次不是在中国最美的景观大道上，而是在世界平均海拔最高的新藏线上。那时正值5月下旬，海拔4700到5000米，氧气稀薄，狂风大作。一路上强烈的逆风和侧风把我折磨得苦不堪言，举步维艰，车速基本在每小时8公里，几个小时都骑不了20公里，可是今天我们的目标是120公里外的日土县啊……就在我还计算着何时能到日土的时候，突然看到远方拔地而起、与天相接的黄色龙卷风，看着它直直地朝我们卷来，我心生畏惧。这是我第一次亲眼看见龙卷风，如此摧枯拉朽的气势让我不停地喊着问要怎么办。说话间，砂石龙卷风已经近在眼前。我们停下车，抱在一起，蹲在地上。尽管我带着骑行风镜，我还是下意识地把眼睛闭上了，只听到一阵沙石打在衣服上噼里啪啦的响声。

　　我原以为躲过一阵就好了。不料下午风更猛烈了，卷着砂石的龙卷风更是一个接一个，中午只吃了一点干粮的我身体里的能量和热量迅速流失，吃巧克力能量棒也无济于事，我的身体的承受能力已经快到极限了。下午6点了，我们才骑了60公里左右，还有一半的路程，但白天只剩下3个小时了，以我现在的体能根本

>>班公湖

不可能骑得到60公里外的日土。我们没有炉头气罐，也没有找到合适的扎营地，无法露营，怎么办？我决定搭车。

那夜12点，日土县某旅馆，我疲惫不堪。

在日土县城，我们临时决定骑车到班公湖去看看。抵达班公湖后，我发现岸边有一艘废弃的游船。我觉得这艘船是很好的扎营地，玻璃完好，面朝"大海"，可以保温，视野不错。于是我们又临时决定在这里扎营住上几日。搭好帐篷之后，我们坐在船头，依偎着看着面前的神湖——一半咸水，毫无生机，一半淡水，有着最出名的班公湖鱼和巨大的鸟岛。这是不是像人生一样，咸与淡共存呢？或许在平平淡淡的生活里才会有无限的生机吧。

我们在班公湖住了3天。清晨，在阳光温暖的抚摸中醒来，走出船舱，呼吸清新的空气，看美丽的水鸟在我们周围嬉戏。白天，我们手挽着手在湖边散步，说着各自的过往，回忆着我们并不长的恋爱史，谈理想，谈人生。夜里，我们裹着睡袋躲避萧瑟的冷风，看窗外明亮的月光照耀远处圣洁的雪山和静谧的湖水，宛若置身仙境。真幸福啊！我就这样住在一艘废弃的小船里，没有围墙，没有熙攘的人群，身陷大自然的包围中，和自己心爱的人贪婪地享受着这计划外的幸福。

## 冈仁波齐转山

从班公湖回来休整了4天后，我们决定继续搭车前往塔钦去转神山冈仁波齐。不幸的是，病魔再度向我袭来，到达塔钦的当天晚上我又感冒了，呼吸不畅，喉咙火烧似的疼。换作在平常，感冒并不是什么大病，但此刻我可是在海拔将近5000米的地方，恐惧不受控制地袭上心头：塔钦这个小地方有医院吗？我会不会肺水肿，甚至是脑水肿？纷乱的念头，冲击着原本坚强的心，我浑身发冷，躲在睡袋里不知如何是好。好在我们找到了藏医馆，经过治疗，我的病情有了好转。

身体刚刚恢复，转山的念头再次涌上心头。尽管医生极力劝阻，但我们已经打定主意：一定要转山。转山之于我虽然无关宗教，却有关信仰——关乎我突破自我、不断前行的信仰，更何况还是与心爱的人实践共同的信仰。

在阿里有小江南之称的札达休养了两天之后，我们开始转山。第一天出发时，我们心情不错，也有力气边走边闹边拍照。我们的手一直牵着，以为这样能够互相给予力量，实际上却消耗了更多的体力。走到第一个补给点时，我已经略感疲惫。午饭后，我们选择了过河，这是我们转山途中一个极大的失误，因为这条路非常难走，有的地方踩出来的路甚至都没有一个脚掌这么宽，而下面就是湍急的河流。傍晚时分，我感觉到

>>背后风雪肆虐，我们沐浴阳光。

有些体力透支和高原反应的征兆，干呕、头疼，甚至心脏有些隐隐作痛。又走了一个多小时，已经能够隐隐约约看到拐弯处了，据我们做的功课，拐弯就是第一天的休息点了。我有些兴奋，加快了脚步，却不想，心脏又开始有疼痛的感觉。我有些害怕，紧紧地抓着他的手。走了还不到500米我又休息了。我们就这样500米500米地前进着、休息着，终于走到了拐弯处！

　　可是住宿点在河的对岸。如何安全渡河成了眼前的难题。他让我坐着休息，自己往上游走，看有没有窄一点的地方能够过河。我坐在呼啸的冷风里，看着他的身影越来越远，消失，然后又出现，越来越近。他把我拉到一处，6月初的西藏，河水还结着冰，他决定在这个冰较厚的地方过河。我觉得挺悬的，刺骨的冰川融水急流奔腾，我们没带多余的衣服，如果被打湿，滋味肯定不好受。我站在岸边，拉着他的手，他用一只脚试探了一下，踏上那块冰，丢开我的手，一跃就到对岸去了。他看了一下冰的厚度，对我说："挺厚的，踩过来吧。"我相信了，踩上冰块之后搭上他的手跳到对岸。当我再回头看那冰的厚度时，我敢确定那块冰最薄的地方绝对不比一本十万字的小说厚多少。不过不管怎样，总算是安全过来了。

在住宿点休息了一夜，转天起来，我坐在屋里喝酥油茶，一点信心也没有，发着呆，他也坐在一边静默。10点钟的时候，我们决定上路，然而走了不到1公里，我的心脏又开始痛，无法前进。我们面对神山依偎着，思来想去，我对他说："你去转山吧，我在这里等你。"他不语。一直喝着老板煮的甜茶，他终于开口："我回出发点拿车，然后推着你出去。"我不语。下午4点，他带着一罐红牛，裹上一条头巾，往回走了。我坐在神山前的一块石头上，看着他越走越远的背影渐渐消失在漫天飞舞的雪花里，心颤抖着。他一走我才意识到，时间不早了，25公里打一个来回，这样的路又是这天气，担心汹涌而来，而此刻我只有祈祷。后来我回到旅馆，只要有人住店我就问有没有见过他。有的说有，有的说没有。晚上9点半，天色已经暗下来了。没有人再来住店了，没有人可以询问，没有一丝他的消息了。我开始抑制不住地担心，眼泪不停地在眼眶里打转。10点了，天黑了，我问老板：今晚有灯吗？老板说：今天住店的人少，不发电。我沉默了。过了一会儿，灯亮了，原来老板也想给他一盏回家的灯。我再也抑制不住自己的眼泪，也许是担心，也许还有些感动。10点半，有人在敲门，我冲过去把门打开，他站在外面，大口大口地喘气。我紧紧地抱着他，放声大哭，他冰冷的脸贴在我的脸上，贴得更近的是我们的心。

　　第三天早上起来，外面飘着大雪，白茫茫的一片，神山也躲起来了。旅馆里空空的只有老板一家人和我们两个。我们决定往回走。终于回到塔钦——转山的起点，在那里新认识的几个朋友都快急疯了，因为山里没有手机信号，联系不上，他们都以为我们出事了。藏医馆的医生跟我说，这次你们转山没有完成，以后还会回来，这是神山对你们的眷恋——我愿意相信。

## 惬意尼泊尔

转山结束我们决定立即前往尼泊尔，因为那里海拔只有1000多米，有利于我身体的恢复。于是我们在回来的第二天搭车到了圣湖玛旁雍错。喝了一口圣湖甘甜的水，住了一夜后继续前往尼泊尔。

到樟木的第二天我们准备过境。由于没有大型转山团，边检很迅速。中国和尼泊尔只是一河之隔，一座友谊桥连接着两国的贸易。

如果要为这次尼泊尔之行做一个评价，我只能说，我们就是过来养病加闲逛的。之所以这么说是因为我们几乎没有任何的准备，除了人、护照和钱。我们甚至连过境之后要去哪都不知道，要不是同车的有一个人知道是要去泰米尔区我们真的会迷失在加都里。到了泰米尔区我们入住凤凰宾馆，然后到处闲逛觅食。因为没做功课，也不知道买啥好，该去哪里玩，就只有随遇而安了。

一天晚上买了消夜 高高兴兴地回到旅馆，又遇到那天同车到加都的那个男生，他说他要去博卡拉。博卡拉？貌似在尼泊尔的攻略里面看到过，于是我决定要去博卡拉看看。第二天早上坐车出发去博卡拉。

到了博卡拉我们入住家庭旅馆，两三层的小别墅，嵌在青山绿水间非常惬意。住下之后进行最最重要的活动: 觅食。随便找了一个小店，我点了一盘意大利面。面刚上来的时候味道有点刺鼻，吃起来有点怪怪的，当时觉得不是特别好吃。后来回到加都再点意大利面的时候发现怎么吃都不比那家小店的味道好，到现在都有些怀念。傍晚，爬上楼顶，猛然发现雪山就在我们旁边，前方就是一片被森林环绕的碧绿的湖水。6月份博卡拉的天气非常好，虽然白天很炎热，但是夜晚是微凉的，所以能看到许多女孩都会戴着围巾。尼泊尔服饰非常漂亮，我也忍不住为自己购置了一套。

从博卡拉回加都，我们吃了不同的尼泊尔美食，回味无穷。虽然这次尼泊尔之旅没有任何准备，没有路书，随便乱逛，但好像也收获不少，至少我的身体恢复了，生活很惬意。4个月的旅程，由痛苦开启，由惬意结束，非常圆满。

>>珠峰脚下的尼泊尔

>>尼泊尔的傍晚

>>尼泊尔杜巴广场

>>被雪山包围的博卡拉

### 不是结尾的结尾

"设过的密码,难的记住了,容易的忘了;旅行的经历,难的记住了,容易的忘了。"原来,过往的艰难痛苦,或者说那些战胜艰难痛苦后收获的喜悦与感动,才是人生最深刻的回忆。

最后我要说,不要让别人告诉你能做什么,不能做什么,有梦想就要去追逐。即使没有成功也不后悔啊,因为你倒在了追逐梦想的路上,而不是别人给你筑好的围栏里。而且,只有当你亲自去做,才能发现自己无限的潜能和力量,就像我骑行川藏、去阿里支教、去尼泊尔旅行一样!

# 2010年校园行知客

## 复赛和决赛集锦

本书部分图片由地理网网友提供
在此致谢！